ya!

Umwelthinweis:
Dieses Buch wurde auf chlor- und säurefreiem Papier gedruckt.

M. G. Reyes

Little Secrets – Lügen unter Freunden

Roman

Aus dem Amerikanischen von
Alessa Krempel

ya!

HarperCollins YA!®
Band 200016
1. Auflage: Oktober 2016

HarperCollins YA!® Bücher
erscheinen in der HarperCollins Germany GmbH,
Valentinskamp 24, 20354 Hamburg
Geschäftsführer: Thomas Beckmann

Titel der amerikanischen Originalausgabe:
Emancipated

Erschienen bei: Katherine Tegen Books, New York

Published by arrangement with
Katherine Tegen Books, an imprint of HarperCollins Publishers, LLC.

Konzeption/Reihengestaltung: fredebold&partner GmbH, Köln
Cover-/Umschlaggestaltung: büropecher, Köln
Redaktion: Daniela Peter
Titelabbildung: Getty Images / NKS_Imagery
Autorenfoto: ©Haddon Davies
Satz: GGP Media GmbH, Pößneck
Druck und Bindearbeiten: GGP Media GmbH, Pößneck
Printed in Germany
Dieses Buch wurde auf FSC®-zertifiziertem Papier gedruckt.
ISBN 978-3-95967-065-4

www.harpercollins.de

Widmung

Für Hoku, in liebevoller Erinnerung
an die wunderbare Fahrt durch den Malibu Canyon
samt Mittagessen in der Strandbar –
alles im Namen der Recherche, versteht sich!

Auszug aus dem Gesetzbuch zum Familienrecht von Kalifornien, California Family Code, Abschnitt 7120-7123

MÜNDIGKEIT

a) Jeder Minderjährige darf beim zuständigen Amtsgericht des Landkreises, in dem er wohnt oder vorübergehend untergebracht ist, einen Antrag auf vorzeitige Erklärung der Mündigkeit einreichen.

b) Der Antrag muss folgende Punkte erfüllen:
   (1) Der oder die Minderjährige ist mindestens 14 Jahre alt.
   (2) Der oder die Minderjährige lebt freiwillig von den Eltern oder Personensorgeberechtigten getrennt; die Eltern oder Personensorgeberechtigten haben dem zugestimmt.
   (3) Der oder die Minderjährige verfügt über eigene finanzielle Mittel und regelt seine bzw. ihre finanziellen Angelegenheiten selbstständig.

GRACE

San Antonio – Samstag, 1. November

Alles fing damit an, dass Candace von zu Hause wegwollte und Grace eine Lösung parat hatte.

Die beiden Stiefschwestern hatten genug von den ständigen Streitereien ihrer Eltern und den Drohungen von Graces Mutter, sich scheiden zu lassen. Nach ihrem siebzehnten Geburtstag hatte Candace sich Grace anvertraut, voller Angst, sie selbst könnte der Grund für die Unzufriedenheit ihrer Eltern sein.

Die beiden Mädchen lagen nebeneinander auf dem Rasen, die langen hellen Haare auf dem Gras ausgebreitet, und streckten die gebräunten Beine in die Sonne. Grace hielt sich die Hand vor die Augen und blinzelte durch die Finger zu Candace hinüber. Mit sechzehn war Grace die Jüngere von ihnen beiden, aber sie fühlte sich oft wie die Ältere. Candace verbrachte einen Großteil ihres Lebens mit Gesangs- und Schauspielunterricht, Tanztraining, Reitstunden und Fechten, sodass ihr wenig Zeit blieb, einfach mal zu lesen, Musik zu hören oder ihren Gedanken nachzuhängen.

Oder lag es an ihrer Vergangenheit, dass Grace früher erwachsen geworden war?

„Es liegt bestimmt nicht an dir, Candace. Aber es ist doch typisch.“ Grace drehte sich auf die Seite. „Das ist immer das Erste, das Therapeuten sagen, wenn sie mit Jugendlichen aus ‚zerrütteten Familien‘ arbeiten.“

„Na toll, ich bin also ein wandelndes Klischee?“, murmelte Candace.

„Bist du, aber wen stört’s?“

Grace grinste, als Candace ihr zum Spaß gegen das Schienbein trat.

Insgeheim befürchtete Grace, dass die Sorge ihrer Stiefschwester berechtigt und sie tatsächlich der Grund für die Streitigkeiten war, und zwar zu hundert Prozent. Ohne, dass sie sich jemals in ihrem Leben danebenbenommen hätte, brachte Candace die Ehe ihrer Eltern in Gefahr. Wie man an den lautstarken Zankereien hören konnte, die aus dem Haus zu ihnen herüberschallten.

„Ich schaue bestimmt nicht tatenlos zu, wie unsere Tochter ihre Karriere aufgibt, bloß weil du nicht umziehen willst!", schrie Graces Mutter.

„Tina, Schatz, was soll ich denn in Los Angeles?", fragte Candaces Vater zurück.

„Na schön, dann bleib doch hier. Aber lass mich mit Candy nach Hollywood gehen!"

Grace hörte die Pause, in der Candaces Vater versuchte, den Spitznamen zu überhören, was ihm aber nicht gelang.

„Nenn sie nicht so!", erwiderte der Vater gereizt.

„Dann eben Candace, von mir aus." Tina schien sich nur mit Mühe zu beherrschen. „Ich habe in einem Monat schon ein Casting beim Fernsehen für sie arrangiert. Es ist wichtig, dass sie dort wohnt, verdammt. Das sagen alle, die sich in der Branche auskennen: Zieht nach L. A.!"

„Schön und gut, Tina, aber du – wir – haben noch vier weitere Kinder, um die wir uns kümmern müssen."

Das „Wir" war eine nette Umschreibung. Alle vier waren biologisch gesehen Tinas Kinder, nicht seine. Doch bei Tina drehte sich alles nur um das Kind, das er mit in die Familie gebracht hatte. Natürlich traute sich niemand, ihr das zu sagen. Und jetzt wollte sie Grace, ihren Vater und ihre drei jüngeren Brüder allen Ernstes in San Antonio zurücklassen, um ihrem verrückten Traum von einer Karriere in Hollywood nachzulaufen!

Candaces Miene verdüsterte sich von Minute zu Minute. Verstohlen schielte sie über die Schulter zum Haus hinüber. Mittlerweile stritten sich ihre Eltern in der Küche, wo man sie nicht mehr so gut hören konnte.

Die frisch gemähten Grashalme pikten Grace in die nackten Oberschenkel. Als Candace endlich den Blick hob und ihre Schwester verzagt anlächelte, lächelte Grace zurück. Die Streitereien ihrer Eltern waren inzwischen nur noch öde. Öde und vorhersehbar.

„Oh Mann, Tina scheint echt zu glauben, dass er seine Meinung ändert, wenn sie nur lange genug rumheult", seufzte Candace.

„Sie tut das für dich", erwiderte Grace vorsichtig.

„Ich liebe deine Mom, Grace. Aber wir wissen beide, dass sie es nicht für mich tut. Erinnerst du dich noch, wie sie auf den Jeans-Werbespot reagiert hat? Ich, dieser Streit – sie setzt doch nur alles daran, sich mit meiner Hilfe selbst ihren Traum von Hollywood zu erfüllen."

Grace nickte. „Ich weiß."

Mütter von Kinderstars waren schon eine komische Spezies. Auf den ersten Blick schienen sie völlig selbstlos zu handeln, aber dieser Eindruck löste sich bei genauerem Hinsehen schnell in Luft auf.

„Ich wüsste eine Alternative", sagte Grace vorsichtig.

„Ja, ich habe ihr schon gesagt, dass ich es okay fände, erst die Highschool abzuschließen."

„Das meine ich nicht", antwortete sie. „Und du weißt so gut wie ich, dass das nicht geht. Du musst deine Chance ergreifen, Candace, und zwar jetzt!"

Eine Weile schwiegen beide. Genau das war der Knackpunkt und der Grund für den Zoff in der Familie: Candace entwickelte sich gerade von einer zarten Knospe zu einer wunderschönen Blüte. Ihr glänzendes Haar floss wie goldbrauner Honig über ihre Schultern. Die Haut war von Natur aus so glatt und seidig wie die eines Pfirsichs. Sie hatte hellbraune Augen, volle, sanfte Lippen in einem perfekten Himbeerrot und bewegte sich zu allem Überfluss auch noch so grazil wie eine Ballerina.

Grace hatte Candace schon ein paarmal dabei beobachtet, wie sie überrascht innehielt, wenn sie sich irgendwo im Spiegel erblickte: nicht, um sich zu bewundern, sondern um sich zu überzeugen, dass es tatsächlich ihr Spiegelbild war, das sie sah. Das schlaksige Mädchen, mit dem Grace sich in den letzten Jahren ein Zimmer geteilt und zu dem sie eine enge schwesterliche Bindung aufgebaut hatte, verschwand langsam, aber sicher – und zum Vorschein kam eine sinnliche, anmutige junge Frau. Nur wenn sie irgendwo herumlümmelte, so wie jetzt, die Lippen geschürzt, sah sie wieder aus wie ein schmollender Teenager. Für diese krasse Veränderung schien Candace lediglich einen Schalter in ihrem Kopf umlegen, eine geringfügige Korrektur vornehmen zu müssen, und schon verwandelte sie sich in das, was ihr Gegenüber in ihr sehen wollte.

Warum musste ausgerechnet der Mensch, den sie jeden Morgen nach dem Aufwachen als Erstes erblickte, das Gesicht und den Körper einer jungen Göttin haben?

Es war unfair, aber nicht zu ändern.

„Wenn du in San Antonio bleibst, vergeudest du deine besten Jahre", sagte Grace.

„Zumindest hätte ich dann einen Schulabschluss."

„Mir ist zu Ohren gekommen, dass es angeblich inzwischen sogar in L. A. Schulen geben soll."

„Das wurde aber auch Zeit."

Grace grinste. „Na echt, diese Vollpfosten. Verdienen ihr Geld mit immerwährender Schönheit – wie fies!"

„Verzogene Heulsusen, alle miteinander."

„Hey, ihr coolen Typen von Beverly Hills 90210 – macht endlich die Schule fertig!"

Die beiden Mädchen prusteten los, doch Candace wurde schnell wieder ernst. „Ich kann hier nicht weg. Und du weißt am besten, wieso."

„Weil du ohne mich kläglich eingehen würdest", antwortete Grace todernst. „Und wenn ich mitkomme?"

„Kannst. Du. Vergessen. Tina wird sich garantiert nicht gegen Dad durchsetzen, und er will unbedingt, dass ich aufs College gehe. Dann ist es sowieso aus mit der Schauspielerei."

„Du könntest immer noch zu deiner Mutter ziehen."

Candace verzog das Gesicht. „Zur bösen Hexe von Malibu? Sie schafft es ja nicht mal, mich besuchen zu kommen."

„Aber sie hat doch Kohle, oder?"

„Genau genommen gehört das Geld dem Drogenkönig."

„Du sprichst aber nicht besonders respektvoll über deinen Stiefvater."

„Hör bloß auf. Nur schade, dass ich nichts mit Kunst am Hut habe. Dann wäre der Drogenkönig mit seinen Kontakten in die Kunstszene wenigstens zu etwas nutze."

„Wenn du deinen offiziellen Wohnsitz wieder bei deiner Mutter anmelden würdest, gäbe es noch eine zweite Möglichkeit."

„Grace, jetzt mal ernsthaft. Ich will nicht bei denen wohnen."

„Was, wenn du es – theoretisch – gar nicht müsstest?"

„Okay", seufzte Candace, „jetzt komme ich nicht mehr mit. Wie soll das gehen, dass ich bei meiner Mom gemeldet bin, aber nicht dort wohne?"

Grace lächelte verschwörerisch. „Da reicht ein Wort, du Miesmacherin: Mündigkeit."

„Hä?"

„Wenn du in Kalifornien gemeldet bist, kannst du ab deinem vierzehnten Lebensjahr einen Antrag vor Gericht stellen und vorzeitig aus der Obhut deiner Eltern entlassen werden. Du darfst alles Geld behalten, das du verdienst, und du kannst eine eigene Wohnung mieten. Da deine Mutter in Kalifornien wohnt, bist du also auch Kalifornierin."

„Und Tina dürfte mein Geld nicht anrühren?", fragte Candace ungläubig. „Wow, das wäre echt stark. Oder willst du mich nur loswerden, damit du dein Zimmer wieder für dich alleine hast?"

Grace grinste breit. „Nicht so voreilig, Schwesterherz. In Texas muss man sechzehn sein, um für mündig erklärt zu werden, und ich bin sechzehn!"

„Sag bloß, wir könnten das beide durchziehen? Du und ich, mündige Minderjährige?"

Grace nickte. „Scheiße, genau das."

PAOLO

Tennisclub Malibu Lawn – Mittwoch, 5. November

Paolo fragte sich wieder einmal, warum er sich das eigentlich antat. Niemand aus dem Tennisclub konnte ihm auf dem Platz das Wasser reichen. Klar, er trainierte ein paar dieser reichen Mädchen, die sich weigerten, von jemand anderem unterrichtet zu werden, aber die Bezahlung war, gelinde gesagt, unter aller Kanone. Bei seinem letzten Turnier hatte er mehr Preisgeld eingestrichen, als er hier in der ganzen Zeit als Tennislehrer verdient hatte.

Wenn nur die Studiengebühren nicht wären, dieses Fass ohne Boden. Solange er kein Stipendium für Stanford oder eine andere Eliteuni an Land ziehen konnte – was nicht besonders wahrscheinlich war –, summierten sich die Studiengebühren für die juristische Fakultät allein bis zum ersten Staatsexamen auf einen horrenden Betrag.

Die Trainingseinheit hatte ihn ziemlich geschlaucht, deshalb schrubbte er sich unter der Dusche schnell den Schweiß vom Körper und wusch sich die Haare, bevor er in ein paar frisch gebügelte Tennisshorts und ein sauberes T-Shirt schlüpfte. Seine Schülerin musste jeden Augenblick hier sein. Er warf einen prüfenden Blick in den Spiegel. Die nass zurückgekämmten Haare standen ihm nicht besonders, was ihm in diesem Fall entgegenkam, denn ihm gingen langsam die Ideen aus, wie er diese spezielle Schülerin noch loswerden konnte.

Livia Judge wartete schon auf dem Platz auf ihn.

„Hallo, Süßer", hatte sie ihm vorhin zugerufen. Schrecklich, wie sie das „Hallo-ho" betont in die Länge gezogen hatte. Sie hielt das für verführerisch, und vor ein paar Monaten wäre Paolo vielleicht darauf angesprungen. Er hatte mit einigen der „Hallo-ho-Frauen" im Club geschlafen, aber wirklich umgehauen hatte ihn keine davon. Es gehörte mehr dazu, ihn richtig zu verführen.

Zwar wusste er nicht genau, worin das bestand, aber diese verwöhnten Prinzessinnen brachten es definitiv nicht. Einmal wollte Paolo von einem Mädchen so richtig umgehauen werden, sodass sein Herz in tausend Stücke zersprang. Die Leute behaupteten immer, Liebe tue weh, doch er hatte sie bisher nur als endlose Aneinanderreihung von hübschen, aber langweiligen Gesichtern erlebt. Wunderschöne Gesichter, beste Chirurgenarbeit. Trotzdem irgendwie schal und leer.

Andererseits, Sex blieb Sex. Er lächelte sich im Spiegel an, und ein hübscher kleiner Junge grinste zurück. Paolo fand, er sah aus wie zwölf. Was gefiel Frauen über zwanzig eigentlich an ihm? Egal, einfach mitnehmen, was zu kriegen war.

Nach der Tennisstunde fragte Livia, ob er auf paar „Cocktails" mit zu ihr kommen wolle.

„Ich trinke nicht", erinnerte er sie höflich. „Ich stecke mitten in der Wettkampfvorbereitung."

„Dann eben eine Tasse Kamillentee." Sie strahlte ihn an. Gesicht und Dekolleté glänzten vor Schweiß, was durchaus reizvoll aussah. Er stellte sie sich nackt im Bett vor, doch nicht einmal das half.

„Ich muss los", sagte er. „Meine Mutter kocht heute mein Lieblingsessen."

„Ach, bist du etwa der Lieblingssohn?"

Er nickte. „Schätze schon."

„Sie hat echt Glück, die liebe Caroline. Ich hätte auch gerne einen Sohn wie dich."

Paolo biss sich auf die Zunge. Das wette ich, dachte er im Stillen.

Livia strich ihm über den Arm. „Sehen wir uns nächste Woche?"

„Mhm."

„Vielleicht hältst du dir dann den Nachmittag frei?"

Paolo schluckte und brachte nur mit Mühe ein „Vielleicht" heraus.

Was war mit diesen Frauen nur los? Livia Judge war die Tochter eines großen Filmproduzenten. Bei ihr gingen Film- und Fernsehstars ein und aus. Warum ließ sie ihn nicht einfach in Ruhe seinen Job machen? Aber nein, in jeder Stunde musste er sich Kommentare über seine muskulösen Oberschenkel, seinen Waschbrettbauch oder sonst einen Körperteil anhören, der ihr gerade besonders ins Auge fiel.

Missmutig stapfte Paolo hinaus zu seinem Chevrolet Malibu und fuhr nach Hause. Die Autos seiner Eltern und seiner Schwester standen in der Auffahrt, also parkte er am Straßenrand. Der Geruch nach Grillkohle und Fisch stieg ihm in die Nase, als er um das Haus herum in den Garten ging, wo die anderen bei Weißwein zusammensaßen. Seine Mutter Caroline lächelte ihm zur Begrüßung zu und schenkte ihm ein Glas Eistee ein. Paolo entging nicht, dass sie heimliche Blicke mit seinem Vater tauschte. Beide wirkten irgendwie angespannt.

„Ich hoffe, du hast ordentlich Hunger", sagte seine Mutter.

„Logo, Mom. Wie immer."

„Dann legen wir los, würde ich sagen!" Das Lachen seines Vaters klang etwas zu laut. Er tätschelte Paolo die Schulter. „Alles okay bei dir, mein Sohn?"

„Alles gut."

„Und im Club?", hakte er nach.

„Alles okay."

Sein Vater legte sich ein Riesenstück Fisch auf den Teller und stach mit der Gabel hinein. „Hol dir was von dem Lachs, den deine Mutter gemacht hat. Echt lecker! Und der Krautsalat auch, Spezialrezept von mir."

„Ja, ich weiß. Mit Tabascosoße als Geheimzutat."

So wie immer.

Paolo lud sich den Teller voll und schaufelte das Essen hungrig in sich hinein. Dabei ließ er seine Eltern nicht aus den Augen. Irgendetwas stimmte nicht, sie verhielten sich seltsam. Ob es mit ihm zu tun hatte? Er spielte die Möglichkeiten im Kopf durch:

Zeugnisse? Standen gerade keine an. Seine Schwester? Studierte in San Francisco Biochemie und war heute zu Besuch, mit ihr hatte es sicher nichts zu tun. Unauffällig schielte er auf den Bauch seiner Mutter. War sie wieder schwanger? Unmöglich mit siebenundvierzig … oder?

Irgendetwas wollten sie ihm sagen, das war klar. Die Anspannung wurde mit jeder Sekunde greifbarer, das Lächeln seiner Eltern gequälter. Als er den Teller leer gegessen hatte, gesellte er sich zu den anderen an den Grill, auf dem immer noch einige Lachsstücke brutzelten.

Seine Mutter machte schließlich den Anfang. „Paolo, Schatz, wir müssen dir etwas sagen."

Er nickte stumm.

„Dein Vater hat ein tolles Jobangebot bekommen. Eine Riesenchance!"

„Cool! Wo ist der Haken?"

Caroline wurde schlagartig ernst. „Warum Haken, wie kommst du darauf?"

Paolos Vater schüttelte lachend den Kopf. „Weil deine Söhne keine Dummköpfe sind, Caroline." Er wandte sich an Paolo. „Du hast recht, es gibt einen Haken. Der Job ist in Sonora, Mexiko."

„Sonora? Da ist doch diese Kupfermine, zu der du immer fährst."

„Genau. Die brauchen mich da Vollzeit vor Ort. Ist nur für zwei Jahre."

„Aber das ist am Arsch der Welt!"

„Das ist ja das Problem", sagte sein Vater nickend.

„Kannst du nicht einfach …" Paolo brach ab. Er kannte sich mit der Arbeit seines Vaters nicht gut genug aus, um eine Diskussion zu beginnen. Noch vor ein paar Jahren hätte er es trotzdem getan, aber mittlerweile wusste er, dass es zu nichts führte. Beschwörend sah er seinen Vater an. „Bitte, Dad, kannst du nicht Nein sagen?"

„Das geht nicht. Wir sprechen hier von meinem größten Kunden. Wenn die abspringen, verliere ich Aufträge in Höhe von 80.000 Dollar. Die muss ich erst mal wieder reinkriegen. Und sie zahlen mir die doppelte Summe, wenn ich für zwei Jahre dort hinziehe. Plus Umzugskosten."

„Aber die Schule. Und das Tennis!"

Seine Mutter strich ihm aufmunternd über den Arm. „Es wird schon werden, Paolo. Wir finden einen Weg."

„Ach, ja? Wollt ihr mich da unten auf eine Internationale Schule schicken und mir gelegentlich eine Tennisstunde spendieren? Vergesst es!", zischte er wütend.

Caroline schüttelte den Kopf. „Nein. Du kannst hierbleiben, in Kalifornien."

„Bei Tante Janet? Das ist ein Witz, oder?"

Sein Vater räusperte sich. „Wir sind uns alle einig, dass Tante Janet keine gute Lösung ist."

Paolo starrte ihn mit offenem Mund an. „Was dann? Bleibe ich alleine hier? Ich komme schon klar."

Dad schüttelte den Kopf. „Rechtlich gesehen wären wir für dich und das, was du hier treibst, weiterhin verantwortlich. Das bereitet uns Bauchschmerzen, solange wir uns nicht wenigstens im selben Staat aufhalten. Wir wissen ja, wie Teenager so sind – die Aktionen deiner Schwester haben wir nur knapp überlebt. Aber es gibt eine Möglichkeit, bei der du alles, was du mit den Tennisstunden und Wettkämpfen verdienst, behalten kannst. Natürlich wäre es uns lieber, wenn du das Geld anlegst – du musst schließlich fürs College sparen."

„Spar dir den Quatsch", erwiderte Paolo grinsend. „Du kannst es einfach kaum erwarten, mich endlich loszuwerden!"

„Tja, mein Lieber, so direkt wollte ich es nicht sagen", antwortete sein Vater und tätschelte ihm liebevoll die Schulter.

Seine Schwester Diana, die das Gespräch bis dahin mit einem geheimnisvollen Lächeln auf den Lippen verfolgt hatte, platzte dazwischen. „Keine Sorge, es ist noch besser, als alleine hierzubleiben, Bruderherz. Viel besser!“

Paolo sah sie fragend an. „Jetzt sag es endlich!“

Diana grinste schamlos. „Du hast den Hauptgewinn gezogen, kleiner Bruder. Sie werden dich für mündig erklären!“

ARIANA telefoniert mit CHARLIE

Mittwoch, 5. November

„Er wirkte überhaupt nicht ängstlich. Das weiß ich noch genau. Er hat nicht geschrien. Keinen Mucks hat er von sich gegeben!"

Charlies Stimme klang zögerlich, beinahe verschreckt. Wie die Stimme einer Jugendlichen, die gleich ein schreckliches Geheimnis gesteht. Ihr dieses Geständnis zu entlocken war ein schwieriges Unterfangen, aber aufzugeben kam für Ariana Debret nicht infrage. Sie musste ganz behutsam vorgehen, so wie wenn man eine Auster lebendig und unversehrt aus der Schale lösen möchte.

Und es funktionierte. Irgendwann strömten die Worte hervor, ohne dass sie mehr tun musste, als Charlie weiterhin zu ermutigen.

„Diese Erinnerung quält dich bestimmt schrecklich", sagte sie mitfühlend.

„Es ist eher wie ein Traum", antwortete die Stimme am anderen Ende der Leitung nachdenklich.

„Meine Therapeutin meint, häufig wiederkehrende Träume können sich manchmal wie Erinnerungen anfühlen", erklärte Ariana. Es hatte eine Zeit gegeben, in der sie über nichts anderes sprachen als die gemeinsame Therapie. Ariana hatte sich immer königlich über Charlies bissige Kommentare zu den Therapiesitzungen amüsiert. Ihre Freundin war ein ganzes Stück jünger als sie und hatte gerade erst mit der Highschool begonnen, als sie sich kennenlernten, aber in den zwei Jahren, die sie sich inzwischen kannten, war sie richtig erwachsen geworden.

„Du gehst noch zu einer Therapeutin?" Charlie schnaubte. „Ich hab meine abserviert, als ich aus der Gruppe ausgestiegen bin."

Ariana schwieg. Wie dumm von ihr, die Therapie zu erwähnen. Am Ende engagierte das Mädchen noch irgend so einen nichtsnutzigen Kinderpsychologen und plauderte alles aus.

„Erzähl mir von deinem Traum“, sagte sie so sanft wie möglich.

Ein Seufzen am anderen Ende der Leitung. „Na gut: Es ist Nacht. Ich bin auf dieser Party, aber alle anderen sind schon nach Hause gegangen. Von draußen, vom Pool, höre ich Stimmen, also schaue ich durchs Fenster. Da sehe ich ihn. Sein Gesicht ist dank der Beckenbeleuchtung gut zu erkennen. Er trägt einen schönen Anzug, einen teuren, verstehst du? Als er nach vorne kippt, reißt er die Arme hoch, um sein Gesicht zu schützen. Er sieht nicht ängstlich aus. Kein Schrei, nichts, nur das Platschen, als er ins Wasser fällt. Hinter ihm dunkle Schatten, Palmen. Und in den Schatten steht jemand. Die Gestalt tritt hervor und kniet sich an den Beckenrand. Ich erinnere mich an weiße Knie. Dann packt sie ihn mit der Hand am Hinterkopf. Drückt ihn unter Wasser. Ich will gar nicht an diese Hand denken. Ich darf nicht daran denken!“

Charlie zögerte, bevor sie weitersprach. „Der Typ im Wasser wehrt sich kaum. Ich will losrennen, kann mich aber nicht bewegen. Ich stehe auf der Treppe zum ersten Stock und schaue aus dem Fenster. Wenn die Gestalt hochschauen würde, könnte sie mich sehen. Es ist dumm, da stehen zu bleiben, aber ich kann nicht anders. Meine Füße sind wie festgewachsen!“

„Das hab ich auch manchmal, wenn ich träume“, unterbrach sie Ariana. „Das kennt jeder. Dieses Gefühl, dass man mit dem Boden verwachsen ist.“

Charlie fuhr fort. „Dann ruft jemand nach mir. Es ist eigentlich nur ein Flüstern, aber ich höre es bis hier hoch. ‚Charlie … hey, Charlie.‘ Ich bringe kein Wort heraus, also hebe ich ganz leicht die Hand und winke. Und dann, ganz allmählich, spüre ich meine Füße wieder. Ich drehe mich zitternd um …“

„Weil du nicht weißt, was du gerade beobachtet hast?“

„Genau, ich verstehe nicht, was ich gesehen habe. Da nimmt jemand ganz vorsichtig meine Hand und sagt: *Du schlafwandelst, Liebling. Deine Träume nehmen dich völlig gefangen.* Genau diese Worte. Und: *Es ist Zeit, wieder ins Bett zu gehen, Charlie.*“

„Sie nennt dich Charlie?“, hakte Ariana nach. „So wie die Figur, die du in der Fernsehserie gespielt hast?“

„Damals haben mich alle so genannt. Das hat mich nicht gestört. Ich war gerne Charlie und ziemlich traurig, als ich aufhören musste.“

„Und jetzt?“, fragte Ariana. „Möchtest du immer noch Charlie sein?“

„Ich … Ehrlich gesagt wünsche ich mir, ich wäre nie Charlie gewesen. Denn sie hat jemanden ertrinken gesehen.“

„Wie jetzt? Du hast doch gesagt, es war ein Traum!“, entgegnete Ariana. „Ein Traum, der sich mit dem vermischt hat, was du später gehört hast. Über Tyson Drew.“

„Wenn es nur ein Traum war, warum träume ich ihn nach so vielen Jahren immer noch?“

„Keine Ahnung, Süße. Das kann viele Gründe haben.“

Die Stimme am anderen Ende der Leitung senkte sich zu einem kaum hörbaren Flüstern. „Meinst du, es hat was damit zu tun, dass ich … du weißt schon …“

„Was?“

„Dass ich so neben der Spur bin?“

Ariana runzelte die Stirn. „Du denkst, du bist neben der Spur?“

„Alle anderen glauben es zumindest. Warum sollten sie mich sonst zu Hause rausschmeißen?“

„Du ziehst von zu Hause aus?“

„Sieht so aus.“

„Aber du bist noch ein Teenager! Wo wirst du wohnen?“, rief Ariana empört.

„Ich ziehe nach Los Angeles. Vorzeitige Mündigkeit und so.“

„L. A.? Verdammt! Aber wieso?“

Die Antwort bestand aus einem bitteren Lachen. „Es muss daran liegen, dass ich mich danebenbenehme. *Wir werden be-*

stimmt nicht für deine pubertären Fehltritte geradestehen. Originalzitat meiner Mutter."

Ariana verdrehte die Augen. „Willst du damit sagen, deine Familie lässt dich tatsächlich für mündig erklären? Mit allem Drum und Dran: alleine wohnen, Verträge abschließen, arbeiten – meinst du das?"

„Genau das. Keine Eltern. Keine Unterstützung. Kein Netz mit doppeltem Boden."

„Ich wohne auch alleine, verdammt. Meine Eltern unterstützen mich schon nicht mehr, seit ich siebzehn bin."

„Aber du bist achtzehn, Ariana. Du hast die Schule fertig, hast einen Job! Das mit der vorzeitigen Mündigkeit ist etwas anderes. Das Gericht ordnet sie an. Ich bin dann für meine Angelegenheiten selbst verantwortlich."

„Klar, Schätzchen, weiß ich alles. Ich arbeite schließlich in einer Anwaltspraxis. Wir hatten schon ein paar dieser Fälle auf dem Tisch. Deine Eltern müssen vor Gericht nachweisen, dass du deinen Lebensunterhalt von deinem eigenen Geld bestreiten kannst."

„Stimmt. Sie wollen mir monatlich etwas zuschießen, damit ich mir ein Zimmer mieten und das Essen zahlen kann, vielleicht noch die Busfahrkarte."

Ariana nickte gedankenverloren. Bei genauerer Betrachtung ergab diese Mündigkeitsgeschichte bei Charlie durchaus Sinn. „Das Gute ist, du kannst bestimmen, auf welche Schule du gehst."

„Von wegen", seufzte Charlie. „Da lassen meine Eltern leider nicht locker. Ob hier oder in L. A. – wenn's um die Schule geht, haben sie das letzte Wort."

JOHN-MICHAEL

Carlsbad – Montag, 1. Dezember

„Jetzt wird alles gut, Dad."

John-Michaels Vater lag mit dem Gesicht zum Fenster im Bett. Er sah beinahe friedlich aus, wäre da nicht die zur Faust geballte Hand, auf der die Adern vor lauter Anspannung blau hervortraten. Der Anblick machte es John-Michael verdammt schwer, sich auf die vor ihm liegende Aufgabe zu konzentrieren.

Er griff nach der Hand seines Vaters, bog die Finger sanft auseinander und legte die Decke darüber. Dann atmete er tief durch.

„Um mich musst du dir keine Sorgen mehr machen", flüsterte er.

Der Wecker auf dem Nachttisch zeigte 22.35 Uhr. Klobige weiße Ziffern, gut zwei Zentimeter hoch, auf schwarzem Grund. Sein Vater hatte diesen Wecker gekauft, weil er schlecht sah, und genau deswegen hasste John-Michael das Teil, so wie er alle Anzeichen hasste, die darauf hinwiesen, dass sein Vater älter wurde und bald sterben würde. Es war hart genug für ihn gewesen, einen verbitterten Witwer zum Vater zu haben, auch ohne die ersten Alterserscheinungen.

John-Michael umrundete das Bett. Im Nachttisch bewahrte der Alte seinen größten Schatz auf: Erinnerungsstücke an John-Michaels Mutter. Als er klein war, hatte sein Vater die Gegenstände oft auf dem Bett ausgebreitet, damit John-Michael sie anfassen und eine Weile in der Hand halten konnte. Manchmal hatte er ihm dabei eine Geschichte von ihr erzählt, aber das war lange her.

John-Michael zog die Nachttischschublade heraus und leerte den Inhalt auf dem Bett aus. Gedankenverloren betrachtete er die Ansammlung handbeschrifteter Umschläge, die Perlenkette aus China, die mit schwarzem Samt bezogene Schachtel mit den

Diamant- und Goldringen der Verlobung und der Hochzeit, die Blechdose mit den Fotos. „Es ist mir so schwergefallen zu entscheiden, was ich aufheben soll", hatte sein Vater oft gesagt.

Anfangs war John-Michael einfach nur dankbar gewesen, egal, wie klein und unwichtig das Erinnerungsstück war. Erst später hat er sich darüber geärgert. Sein Vater hätte mehr aufheben sollen, viel mehr! Es gab weder Tonbandaufzeichnungen noch Videoaufnahmen von ihr. Sie lebten im 21. Jahrhundert, und John-Michael blieb nicht eine einzige digitale Aufnahme seiner Mutter! Und die wenigen eigenen Erinnerungen, die er an sie hatte, waren mit der Zeit so verblasst, dass er nicht mehr wusste, ob sie überhaupt real waren oder nur Erinnerungen an Träume.

Er betrachtete die Gestalt seines Vaters unter der Bettdecke und rief sich widerstrebend die Geschehnisse der letzten Stunde in Erinnerung. Es tat weh, daran zu denken. Was sein Vater ihm heute gesagt hatte, übertraf alles bisher Gehörte. Und keines dieser Worte würde er je wieder zurücknehmen können.

John-Michael kramte eine Schuhschachtel unter dem Bett hervor, nahm die Slipper seines Vaters heraus und legte die Sachen seiner Mutter hinein. Dann schloss er den Deckel und verstaute alles in seinem Rucksack.

Er beeilte sich, die Papiere zusammenzusuchen, derentwegen er gekommen war. Sein Vater hatte ihm verraten, wo er das Geld versteckt hatte; zwar nicht buchstäblich unter der Matratze, aber nicht sonderlich weit davon entfernt. Er bewahrte seine Ersparnisse in Form von Krügerrand-Münzen und Hundert-Dollar-Scheinen auf, fünftausend davon hatte er immer mindestens im Haus, während er das Gold und das restliche Bargeld in einem Schließfach aufbewahrte.

Alles andere ließ John-Michael dort, damit niemand Verdacht schöpfte. Alles musste so normal wie möglich aussehen. „Geh lieber zur Hintertür raus", hatte sein Vater ihm mit einem verbitterten Lachen geraten. „Wenn dich irgendjemand auf meiner

Veranda sieht, könnte er misstrauisch werden und sich fragen, warum die undankbare kleine Schwuchtel plötzlich ihren Vater besucht."

Seine Worte hatten John-Michael einen Stich versetzt. Es schmerzte ihn noch genauso wie früher, von seinem Vater beschimpft zu werden. Aber entschuldigen konnte er sich nicht bei ihm, denn es gab nichts zu entschuldigen. John-Michael bereute nichts, gar nichts. Er hatte genug gelitten in den einsamen Nächten, in denen er in Telefonzellen oder Hauseingängen geschlafen hatte, egal wo, Hauptsache nicht in Reichweite seines Vaters.

Irgendwann war es ihm gelungen, sich aus dem Morast von Zorn und Enttäuschung, in dem Chuck Weller sich suhlte, zu befreien. Nicht heute Nacht, sondern schon im Laufe des vergangenen Jahres. Der heutige Abend war nur Ausdruck dieses Gefühls, das er sich schon vor Längerem zu eigen gemacht hatte.

Und trotzdem: Bei der Erinnerung an die Worte seines Vaters zitterten ihm die Hände.

Du ähnelst mir mehr, als du glaubst. Deine Mutter hätte so etwas nie über sich gebracht!

Er verließ das Haus durch die Hintertür, so wie sein Vater es ihm gesagt hatte, benutzte Handschuhe zum Absperren und legte den Schlüssel wieder in den Topf mit den Geranien. Entschlossen überquerte er den Hof, sprang mit einem Satz über den Zaun und lief quer über das angrenzende Feld. Diesen Fluchtweg hatte er, seit er zwölf war, tausende Male benutzt.

Ein beklemmender Gedanke, dass er diesen Weg von nun an nie mehr benutzen würde.

Er warf einen letzten Blick zurück über die Schulter. Im Licht der Straßenlaterne warf das Haus einen langen Schatten, der nach John-Michael zu greifen schien. Nur ein Schritt näher, und der Schatten würde ihn verschlucken. Unwillkürlich trat er einen Schritt zurück. Das Blut rauschte in seinen Ohren.

„Lebe wohl, Dad", flüsterte er.

Es war ihm nicht geheuer, mit mehreren tausend Dollar in der Tasche durch die Stadt zu laufen, aber das Auto seines Vaters gleich mitzunehmen kam nicht infrage. Der Alte hatte klare Anweisungen gegeben: *Bleib ruhig und warte ab.*

Bald würde er in Sicherheit sein, denn von dem Geld konnte er sich locker ein Zimmer mit einem bequemen Bett leisten – ohne dafür jemanden flachzulegen. Klar, manche von den Männern, die ihn abgeschleppt hatten, waren durchaus attraktiv gewesen. Manche wollten ihn sogar wiedersehen, aber John-Michael würde ganz sicher für niemanden den Lustknaben spielen. Er wollte mit einem Jungen seines Alters zusammen sein, jemandem aus der Highschool oder noch jünger. Wenn er keine Beziehung auf Augenhöhe führen konnte, dann wollte er zumindest der Ranghöhere sein.

In seinem bisherigen Leben hatte er immer auf der Verliererseite gestanden. Damit war es jetzt vorbei! Wie hatte sein Vater so treffend gesagt? „Du bist ein Versager, mein Sohn. Jetzt kannst du zeigen, was du draufhast. Beweise mir, dass du Mumm in den Knochen hast!"

Endlich war die Gelegenheit gekommen. Endlich war er frei, auch wenn er einen hohen Preis dafür bezahlt hatte.

Aber was gab es im Leben schon umsonst?

CANDACE

Culver Fernsehstudio – Freitag, 5. Dezember

„Haben sie nicht ausdrücklich eine Blondine verlangt?"

Diesen Moment hasste Candace bei Castings am meisten: wenn sie sich im Wartebereich mit einer schnatternden Horde identisch aussehender Mädchen konfrontiert sah. Gleiches Alter, gleiche schmale Figur, lange blonde Haare … In diesen Momenten kam sie sich langweilig und austauschbar vor.

Überraschenderweise waren die Mädchen, die heute hier warteten, völlig unterschiedliche Typen: manche blond, andere braunhaarig, Hell- und Dunkelhäutige, ein paar Asiatinnen.

Candace setzte sich neben Grace, die sie aufmunternd anlächelte. Sie waren erst seit vier Tagen in Kalifornien, weil es über einen Monat gedauert hatte, alles zu packen und den Papierkram zu erledigen. Vor zwei Tagen hatte das Gericht Candace endlich für mündig erklärt. Graces Antrag war noch vor der Abreise in Texas positiv beschieden worden. Jetzt durften sie beide ganz offiziell alleine wohnen, Verträge abschließen, sich ihre Schule selbst aussuchen und – für Grace das Wichtigste – alles Geld behalten, das sie verdienten.

Candace wandte sich an ein bildhübsches asiatisches Mädchen, das gerade das Skript durchblätterte. „Sind wir hier richtig zum Casting für die Rolle der ‚Gina' in *Downtowners*?"

Das Mädchen nickte freundlich. „Mein Agent hat sie mir so beschrieben: ‚Zwischen siebzehn und dreiundzwanzig, unverbrauchter Look, sportliche Figur, Kampfsporterfahrung auf der Bühne zwingend erforderlich, möglichst mit Schauspielerfahrung vor der Kamera. Und: Bitte Sportklamotten mitbringen.'"

„Die suchen also keine Blondine?"

„Soweit ich weiß, hat die Frau einen kahlrasierten Kopf, von daher ist das ziemlich egal."

„Sie hat eine Glatze?", platzte Grace heraus, doch Candace brachte sie mit einem schnellen Blick zum Schweigen.

Katelyn, Candaces Mutter, schwebte in einer blumig duftenden Wolke des extra für sie von Guerlain zusammengestellten Parfums herein. Sie ließ den Blick abschätzig durch den Raum schweifen, setzte sich neben Candace auf einen freien Stuhl und bettete die Chanel-Handtasche sorgsam in ihren Schoß.

„Liebling, bist du im falschen Casting?", fragte sie mit einem skeptischen Blick auf die anderen Bewerberinnen.

Candace antwortete nicht, sondern verdrehte heimlich die Augen. Grace musste schmunzeln.

Die beiden Stiefschwestern hatten sich von Anfang an gut verstanden, seitdem sie einander vor sechs Jahren vorgestellt worden waren. Beide hatten einen ähnlich skurrilen Sinn für Humor und fanden es damals ziemlich abgefahren, dass ihre Eltern miteinander ausgingen.

Candice starrte nervös auf das Skript. Ihre Rolle umfasste nur zwei Zeilen Text, aber es half ihr, sich auf etwas anderes zu konzentrieren als die schlauen Ratschläge ihrer Mutter.

Sie wäre lieber mit Grace alleine hergekommen, aber Katelyn wollte mit den beiden danach beim Haus in Venice Beach vorbeifahren und anschließend das Auto abholen, das sie für die beiden geleast hatte – einen Toyota Prius. Von diesem Modell hatte sie sich nicht abbringen lassen: „Entweder dieses Auto oder du fährst mit dem Fahrrad. Die CO2-Bilanz unserer Familie ist eh schon dadurch belastet, dass ihr nicht bei mir wohnt. Aber ihr wisst ja, wie das bei Jarvis ist. Sein Job verlangt ein hohes Maß an Verschwiegenheit."

Seit sie San Antonio recht überstürzt verlassen hatten, wohnten die Stiefschwestern vorübergehend bei Jarvis, dem Drogenbaron, und Katelyn in Malibu. Grace konnte es kaum erwarten, endlich ihre eigenen vier Wände zu haben, aber bei Katelyn musste alles korrekt zugehen. „Wenn du in meinem Haus in Venice wohnst, dann als Mieterin, nicht als Tochter. Vergiss das nicht!"

Die Stimmung bei Katelyn und Jarvis schlug Grace langsam aufs Gemüt, und Candace wusste genau, warum. Katelyn konnte Graces Mutter Tina nicht ausstehen, weil sie ihr die Schuld für das Scheitern ihrer Ehe gab. Dabei hatte Katelyn ihren Mann verlassen, nicht umgekehrt. Außerdem nahm sie Tina übel, dass sie sich für Candaces Karriere engagierte, während sie selbst daran kein wirkliches Interesse zeigte. Das alles nagte wahrscheinlich an ihrem mütterlichen Stolz.

Aber zum Glück würde mit den ständigen Reibereien bald Schluss sein, und Katelyns Großzügigkeit machte ihre hochnäsige Art doppelt wett. Sie hatte ihnen von sich aus angeboten, in ihrem Haus in Venice Beach zu wohnen, und sogar den ersten von vier Mitbewohnern angeschleppt, die dort einziehen sollten. Ein Typ namens Paolo King, ein Zehntklässler, der in Katelyns Countryclub Tennisunterricht gab.

Candace und Grace hatten ihn gegoogelt und fanden ihn ziemlich scharf. Katelyn behauptete, er ginge mit einem dieser reichen Mädchen aus dem Tennisclub, einer Collegestudentin.

„Also kein potenzieller Kandidat für dich", hatte Grace gewitzelt.

„Spinnst du? Ich steh nicht auf jüngere Kerle", lautete Candaces Antwort. „Nicht mal, wenn sie mit Studentinnen ausgehen. Da kann er noch so süß sein!"

Ein Stück weiter den Flur hinunter probten zwei Mitbewerberinnen eine Kampfszene. Die beiden waren braun gebrannt, schlank und trugen genau wie Candace Cargohosen, Turnschuhe und eng anliegende Tops. Candace sah ihnen eine Weile zu, dann flüsterte sie: „Ich hätte das Kämpfen vielleicht mit dir üben sollen."

Grace zog eine Augenbraue hoch. „Ein Wort von dir und es geht los. Für meine Schwester mache ich mich doch gerne zum Affen!"

„Seid nicht albern", zischte Katelyn. Sie zupfte ihre Leinenhose zurecht, schlug kokett die Beine übereinander und präsentierte dabei ihre schwarz-weißen Jimmy-Choo-Pumps. „Schaut euch nur an, wie verschwitzt die aussehen."

„Diese Gina in der Serie ist eine ziemlich krasse Randalebraut", flüsterte Candace zurück. „In der ersten Folge tötet sie einen Mann mit bloßen Händen. ‚Verschwitzt' ist der passende Look für sie."

„Und so eine Rolle willst du spielen, Schatz? Du bist so ein bildhübsches Mädchen. Eher der grazile Typ. Eine Tänzerin oder Sängerin – so was solltest du spielen."

„Dafür gibt es echte Tänzerinnen und Sängerinnen, Mom. Ich bin eine Schauspielerin! Ich kann alles spielen. Es ist immerhin eine Fernsehserie, und sie verlangt ein gewisses Maß an schauspielerischem Können. Das reicht mir fürs Erste."

„Aber es ist so eine winzige Rolle", entgegnete Katelyn. „Solange der Vertrag läuft, wirst du neben der Schule weder Zeit noch Energie für andere Castings haben."

Candace und Grace tauschten einen vielsagenden Blick. „Mom, das ist doch Blödsinn!"

„Selbst wenn. Ich erlaube es nicht, dass du mehrere Rollen annimmst. Nicht, solange du noch in die Schule gehst!"

„Das meinst du doch nicht ernst?! Oh Mann, warum ist Tina nicht hier, die würde so was nie sagen! Ihr wäre jede Fernsehrolle recht!"

„Nun, das ist einer der vielen Unterschiede zwischen dieser Frau und mir", antwortet Katelyn pikiert. „Sie will, dass du berühmt wirst, damit sie was von dem Ruhm abbekommt. Aber ich bin deine Mutter, und weil ich dich liebe, ist es mir wichtig, dass sich dein Leben nicht nur um die Schauspielerei dreht. Schließlich kenne ich die Kehrseiten des Künstlerlebens aus eigener Erfahrung und weiß, was es denen abverlangt, die dich lieben."

Grace schwieg, aber ihrer Miene war deutlich abzulesen, welche Mühe es sie kostete, wegen der Kritik an ihrer Mutter nicht auszuflippen.

„Könntest du dir dein Selbstmitleid als Künstlerehefrau bitte sparen, Mom?", presste Candace zwischen zusammengebissenen Zähnen hervor. Flehentlich blickte sie ihre Mutter an. „Ich brauche deine Unterstützung! Du hast ja keine Ahnung, wie sehr Tina sich für mich einsetzt. Sie ermutigt mich, und das ist toll! Ehrlich gesagt würde ich jede noch so kleine Fernsehrolle mit Kusshand nehmen. Das wäre der Hammer! Selbst wenn ich eine Boxerin mit Glatze spielen muss – Hauptsache, ich bin im Fernsehen!"

Hinten im Flur rief eine Frauenstimme „Candace Deering?".

Candace stand auf, umarmte Grace kurz und folgte der Frau mit dem Notizblock in den angrenzenden Raum. Langsam beruhigte sich ihr Herzschlag, und das Kribbeln im Bauch ließ nach. Das war jedes Mal so, wenn sie ein Vorsprechen hatte: Die Nervosität ließ nach, und sie fühlte sich nur noch ein wenig schläfrig und taub.

PAOLO

Van-Buren-Highschool – Montag, 15. Dezember

„Du suchst einen schwulen Mitbewohner? Frag doch den komischen Neuen. Angeblich schläft er nachts im Auto seines Vaters."

Erst vor einer Woche hatte das Gericht Paolo vorzeitig für mündig erklärt, und schon hatte er eine tolle Wohnmöglichkeit aufgetan. Eine seine Tennisschülerinnen hatte ihn einer Frau empfohlen, die Mitbewohner für ihre Tochter suchte.

Anscheinend sollte die WG eine Art Familienersatz werden. Paolo hatte im Gespräch mit der Frau seinen ganzen Charme spielen lassen, offenbar mit Erfolg. Sie hatte ihm zugesagt und ihn gebeten, einen zweiten Mann als Mitbewohner zu suchen.

„Kennst du vielleicht einen netten schwulen Jungen?", lauteten ihre Worte. „Jemanden, der Wert auf Sauberkeit und Ordnung legt?"

Paolo verriet ihr nicht, dass er keine schwulen Freunde hatte. Und was für ein albernes Klischee! Als ob alle Schwulen ordentlich sein müssten. Er war selber ziemlich ordentlich und gepflegt – und nicht schwul. Er kannte nur einen schwulen Jungen an der Schule, doch der hatte auf seine Frage nur gelacht und ihm den Tipp mit John-Michael gegeben.

Sollte er ihn wirklich ansprechen? John-Michael Weller ging zwar seit einer Woche in Paolos Klasse, aber sie hatten bisher kaum ein Wort gewechselt. Vielleicht lag es daran, dass sie sich in unterschiedlichen sozialen Gruppen bewegten: Paolo gehörte zu den umschwärmten Sportlern und John-Michael eher zu den Sonderlingen. Wobei Paolo sich gern damit brüstete, dass er überall dazugehören konnte, wenn er wollte.

Gut möglich, dass John-Michael ihn einfach nicht leiden konnte. Trotz seiner angeblichen Beliebtheit gab es genügend Leute, die ihn gerade wegen seiner schönen Zähne und glatten

Haut nicht ausstehen konnten. Dann auch noch das Tennis – für viele war er ein Hassobjekt!

Insgeheim vermutete Paolo, dass John-Michael ziemlich cool war. In den ersten Tagen saß er wie ein Geist hinten im Klassenzimmer und verfolgte stumm das Geschehen um ihn herum. Kein Wort über sich oder warum er noch vor den Weihnachtsferien auf die Van Buren gewechselt war. Und dann, als sie im Musikunterricht gerade Rap mit moderner urbaner Lyrik verglichen und dessen Bedeutung für die Popmusik analysierten, zitierte er aus dem Stand den gesamten Liedtext einer obskuren britischen Indie-Rockband auswendig.

Die Klasse hatte sich gesammelt umgedreht und ihn angestarrt; anfangs fanden es alle peinlich, aber auch ziemlich beeindruckend. Nachdem er den Text zum Besten gegeben hatte, zog sich John-Michael übergangslos wieder in sein Schweigen zurück.

Mit seiner blassen Haut, den kantigen Gesichtszügen und dem dunklen Eyeliner zu kohlschwarzen Haaren war es kein Wunder, dass die Mädels ihn als Vampirverschnitt verspotteten. John-Michael zeigte seinerseits keinerlei Interesse an den Mädchen, er beachtete sie überhaupt nicht. Geoutet oder nicht, Paolo war sich ziemlich sicher, dass er schwul war.

Und genau das machte ihn dummerweise nervös. Einen anderen Mann zu fragen, ob er bei dir einziehen will, konnte schnell zu Missverständnissen führen. Vor allem, wenn derjenige scharf auf dich war, und John-Michael hatte ihm schon des Öfteren interessierte Blicke zugeworfen. Paolo störte das nicht, er war es sogar gewohnt. Aber wie sollte er das mit der Wohnung vorschlagen, ohne es wie eine Anmache klingen zu lassen?

Er wartete vor der Mensa, bis John-Michael mit seinem Tablett draußen im Hof an einem freien Tisch Platz genommen hatte. Dann setzte er sich zu ihm.

„Hey!“ Vorsichtshalber verkniff sich Paolo ein allzu einnehmendes Lächeln.

John-Michael nickte ihm zu und biss in sein Panini.

„Sieht gut aus."

„Schmeckt auch gut", antwortete John-Michael kauend. „Hol dir doch auch eins."

Paolo zuckte die Achseln. „Ich muss auf meine Ernährung achten, wegen der Tennissaison. Paninis stehen nicht auf dem Speiseplan."

„Wie ärgerlich", erwiderte John-Michael zurückhaltend. Er schien sich zu fragen, was Paolo wollte.

„Wir haben uns noch nie wirklich unterhalten." Paolo geriet ins Stocken, was ihm einen verwunderten Blick von John-Michael einbrachte, der sich einen Kommentar zu verkneifen schien.

Jetzt mach schon, dachte Paolo im Stillen. *Bring's hinter dich, du Idiot.*

„Ich, ähm, ich bin auf der Suche nach einem Mitbewohner. Und ich hab gehört, dass du …"

„Auf der Straße lebst?", sagte John-Michael rundheraus. Es schien ihm gar nicht peinlich zu sein, aber vielleicht wollte er Paolo nur aus der Reserve locken.

Ihm stieg die Schamesröte ins Gesicht. „Ja, ehrlich gesagt habe ich genau das gehört."

„Es trifft aber im Moment nicht zu", antwortete John-Michael, „weil ich diese Woche beim Freund eines Freundes eines Freundes wohne."

„Aber sonst schon?", hakte Paolo nach.

„Ja." Eine Spur von Traurigkeit schwang in seiner Stimme mit. „Ich muss am kommenden Wochenende wieder ausziehen."

„Und wie kommst du klar?"

John-Michael legte das angebissene Panini auf den Teller. „Du meinst wegen der Kohle? Das ist mein geringstes Problem. Ich habe Geld. Mein Problem sind die Vermieter. Die meisten wollen einen Studenten und keinen Schüler aus der Highschool."

„Heißt das, du hast Interesse?"

„Suchen deine Eltern einen Untermieter?“

Ein Lächeln stahl sich auf Paolos Gesicht. „Nicht ganz.“

„Nur du und ich?“, fragte John-Michael verdutzt.

„Du, ich und ein paar Mädels … so ist zumindest der Plan. Wenn du damit ein Problem hast, können wir uns einen dritten Mann suchen. Aber ehrlich gesagt wären mir Mädchen lieber.“

„Versteh schon. Du hast keinen Bock auf Konkurrenz. Und ich bin keine Gefahr für dich, stimmt’s?“

Paolo sah John-Michael überrascht an. Er wusste also, dass er es wusste.

„Nein, darum geht es nicht. Aber aktuell sind schon zwei Mädchen fest mit dabei. Macht mit uns vier von sechs. Sechs Leute verteilt auf drei Zimmer. Die Mädels wollen nette Jungs im Haus, ordentlich und so, du weißt schon.“

„Ordentlich, ach so.“ John-Michael runzelte die Stirn. „Und das bin ich, weil ich schwul bin?“

Paolo fiel keine passende Antwort ein.

„Meinst du, schwule Männer haben alle von Haus aus einen Ordnungsfimmel und eine Vorliebe für hübsche Dekoelemente?“

„Mir doch egal, Mann, du kommst mir halt vertrauenswürdig vor“, seufzte Paolo. „Hör zu … kannst du nicht so tun, als wärst du brav und ordentlich? Nur bis die Mädels Ja gesagt haben?“

„Und wo sollen wir wohnen? Ist das eine Dreizimmerwohnung, ein Appartement? Ein Haus?“

„Ziemlich coole Hütte. Halt dich fest – mitten in Venice Beach!“

John-Michael lachte. „Du kennst mich doch kaum.“

„Du und ich“, wiederholte Paolo entschlossen. „Vorausgesetzt, du kannst die anderen überzeugen. Das Haus gehört wohl der Mutter der beiden Schwestern, Zweitwohnsitz oder so. Wenn du bis zum Ende der Woche deinen Teil der Kaution lockermachst, können wir schon am Wochenende einziehen.“

John-Michael nahm einen Schluck von seinem Orangensaft und setzte eine betont lässige Miene auf. Diesen Gesichtsausdruck kannte Paolo von den Frauen, mit denen er zusammen gewesen war – innerlich sind sie völlig aus dem Häuschen, aber nach außen tun sie supercool.

ARIANA telefoniert mit CHARLIE

Samstag, 20. Dezember

„Weißt du noch, wie ich dir von meinem Traum erzählt habe?", fragte Charlie.

Ariana Debret nickte. „Ja, weiß ich noch." Obwohl es über einen Monat her war, hatte Ariana irgendwie geahnt, dass das Thema noch nicht erledigt war.

„Und wenn ich dir sage, dass ich es nicht mehr für einen Traum halte?"

„Wem hast du diese Vermutung noch erzählt?"

„An wen denkst du?"

„Keine Ahnung. Einem Freund, deinen Eltern. Der Polizei?"

Die Antwort kam stockend, immer wieder unterbrochen von Pausen. „Ich habe es *immer* für einen Traum gehalten. Jahrelang! Aber es ist keiner. Oder doch? Schließlich sehe ich sein Gesicht: das Gesicht von Tyson Drew, dem Mann, der ermordet wurde. Und dann versuche ich, die Person zu erkennen, die ihn reinstößt, ihn unter Wasser drückt ..."

„Und?", fragte Ariana gespannt.

„Es geht nicht. Ich bin wie blockiert!" Charlie seufzte frustriert. „Als könnte ich die Augen nicht aufmachen."

„Weil du in Wahrheit doch nichts gesehen hast?", fragte Ariana.

„Vermutlich. Aber was, wenn ich nur Angst davor habe, hinzuschauen?"

„Hey, kann ich dich zurückrufen?", unterbrach sie Ariana. „Meine Mutter hängt in der Warteschleife, sie dreht durch, wenn ich nicht bald rangehe."

Sie drückte Charlie weg und holte die andere Frau in die Leitung. Ihre Stimme veränderte sich, senkte sich um eine Oktave und wurde hörbar kühl. „Ich hab mit unserer alten Freundin ‚Charlie' telefoniert."

Die Frauenstimme am anderen Ende der Leitung klang selbstbewusst und cool wie immer. „Perfekt! Läuft alles?“

„Die schlechte Nachricht: Sie ist immer noch komplett mit Mr. Tyson Drew beschäftigt. Die gute: Sie hält es immer noch für einen Traum.“

Sekundenlanges Schweigen, dann: „In Ordnung. Und sonst?“

„Nun ja, wir zwei haben auch ein Problem“, erwiderte Ariana. „Ich kann so nicht weitermachen.“

„Ach“, sagte die Frau spöttisch, „hast du etwa dein Gewissen entdeckt?“

„Ich habe meinen Teil der Vereinbarung erfüllt und mich mit ihr angefreundet. Aber damit ist jetzt Schluss!“

Die Antwort bestand aus einem höhnischen Lachen. „Ich entscheide hier, wann Schluss ist!“

„Die Kleine zieht zu Hause aus. Geht nach L. A. – das ist ziemlich weit weg.“

„Na und? Du kannst sie doch trotzdem anrufen.“

„Das wird nicht funktionieren. Bisher konnte ich immer so tun, als rufe ich an, um zu hören, ob alles okay ist. Wie man das halt so macht, wenn man zusammen auf Entzug war. Aber die Therapie ist ewig her, ich kann nicht ständig anrufen. Wenn du eigene Kinder hättest, wüsstest du, dass die Teenies heutzutage nicht mehr telefonieren. Das läuft alles über SMS oder WhatsApp.“

Keine Reaktion. Behutsam sprach Ariana weiter. „Du musst dir jemanden suchen, der vor Ort wohnt. Wie stellst du dir das vor? Dass ich sie aus heiterem Himmel anrufe, um über diesen alten Kram zu reden?“

„Schon blöd irgendwie. Und wenn du auch umziehst? Den letzten Job habe ich dir besorgt – er ist zwar mies, aber ich verschaff dir problemlos einen neuen.“

„Du kennst meine Einstellung – ich hasse L. A.! Und was meinen ‚miesen‘ Job angeht: Der ist gar nicht übel. Endlich komme ich mal zur Ruhe und kann ein bisschen Geld zur Seite legen.

Aber danke fürs Angebot.“ Ariana zögerte. „Das mit dem Haus und der WG … das könnte Ärger geben. Ich kenn mich da aus. Als ich letztes Jahr bei meinen Eltern ausgezogen bin, habe ich mit meiner Cousine und ihren Freunden zusammengelebt. Wir hatten eine Menge Spaß. Wilde Nächte, unbeaufsichtigte Teenager … wir haben ganz schön viel Blödsinn angestellt.“

Den Einwand ließ die Frau nicht gelten. „Nett von dir, dass du dir Gedanken machst, aber ich finde schon eine Lösung. Egal wie, Ariana: Ich lasse dieses Mädchen seit acht Jahren nicht aus den Augen, und das wird auch so bleiben.“

„Schön und gut, aber es wird nicht mehr so einfach sein wie vorher. Du brauchst jemanden vor Ort in Los Angeles.“

„L. A.? Gar kein Problem. Mir ist schon jemand eingefallen.“

„Sag lieber nichts!“, unterbrach sie Ariana. „Je weniger ich weiß, umso besser.“

GRACE

Venice Beach – Sonntag, 21. Dezember

„Es gibt ja noch andere Rollen. Mein Agent ist schon dabei, sich um neue Castings zu kümmern. Genau aus diesem Grund muss ich hier wohnen, Tina. Da, wo die Action ist!“

Candace machte eine Pause und hörte Tina zu, die am anderen Ende der Leitung wortreich ihr Mitgefühl ausdrückte. Grace warf ihrer Stiefschwester vom Beifahrersitz aus einen missbilligenden Blick zu und zischte kaum hörbar: „Sag ihr, dass du gerade am Steuer sitzt!“

Als sie vor dem Haus in Venice Beach ankamen, parkte dort schon ein Chevy Malibu; daneben stand unverkennbar Paolo, ihr neuer Mitbewohner. Mit einer lässigen Handbewegung dirigierte er sie auf den freien Parkplatz neben ihm.

„Nettes Auto“, sagte er und hielt Candace die Tür auf.

„Deins auch“, antwortete Grace. Der Typ sah in echt genauso gut aus wie auf dem Foto. Und das wusste er auch.

Ein paar Minuten später rollte ein glänzendes perlgraues Cabrio auf den Parkplatz. Ein Mercedes! Darin saß John-Michael, der zweite Mann im Haus. Kaum hatte John-Michael eingeparkt, strich Paolo bewundernd mit der Hand über die Motorhaube.

„Gehört der deinem Vater?“

John-Michael nickte und strich sich eine Strähne seiner schwarz gefärbten Haare aus dem Gesicht. Er trug lilafarbene fingerlose Handschuhe und schwarz-lila Eyeliner um seine klaren blaugrauen Augen. „Jetzt nicht mehr.“

„Wie bist du da drangekommen, hast du ihn umgelegt?“

„Nein, aber er *ist* tot“, erwiderte John-Michael leise.

Das Lächeln wich aus Paolos Gesicht. „Verdammt, Alter, es tut mir leid. Dieses Auto …“

Bevor John-Michael hastig den Blick abwandte, erkannte

Grace, dass seine Augen feucht wurden. Es schien ihm ziemlich nahezugehen, über seinen Vater zu reden. Sie nahm sich vor, bei diesem Thema behutsam vorzugehen.

„Gut, jetzt wo alle da sind, lasst uns das Haus anschauen", sagte Candace förmlich und führte die Gruppe den kleinen Fußweg hinter den Häusern entlang Richtung Strand.

Grace wandte sich an John-Michael: „Dein Vater ist also ... gestorben?"

„Ja."

Grace schätzte, dass seine knappe Antwort weitere Fragen unterbinden sollte, also hielt sie den Mund. Doch Candace ließ sich davon nicht abschrecken.

„War er krank?", fragte sie geradeheraus.

„So ungefähr."

„Was war es denn? Ein Herzinfarkt? Doch nicht Krebs, oder?"

Grace stieß ihr den Ellbogen in die Seite. „Candace!"

„Schon okay", murmelte John-Michael. „Wenn du es genau wissen willst: Er hat sich umgebracht."

Diese Nachricht verschlug selbst Candace die Sprache. Paolo brach das Schweigen als Erster. „Und hast du dich mit ihm verstanden?"

„Nein. Der Arsch hat mich letztes Jahr rausgeworfen."

„Weswegen?", fragte Candace.

John-Michael ignorierte ihre Frage. „Wenigstens hat er mir seine Kohle vererbt. Hat alles sein Gutes."

„Dann musst du dich wenigstens nicht für mündig erklären lassen", warf Grace ein.

„Wer ist hier mündig?", fragte er erstaunt.

„Ich", antwortete Grace und deutete auf Candace und Paolo. „Und die beiden auch. Meine Eltern leben in Texas. Candaces Mom hat keinen Bock, zwei pubertierende Mädels zu beaufsichtigen. Und Paolos Familie ist nach Mexiko gezogen."

„Und warum konntest du nicht einfach alleine hierbleiben?", hakte John-Michael nach.

„Sie wollten, dass ich für mich und meine Fehler selbst verantwortlich bin.“ Paolo grinste diebisch. „Die hoffen wahrscheinlich, dass ich ab jetzt brav zu Hause sitze.“

„Und, wirst du das machen?“

„Machst du Witze, Alter?“ Paolo drehte sich um und schaute zurück zu den Autos. „Hast du deinen Alten wirklich nicht umgebracht? Bei so einem Auto, ich weiß nicht. Manche Leute würden sonst was anstellen, um an so eine Karre zu kommen.“

John-Michael warf ihm einen eisigen Blick zu. „Wirklich nicht.“

„Ich hab noch nie jemanden gekannt, der sich später umgebracht hat“, sagte Paolo.

„Ich auch nicht“, entgegnete John-Michael. „Bis jetzt.“

„Das muss ein Riesenschock gewesen sein“, warf Candace ein.

John-Michael zuckte die Schultern, aber Grace ließ sich von seiner gespielten Gleichgültigkeit nicht täuschen. Nach außen hin tat er ganz cool, aber unter der Oberfläche lag etwas Verletzliches, Verstörtes. Wie lange würde er die Fragerei mitmachen? Vielleicht brauchte er einfach mal jemanden zum Reden.

Doch Candace wechselte abrupt das Thema. „Wie auch immer, meine Mom hat gesagt, dass wir uns das Haus heute anschauen können. Einziehen dürfen wir aber erst, wenn alle die Kaution bezahlt haben.“

Paolo zog einen Umschlag aus der Hosentasche. „Hier ist mein Anteil. Und John-Michael hat die Kohle auch dabei, oder?“

„Ja, in bar. Ich habe noch kein Konto.“

„Wie kommst du dann an Geld?“, fragte Grace.

„Über den Anwalt meines Vaters. Als Testamentsvollstrecker gibt er mir Geld, wenn ich was brauche.“

„Bist du reich?“, hakte Candace nach.

„Nicht wirklich. Mein Vater hat dafür gesorgt, dass ich nicht zu viel Geld auf einmal kriege. Ich kriege pro Jahr eine gewisse Summe, aber das reicht nur für das Nötigste. Wenn das Haus meines Vaters vermietet wird, bekomme ich davon noch einen Anteil. Aber bisher hat dieser Anwalt es nicht geschafft, einen Mieter zu finden. Außerdem muss ich über jeden Cent, den ich ausgebe, Buch führen. Bis ich fünfundzwanzig bin."

„Fünfundzwanzig! Das ist ja noch eine Ewigkeit", rief Paolo.

„Bist du traurig?", fragte Grace leise.

John-Michael ließ sich mit der Antwort Zeit. „Er war der Einzige, den ich noch hatte. Ich hab sonst niemanden, keine Brüder oder Schwestern."

Sie legte ihm eine Hand auf den Arm. „Das tut mir leid für dich."

„Ja, mir auch", stimmte Candace ihr zu. „Auch wenn man mit seinen Eltern nicht immer klarkommt, muss es schlimm sein, einen von beiden zu verlieren."

„Noch schlimmer, wenn man beide verliert", antwortete er ernst.

Eine bessere Tageszeit hätten sie sich für die Besichtigung nicht aussuchen können. Die Sonne versank gerade am Horizont, und der Himmel über dem Meer leuchtete in den unglaublichsten Farbtönen, von Gold über Pink bis hin zu Blau; die dunklen Umrisse der Palmen hoben sich wie Scherenschnitte vor diesem Farbenspiel ab. Die Häuserreihe, vor der sie stehen geblieben waren, blickte direkt aufs Meer und war nur durch einen schmalen Gehweg vom Strand getrennt. Dahinter nichts als Sand bis hinunter zum Wasser, das in hundertfünfzig Metern Entfernung schäumend an den Strand spülte.

Eine Weile standen die vier einfach nur da und schauten aufs Meer. Grace musterte die staunenden Gesichter der Jungs lächelnd: So hatte sie bei ihrem ersten Besuch hier vor zwei Tagen auch ausgesehen.

„Alter!", sagte Paolo anerkennend.

„Ich glaub's nicht", murmelte John-Michael.

Candace wedelte ihnen mit dem Schlüsselbund vor der Nase. „Wartet erst, bis ihr das Haus gesehen habt!"

Gemeinsam liefen sie den Uferweg entlang. Jedes Haus hatte eine ganz eigene Formensprache, einen eigenen Stil. Auf dem Giebel eines Hauses thronte eine riesige Buddha-Statue, davor ein beleuchteter Brunnen. Manche Häuser hatten riesige Fensterflächen, hinter denen sich superstylische, minimal eingerichtete Wohnzimmer öffneten. Überall sah man große Plasmafernseher und Kunst an den Wänden – und das waren mit Sicherheit keine Kopien.

Selbst die Bewohner sahen reich aus, so als hätten sie noch keinen Tag ihres Lebens arbeiten müssen.

Vor einem der Häuser blieb Candace stehen.

Es war ein eckiger, moderner Bau mit drei Stockwerken, eher schmal und lang, wie die anderen „Strandhütten“ auch. Erdgeschoss und erster Stock waren mit Stuck verziert, daneben viel Grau und Stahl. Nur die Außenwände des zweiten Stocks waren in dem warmen Gelb eines Sonnenuntergangs gestrichen.

Ein Detail stach ins Auge: die gelbe Wendeltreppe neben der Eingangstür. Sie führte vom Erdgeschoss direkt zu einem großen Balkon im zweiten Stock mit Blick auf den Strand. Den Balkon umrahmte eine niedrige, mit Stuck verzierte Mauer.

Um das Grundstück herum verlief eine graue, völlig glatt aussehende Betonmauer, in die an einer Seite ein weißes Metalltor eingelassen worden war.

„Paolo hat gesagt, es gibt drei Zimmer?“, fragte John-Michael.

„Drei, genau“, antwortete Grace. „Zwei davon haben ein eigenes Badezimmer. Beim dritten muss man das Gästebad unten mit benutzen. Candace und ich waren neulich schon mal drin, nach ihrem letzten Casting.“

„Du gehst zu Castings?“

Candace nickte. „Hab schon ein paar hinter mir.“

„Ist ja spannend!“

„Bis jetzt ist es noch nicht besonders aufregend. Ich hab die Rolle mal wieder nicht gekriegt.“

„Ist ein hartes Geschäft“, erwiderte Paolo mitfühlend.

„Ich nehme an, wir beide teilen uns ein Zimmer?“ John-Michael blickte Paolo fragend an.

„Nope“, erwiderte Paolo. „Ich hab das schon mit den Mädels besprochen. Es gibt zwei große Zimmer und ein ganz kleines. Für mich passt das perfekt. Lieber zahle ich mehr Miete und hab dafür meine Privatsphäre.“

„Du meinst, du bist dann der Einzige, der unbemerkt Übernachtungsbesuch mitbringen kann“, flachste John-Michael.

„Wir sollten eine Regel aufstellen“, warf Candace ein. „Kein Sex im Haus. Dafür ist es zu klein.“

„Warum sollten wir Sex haben?“, erwiderte Grace mit ernstem Gesichtsausdruck. „Schließlich ist ja keiner von uns verheiratet.“

Es dauerte einen Moment, bis die Jungs begriffen, dass sie einen Scherz machte. Hoffentlich.

„Wenn's nur daran hängt, mache ich euch gerne einen Antrag“, entgegnete Paolo galant.

Die anderen brachen in schallendes Gelächter aus, und Paolo sonnte sich grinsend in der Aufmerksamkeit. „Das mit dem kleinen Zimmer habe ich nur vorgeschlagen, weil ich euch nicht mit meiner Anwesenheit belästigen wollte. Schürzenjäger, der ich nun einmal bin.“

Diese Bemerkung erntete noch größeres Gelächter. Grace wischte sich eine Träne aus dem Auge und sagte: „Wir sollten noch zwei Mädels dazuholen. Sonst wird das mit der Zimmeraufteilung irgendwie schwierig.“

„Macht es dir nichts aus, mit mir ein Zimmer zu teilen“, fragte John-Michael.

„Du hast freie Wahl, such dir was aus“, antwortete Grace. „Das andere Zimmer ist genauso groß, hat aber zwei getrennte Betten. Candace hat sich schon das mit dem Doppelbett reserviert.“

„Willst du nicht mit deiner Schwester im Zimmer wohnen?“, fragte Paolo.

Grace wurde rot. „Das ist mir ein bisschen peinlich, aber

meine Eltern haben dem Ganzen nur zugestimmt, wenn ich die geringste Miete von allen zahle. Sie haben noch einen Haufen anderer Kinder, die sie versorgen müssen. Blabla."

„Und meine Super-Mom lässt sie nicht umsonst wohnen", warf Candace ein.

„Vielleicht könnte meine Freundin Lucy Long noch mit einziehen", schlug John-Michael vor.

Grace drehte sich langsam um. Sie musste sich verhört haben. *Das war unmöglich.*

So ruhig sie konnte, sagte sie: „Erzähl uns von dieser Lucy Long."

LUCY

Venice Beach – Samstag, 3. Januar

„Du machst Witze!“

Lucy checkte das Navi auf ihrem Handy. „Nein, mach ich nicht.“

„Direkt am Strand von Venice?“, fragte ihr Bruder Lloyd ungläubig.

„Mhm.“

„Sis, du hast den Hauptgewinn gezogen, ist dir das klar?“

„Hauptsache, ich muss nicht länger in deiner Studibude auf dem Boden schlafen“, stichelte sie. „Ich hab’s satt, jeden Morgen aufzuwachen und nach Bier zu stinken.“

„He, sprich nicht so abfällig über meine Hobbys!“

„Hobbys nennst du das?“, zischte Lucy. „Wenn du nicht gerade Bier trinkst oder fernsiehst, steckst du ausnahmslos mit der Nase in deinen Büchern!“

„Na warte, bis ich den Doktortitel in der Tasche habe: Dr. Lloyd Long!“, entgegnete er. „Soll ich dir beim Tragen helfen?“

„Ich nehme die Akustikgitarre, kannst du die Telecaster übernehmen? Danke, Lloyd.“

Lloyd nahm die Telecaster aus dem Kofferraum und verriegelte den Wagen. „Kann losgehen.“

Sie liefen den Uferweg hinunter, immer im Slalom um heranflitzende Radfahrer oder Horden rollerfahrender Kinder. Wenige Minuten später erreichten sie das Haus. Das weiße Gartentor stand offen, und Lucy blieb im Vorgarten stehen, um das Haus in Ruhe zu betrachten. Die Eingangstür lag hinter der gelben Wendeltreppe, die in die oberen Stockwerke führte, versteckt, ein wuchtiges Teil aus poliertem Kirschholz mit spanischem Dekor.

Durch die vorhanglosen Fenster hatte man freien Blick in die Küche, die mit modernsten Geräten ausgestattet war. Auf der

Arbeitsplatte stand eine French Press mit einem Rest Kaffee, ansonsten war alles picobello aufgeräumt. Den riesigen Esstisch dominierte eine dekorative Schale mit grünen Äpfeln.

Das Haus erinnerte Lucy an die Hochglanzfotos in diversen Wohnzeitschriften, nicht an ein Strandhaus. Ob sie sich in so einer neureichen Hipsterbude wohlfühlen würde? Genau diesem Ambiente hatte sie eigentlich entkommen wollen.

Jemand rief etwas vom Balkon – ein hübscher Junge mit kurzen dunklen Haaren stand übers Geländer gebeugt und begrüßte sie mit einem perfekten Lächeln. „Hi, du musst Lucy sein! Ich bin Paolo. Wir sind gestern eingezogen und warten schon auf dich."

Leichtfüßig sprang er die Stufen hinunter und klatschte erst Lloyd ab, dann Lucy. Ohne zu fragen, schnappte er sich den rechteckigen Gitarrenkasten mit Lucys Fender Telecaster. „Kommt, ich helfe euch mit den Sachen. Du wohnst im ersten Stock, zusammen mit Grace und John-Michael. Die beiden sind total relaxt."

„Endlich lerne ich den berühmten John-Michael Weller kennen", kommentierte Lloyd.

„Ihr beiden seid gut befreundet, oder?" Paolos Frage galt Lucy, die ihn anlächelte.

„Wir haben vor ein paar Jahren im Rockcamp zusammen in einer Band gespielt."

„John-Michael spielt Gitarre? Hat er gar nicht erwähnt."

Als sie im ersten Stock anlangten, stand John-Michael schon im Türrahmen. Er breitete die Arme aus und umarmte Lucy schweigend.

„Das mit deinem Dad tut mir so leid", murmelte Lucy an seinem Ohr.

„Schon okay. Der Alte war eh ein Arschloch."

Seine Stimme strafte seine Worte lügen, sodass Lucy ihn noch einmal fest drückte, ehe sie sich langsam aus der Umarmung löste. Lloyd und Paolo schauten betreten zu Boden.

Neugierig blickte Lucy sich im Zimmer um. Gar nicht so übel. Zwar blieb neben drei Betten, zwei Schreibtischen und einem Kleiderschrank nicht viel Platz, aber die Wände waren frisch gestrichen, und das Parkett glänzte in einem matten Goldton. Die Möbel sahen günstig aus, aber ziemlich neu.

Sie warf John-Michael einen vielsagenden Blick zu. „Jetzt sind wir also *beide* rausgeflogen."

Er nickte. „Ganz schöner Mist, oder?"

„Ehrlich gesagt fand ich das Ganze ziemlich heftig."

„Was genau hast du denn angestellt?", fragte Paolo.

Lucy musterte ihn. Der Typ könnte aus einem Disney-Film stammen: weiße Zähne, ein umwerfendes Lächeln und strahlend grüne Augen. „Tja … Paolo heißt du, oder? Meine Eltern waren nicht sonderlich begeistert davon, dass ich in unserem Keller Experimente zur musikgestützten Bewusstseinserweiterung durchgeführt habe …"

Paolo fläzte sich lachend in einen Sessel. Er machte nicht den Anschein, als wolle er so schnell wieder aufstehen.

„Was meine Schwester sagen will, ist, dass sie ihre Kifferkollegen spätabends zu einer Jam-Session eingeladen hat. Als unsere Eltern heimkamen, war die ganze Bande auf Crystal. Zwei von denen haben's auf dem Sofa getrieben, während Lucy und die anderen völlig zugedröhnt ihre Gitarren malträtiert haben, weil sie was von Green Day spielen wollten", warf Lloyd ein.

„Das stimmt hinten und vorne nicht!", protestierte Lucy. „Die zwei hatten gar keinen Sex, sie hatte nur die Hand in seiner Hose. Außerdem lagen sie hinter den Verstärkern, und wir konnten gar nichts sehen. Und es war kein Crystal, sondern Gras. Jetzt mal ernsthaft, Lloyd, was denkst du von mir? Dass ich Amphetamine schmeiße? Außerdem wollten wir nicht Green Day spielen, sondern Rancid!"

„Was ist da der Unterschied?", fragte Lloyd gelangweilt. „Fakt ist jedenfalls, meine Schwester hat ziemlichen Mist gebaut, und Mr. und Mrs. Long waren darüber nicht besonders erfreut."

Vom Flur näherten sich Schritte. Ein zierliches Mädchen mit blonden lockigen Haaren und stahlblauen Augen betrat das Zimmer. „Ich bin Grace“, sagte sie lächelnd. „Schön, euch kennenzulernen.“

Lucy stand auf und umarmte sie zur Begrüßung. „Hi, Grace. Ich hab den anderen gerade erzählt, warum ich zu Hause rausgeflogen bin.“

„Hat es irgendwas damit zu tun, dass dein Dad für die Regierung arbeitet?“, fragte Grace.

Lucy kniff die Augen zusammen. „Da hat wohl jemand seine Hausaufgaben gemacht.“

„Das Haus gehört der Mutter meiner Stiefschwester“, erklärte Grace. „Sie hat vorher alle durchgecheckt, inklusive mir!“

„Candace Deering ist also deine Stiefschwester?““, fragte Lucy und plumpste zurück aufs Bett.

„Ja, aber wir tragen jetzt beide den Nachnamen ihres Vaters. Meine Mom hat wieder geheiratet und einen neuen Namen angenommen.“

„Ist das nicht komisch?“, fragte Lucy skeptisch. „Das mit Candaces Mutter, meine ich. Deine Mom war ja dann die ‚andere Frau‘“.

Grace antwortete nicht gleich, sondern machte es sich auf ihrem Bett gemütlich, das ganz hinten an der Wand stand. Es war als einziges mit geblümter Bettwäsche bezogen und einem Haufen lindgrüner Kissen dekoriert.

„Eigentlich war es genau andersherum“, erklärte sie. „Candaces Mutter hat meinen Stiefvater für einen Typen aus Malibu sitzen gelassen. Jarvis Adler heißt er, er ist Bildhauer oder Performancekünstler oder so was in der Art. Ich hab leider keinen Schimmer von Kunst.“

„Und dann? Haben sich Candace und deine Mom gestritten?“

„Im Gegenteil. Meine Mom liebt sie! Fast schon zu sehr, wie ich finde …“ Grace brach ab.

„Das ist bestimmt nervig, oder?“ Lucy lächelte sanft.

Grace schüttelte den Kopf. „Ich freue mich für meine Mom. Sie war ziemlich deprimiert, bevor sie Candaces Vater kennenlernte. Es war Schicksal, glaube ich.“

„Candace ist eh ziemlich cool“, warf John-Michael ein. „Wenn auch ein bisschen ... bissig.“

„Lass dich davon nicht einschüchtern“, sagte Grace. „Das ist typisch Candace. Sie meint es nicht so. Es bedeutet eigentlich, dass sie dich mag, wenn sie dir was Fieses an den Kopf schmeißt.“

Paolo schaute fragend. „Und woran erkenne ich dann, dass sie mich hasst?“

„Das wirst du merken, glaub mir“, erwiderte Grace todernst.

Lucy blickte sich erneut im Zimmer um. Die Wände waren so verputzt, dass sie aussahen wie aus Lehm. Weder die Betten noch der Rest der Einrichtung passte dazu, und doch schien alles bewusst zusammengestellt worden zu sein. Nur Bilder und Teppiche fehlten noch.

Zur Not konnte man in dem Zimmer noch zwei Leute mehr unterbringen.

„Warum gibt es hier nur zwei Schreibtische?“

„Weil dieses Zimmer am wenigsten Miete kostet, wir müssen uns also absprechen, wer sie wann nutzen will.“

„Aber es gibt WLAN im ganzen Haus.“ Paolo sprang auf. „Kommt, ich führe euch mal rum.“

Im Flur deutete er auf die beiden angrenzenden Türen. „Das vordere ist das Bad. Im zweiten Stock gibt es noch eins. Und das hier ist mein Zimmer.“ Er öffnete die hinterste Tür und ließ Lucy hineinschauen. Es war relativ klein: ein schmales Bett, ein Schreibtisch und eine Schubladenkommode – mehr passte nicht hinein. Am Kopfende des Bettes hatte Paolo ein Superman-Poster aufgehängt, an der gegenüberliegenden Wand einen deckenhohen Spiegel.

„Du schaust dich gerne an, oder“, neckte Lucy ihn.

„He – alle Schlafzimmer haben hinter der Tür einen Spiegel!“

„Und Superman?“ Sie grinste.

„Er ist der Mann aus Stahl“, erwiderte Paolo mit Unschuldsmiene. „Das inspiriert mich.“ Als Lucy nicht antwortete, fügte er hinzu: „Wenn du einen Schreibtisch brauchst, kannst du gerne meinen benutzen. Zum Lernen sitze ich eh meistens auf dem Bett.“ Er machte eine einladende Handbewegung. „Oder du nimmst das Bett. Ich teile es gerne mit dir.“

Paolo sah wirklich süß aus, doch sein Sex-Appeal war der eines knuddeligen Welpen. Lucy scannte unauffällig seine Arme und den Hals nach Tattoos. Nichts zu sehen. Eher der sportliche Typ, ernährte sich gesund und las Bücher. Ihre Mitschülerinnen in der katholischen Mädchenschule, auf die sie gewechselt hatte, würden sich bestimmt die Finger nach ihm lecken. Und ihre Eltern erst!

Trotzdem, ein Sportler mit Milchgesicht? Er war sicherlich schlauer, als er aussah, aber definitiv nicht ihr Typ.

„Sag mal, Lucy.“ Grace steckte den Kopf zur Tür herein. „Candace hat erzählt, du wüsstest noch jemanden, der hier einziehen könnte? Eine sechste Person?“

„Ja, stimmt. Ich hab’s auf der Facebookseite meiner Schule gepostet, und am nächsten Tag hat sich Maya gemeldet. Sie ist noch ziemlich jung, gerade mal fünfzehn, und kommt aus Mexiko. Ihre Eltern mussten weg, Probleme mit der Einwanderungsbehörde oder so, aber sie ist hiergeblieben. Im Moment wohnt sie noch bei ihrer Tante, würde aber am liebsten sofort hier einziehen.“

„Eine Mexikanerin auf deiner Privatschule?“, fragte Paolo. „Arm ist sie also mit Sicherheit nicht.“

„Als ob alle Einwanderer arm wären!“, erwiderte Lucy ärgerlich. „Mayas Dad hat einfach nur Ärger wegen seiner Papiere. Ihre Mutter begleitet ihn, bis sich die Sache geklärt hat. Es könnte eineinhalb Jahre dauern, bis sie wieder einreisen dürfen, oder noch länger. Maya ist US-Bürgerin, sie darf also bleiben. Soweit ich weiß, ist sie auch für mündig erklärt worden.“

„Ich hab ja nur an die Miete gedacht", antwortete Grace. „Aber gut, wir teilen uns das Zimmer, also sind die Kosten überschaubar. Ich muss sichergehen, dass sie es sich leisten kann."

Lucy hob die Augenbrauen. „Ihre Tante bringt sie in einem weißen Cadillac zur Schule. Das sollte also kein Problem sein."

„Candace hat Mayas Unterlagen an ihre Mutter weitergegeben. Sobald sie das Okay gibt, sind wir vollzählig." Grace strahlte. „Montag fahren wir von unserem eigenen Zuhause in die Schule!"

Lucy ließ sich von Graces Strahlen anstecken. „Also los. Das müssen wir feiern!"

Balkon – Sonntag, 4. Januar

Die Neue, Maya Soto, konnte es zwar nicht mit Lucy aufnehmen, aber sie war verdammt hübsch! Ihre dunkelbraunen Haare bildeten einen reizvollen Kontrast zu der hellen, fast weißen Haut. Sonnenbaden schien jedenfalls nicht so ihr Ding zu sein.

Gerade wollte Paolo seine Einschätzung mit John-Michael teilen, als er innehielt. Es war sein erster schwuler Freund – konnte er mit ihm über Mädchen reden? Oder hielt John-Michael ihn dann für sexistisch? Paolo fand es nicht sexistisch, die Schönheit einer Frau zu bewundern. Besonders dann nicht, wenn die Frau so aussah, als könne sie ihn mühelos niederringen, so wie Lucy. Die Gefahr bestand eher darin, dass John-Michael anfing, mit ihm über scharfe Jungs zu reden. Wie sollte er dann reagieren, mitreden oder sich aus der Affäre ziehen?

So oder so – es würde peinlich enden.

„Nicht schlecht diese Maya, findest du nicht?", flüsterte John-Michael. „Ob sie wohl einen Bruder hat? Ich steh auf so dunkle Typen!"

Paolo grinste. „Sie ist aber erst fünfzehn. Wir müssen auf sie Rücksicht nehmen."

„Stimmt. Wir sollten sie unter unsere Fittiche nehmen."

Sie lehnten sich nebeneinander auf das Balkongeländer und schauten aufs Meer. „Gehen Lucy und Maya auf dieselbe Schule?", fragte Paolo.

„So ist Maya überhaupt hier gelandet. Lucy hat eine Anzeige auf der Facebookseite der Schule gepostet."

„Eigentlich sind alle Mädchen hier im Haus ziemlich scharf", seufzte Paolo.

John-Michael schmunzelte. „Und was heißt das?"

„Was heißt was?“

„Dieser Seufzer. Seufzt du, weil du sie nicht alle haben kannst … oder *weil* du sie alle haben kannst?“

Paolo grinste. „Ich seufze, weil ich das noch nicht weiß.“

„Machst du Witze? Ein Typ wie du? Du kannst doch jedes Mädchen hier im Haus abschleppen!“

„Vielleicht. Aber Frauen sind unberechenbar.“

„Inwiefern?“

„Weil sie *dich* aussuchen, nicht umgekehrt. Ich hab noch nie bei einem Mädchen den ersten Schritt machen müssen. Noch kein einziges Mal!“

„Du hattest noch nie Sex?“

„Das habe ich damit nicht gemeint.“

John-Michael blieb der Mund offen stehen. „Soll das heißen, dass dich alle von sich aus angesprochen haben?“

„Sie haben zumindest sehr deutlich gezeigt, was sie wollen.“ Er sah John-Michael neugierig an. „Für Schwule muss es echt einfach sein.“

„Wie meinst du das?“

„Weil Männer so berechenbar sind. Wir sagen doch immer Ja, wenn es um Sex geht. Du musst nur rausfinden, ob einer schwul ist oder nicht.“

„Ich habe schon mal Nein gesagt.“

„Zu einem Kerl? War er so abstoßend?“

„Nein.“ John-Michael lächelte verstohlen. „Er sah besser aus als du.“

Paolo nickte anerkennend. „Ist ja interessant.“

„Aber nicht so interessant wie Lucy“, äußerte John-Michael vorsichtig. „Hab ich recht?“

Paolo nickte betrübt. Er hatte vom ersten Moment an Interesse an Lucy verspürt, schon als John-Michael sie nur erwähnt hatte.

Lucy kam aus Claremont, einem kleinen College-Städtchen östlich von Los Angeles, und war erst vor Kurzem hergezogen.

Ihre Eltern hatten die Zustimmung zur verfrühten Mündigkeit davon abhängig gemacht, dass sie in derselben Stadt wohnte wie ihr älterer Bruder.

„Lucy spielt hammermäßig Gitarre", hatte John-Michael beim ersten Besuch im Strandhaus geschwärmt. „Sie hat echt Talent. Ihr Dad arbeitet für die Regierung, pendelt immer nach Washington, D. C. Ihre Mutter ist Dekanin an einem College in Claremont, keine Ahnung. Jedenfalls ist Lucy irgendwann zu den Rockern übergelaufen. Und das hat ihren Alten gar nicht gepasst!"

„Aber sie deswegen rauszuwerfen?" Paolo war entsetzt.

„Ist Lucy schwarz?", hatte Grace wissen wollen.

„Sie ist Afroamerikanerin, ja", lautete John-Michaels Antwort.

Grace schien angestrengt nachzudenken. „Ich frage mich gerade, ob ich von ihrem Vater gehört habe. Er ist in der Regierung, sagst du? Welches Ministerium?"

„Ihr Vater ist Robert Long", sagte John-Michael. „Der stellvertretende Verteidigungsminister."

„Robert Long! Genau. Dachte ich es mir doch, dass mir ‚Long' bekannt vorkommt."

Paolo fand es cool, dass Grace sich für Politik interessierte. Er wollte später Rechtsanwalt werden, da passte das. Es gefiel ihm, jemanden im Haus zu wissen, mit dem er über Politik und die aktuelle Gesetzgebung sprechen konnte. Als Tochter eines Regierungsbeamten hatte Lucy bestimmt gute Kontakte in die Politiklandschaft.

Paolo sprang auf, als er sah, wie Mayas Tante einen Riesenkoffer die Treppe hinaufwuchtete.

„Kommt, wir helfen", sagte er.

Die beiden Jungs trugen Mayas Gepäck in das Zimmer, das sie sich mit Candace teilte. Als Paolo ihr die Miete vorrechnete, stutzte sie.

„In der Anzeige stand was von vierhundert Dollar."

„Ja, schon, aber nur im Dreierzimmer. Das Doppelzimmer kostet mehr."

Maya warf ihrer Tante einen besorgten Blick zu. „Ich kann aber nur vierhundert pro Monat zahlen." Sie fühlte sich sichtlich unwohl.

„Vielleicht kannst du mit jemandem das Zimmer tauschen", schlug Paolo vor. „Candace will nicht mit einem Jungen wohnen, aber Lucy könnte bei ihr einziehen."

„Wo sind Lucy und Grace eigentlich?", fragte John-Michael.

„Bei Ikea, noch ein paar Dekosachen kaufen."

„Warum habt ihr nichts gesagt? Ich brauche noch Sachen für die Küche."

„Du kochst?", fragte Maya erstaunt.

„Ich backe sogar."

Paolo legte Maya eine Hand auf die Schulter. „Entspann dich. Das kriegen wir schon hin. Ich spreche mit Lucy." Mayas Tante atmete erleichtert auf. Anscheinend hatte Paolo doch recht gehabt mit seiner Einschätzung, dass die beiden knapp bei Kasse waren. Er kannte sich mit reichen Leuten aus – denen wäre es völlig egal, ob das Zimmer hundertfünfzig Dollar mehr oder weniger kostet. Noble Privatschule und weißer Cadillac hin oder her, Mayas Familie war ganz bestimmt nicht wohlhabend.

„Kommt mit, ich zeige euch die Küche." John-Michael schob die beiden durch den Flur zurück zur Treppe.

Paolo klopfte in der Zwischenzeit leise an Lucys Tür. Er hörte sie drinnen Gitarre spielen, immer dieselben fünf Akkorde in Folge. Besonders ernst schien sie es mit dem Üben nicht zu nehmen. Er steckte den Kopf durch den Türspalt.

„He, was spielst du da?"

Lucy blickte auf. „Ich übe was."

„Kann ich zuhören?"

„Klar, warum nicht."

Paolo schloss die Tür und zog sich den roten Drehstuhl heran.

Lucy saß im Schneidersitz auf dem Bett, die Akustikgitarre auf dem Schoß.

„Fertig?“ Sie begann zu spielen und mit ihrer rauen Stimme dazu zu singen. Das Lied war der Wahnsinn! Es ging sofort unter die Haut.

„Das hast du aber nicht selbst geschrieben“, unterbrach er sie mit einem scheuen Lächeln.

„Natürlich nicht. Das ist ‚Holiday in Cambodia‘ von *The Dead Kennedys*.“

„Von wem?“

Sie legte den Kopf schief und musterte ihn. „Ist wohl nicht so dein Musikgeschmack?“

„Was ist nicht mein Geschmack?“

„Punkrock.“

„Da stehst du drauf?“

Zur Antwort zog Lucy lediglich eine Augenbraue hoch und spielte weiter. Sie hatte perfekt trainierte Schultern und Oberarme, seidenglatte Haut. Auf dem rechten Arm schlängelte sich ein Tattoo von der Schulter bis hinunter zu den Fingern. Die Fingernägel der linken Hand hatte sie schwarz lackiert und kurz geschnitten, während jeder einzelne Nagel der rechten Hand mit einem kleinen Kunstwerk aus Farbe und Steinchen verziert war. Paolos stellte sich vor, wie sie mit diesen langen, zarten Fingern über seinen Bauch strich. Als er aufblickte, begegnete er Lucys ruhigem, aber durchdringendem Blick. Paolo schluckte trocken.

„Du hast eine wunderschöne Stimme.“

„Ich singe ganz okay. Aber das Gitarrespielen ist mir wichtiger. Es ist gar nicht so leicht, gleichzeitig zu singen und zu spielen.“

Paolo griff nach einer Ausgabe des *Rolling Stone*, die neben dem Bett auf dem Boden lag. „Ich höre gerne *Green Day*.“

„Die sind mir zu soft.“

„So wie ich?“

Ein leises Lächeln stahl sich auf ihr Gesicht. „Das hast du jetzt gesagt“, antwortete sie leise.

Paolo tat so, als mache ihm dieser Kommentar nichts aus. „Spielst du manchmal trotzdem was von denen?“

„Klar.“

„Kann ich dich filmen?“

„Nur zu.“

Sie rückte die Gitarre zurecht, sah ihm direkt in die Augen und legte los. Paolo erkannte den Song sofort – „Good Riddance“.

Paolo war wie bezaubert. „Heirate mich“, sagte er, als der Song zu Ende war.

„Freut mich, dass es dir gefallen hat.“ Sie schien sich unbehaglich zu fühlen.

„Gefallen? Das war megageil! Du bist besser als der Sänger der Band, Billie Joe.“

„Tja, aber er füllt die Stadien, nicht ich.“

„Da kommst du auch noch hin.“

„Sag das mal meinem Dad!“

„Dein Vater ist doch stellvertretender Verteidigungsminister, oder? Hat er überhaupt einen Schimmer von Musik?“

„Er behauptet ja.“

„Was ganz offensichtlich nicht stimmt. Das hört doch jeder, dass du megatalentiert bist.“

Lucy schlug die Augen nieder. „Daran hat er nie gezweifelt.“

„Kann ich das auf YouTube stellen?“, fragte Paolo und hielt das Handy hoch, mit dem er gerade gefilmt hatte.

„Ich weiß nicht.“

„Du solltest dir einen eigenen YouTube-Kanal einrichten. Videos hochladen. Es kommt immer wieder vor, dass jemand entdeckt wird.“

„Ich weiß, aber ... dann bräuchten wir besseres Equipment, damit der Sound rüberkommt.“

„Hör’s dir erst mal an. Der Sound ist ziemlich gut.“

Lucys Stirnrunzeln verwandelte sich in ein verlegenes Grinsen. „Bist du eigentlich deshalb reingekommen, Paolo? Ich dachte schon, du willst mich anmachen."

„Ich wollte dich eigentlich fragen, ob du mit Maya das Zimmer tauschen könntest. Sie kann sich die fünfhundertfünfzig für das Zimmer oben nicht leisten."

„So teuer?" Lucy pfiff durch die Zähne. „Das ist ganz schön viel, um ehrlich zu sein. Andererseits hätte ich einen eigenen Schreibtisch. Na gut, was soll's, meine Kohle reicht grade dafür. Und meinen Eltern sage ich, dass ich da mehr Platz zum Lernen habe."

Paolo hielt das Handy hoch. „Aber ich bin auch reingekommen, um dich anzumachen."

Keine Reaktion.

„Nur um es hinter mich zu bringen, verstehst du?"

„Ja, klar", antwortete sie nachsichtig.

Paolo starrte auf das Display, das Lucy zeigte. Sie ließ sich überhaupt nicht aus der Ruhe bringen. Ziemlich cool, die Kleine. Er hatte einmal einen ähnlichen Flirt gehabt; das Mädchen hatte sich damals genauso cool und unnahbar gegeben. Bis zur ersten Berührung. Da waren die Funken geflogen. Damals hatte er es gemacht wie Lucy und ganz ruhig abgewartet, bis das Mädchen den ersten Schritt tat.

Ruhig abwarten konnte er heute nicht. Es war Zeit für die nächste Runde: ein Witz, der keiner war. Das funktionierte immer. „Also, wir nehmen den Song auf und dann …" Er brach ab.

Lucy brachte ihn so durcheinander, dass er nichts auf die Reihe bekam. Sein Hirn war völlig blockiert! Lucy lächelte schicksalsergeben, also sagte er: „Und dann sollte ich wohl … gehen …?"

„Prima, dann haben wir es jetzt ja hinter uns gebracht."

Wie bitte? Soweit es ihn betraf, hatten sie gar nichts hinter sich gebracht!

Lucy sah ihn völlig unbewegt an. „Du hattest deinen Versuch. Das war's. Thema abgehakt."

Paolo erstarrte. Einige Sekunden lang fühlte er gar nichts, dann schoss ihm brennende Hitze ins Gesicht. Er sprang auf und stürmte mit einem coolen Spruch aus dem Zimmer. Draußen lehnte er sich zitternd an die Wand.

Sie hatte ihn eiskalt abblitzen lassen! Das war ihm noch nie passiert. Peinlich war es ihm jedoch nicht, im Gegenteil: Er begehrte sie noch mehr als vorher! Was stimmte nicht mit ihm? Warum war er so scharf auf sie? Paolo seufzte. Er wusste genau, dass er die ganze Nacht wach liegen und an ihre Schultern, die glatte Haut an ihren Armen und die sanfte Wölbung ihrer Brüste denken würde.

MAYA

1. Stock – Sonntag, 1. Januar

Endlich alleine! Maya hatte schon befürchtet, ihre Tante würde nie mehr gehen. Aus dem Nebenzimmer hörte sie, wie sich John-Michael und Paolo leise unterhielten. Lucys Name fiel ein paarmal, dann polterten die beiden die Treppe hinunter.

Ihre Koffer auszupacken lohnte sich nicht, solange Candace dem Zimmertausch nicht zugestimmt hatte. Eigentlich schade, zu tauschen, das Zimmer war echt schön. Zwei Betten standen darin, eines davon ein Doppelbett mit einer anthrazitfarbenen Überdecke und blutroten Kissen, außerdem zwei Schreibtische, die zur Wand ausgerichtet waren und nicht wie im Dreierzimmer zum Bett. Und trotz des riesigen weißen Kleiderschranks blieb immer noch genug Platz im Zimmer für zwei.

Maya trat auf den Flur und öffnete von dort die Tür zum Laubengang, der an der Wendeltreppe vorbei zu einem kleinen Balkon mit drei Rattanstühlen und einem runden Glastisch führte. Die Aussicht aufs Meer von hier oben war der Wahnsinn! Sonnenstrahlen glitzerten auf dem Wasser und brachen sich in gleißend hellen Reflexionen. Zwischen dem Haus und dem Meer lag ein breiter Sandstrand, über den sich ein von Palmen gesäumter Weg durch die Dünen zum Wasser schlängelte. In regelmäßigen Abständen sausten Rollerblader und Skateboarder vorbei.

Maya empfand es als großes Glück, dass sie trotz ihrer Lage in diesem Haus wohnen konnte. Was machte es da schon, in welchem Zimmer sie letztendlich schlief? Streng genommen konnte sie sich keines davon leisten.

Das Einzelzimmer wäre natürlich perfekt, dann müsste sie niemandem erklären, was sie die halbe Nacht am Computer so trieb. Sie war gerne für sich, aber hier ging es nun einmal nicht nach ihr.

Wie konnte jemand, den Maya so sehr liebte, sie aus dem Haus ekeln wollen?

Sie kramte ihr Notebook aus dem Rucksack und checkte den E-Mail-Eingang. Ein Betreff sprang ihr ins Auge: *Cheetr – Bug Report*. Nervös klickte Maya die Nachricht an, doch im selben Moment hörte sie Schritte auf der Wendeltreppe. John-Michael rief ihr zu, dass Lucy und er in den Supermarkt und Paolo zum Baumarkt fahren wolle. Ob sie etwas bräuchte?

Maya zögerte. Sie wäre zu gerne mitgefahren! Die Mitbewohner näher kennenlernen, ein paar leckere Zutaten zum Kochen einkaufen. Ohne Führerschein war man echt aufgeschmissen. Allein zur Bushaltestelle waren es zehn Minuten zu Fuß. Leichter wäre es, jetzt noch ein paar Sachen zu besorgen.

Warum hatte sie bloß den Computer hochgefahren? Sobald er an war, arbeitete sie, egal, wie oft sie sich vornahm, höchstens fünf Minuten an ihrem Projekt zu basteln, fünf Minuten, nicht mehr. Und schwupp wurden daraus fünfzehn Minuten, eine Stunde, drei Stunden!

John-Michaels Kopf tauchte über der obersten Stufe auf.

„Klopf-klopf. Kommst du mit?"

„Ich müsste noch was fertig machen."

„Wie lange brauchst du, sollen wir warten?"

Klar, dauert nur fünf Minuten, wollte Maya antworten, dann bin ich bei euch. Aber sie traute sich nicht. Zu oft hatte sie Freunde stundenlang warten lassen, weil sie wieder an einem Programmiercode gefeilt hatte. Sie wollte es sich mit den neuen Leuten nicht verderben.

Zumindest nicht sofort.

„Hm. Mann, ich würde echt gerne", sagte sie zähneknirschend.

„Kein Problem. Mach dein Ding. Hast du meine Handynummer? Wenn dir was einfällt, texte mir einfach."

„Danke, John-Michael." Maya seufzte erleichtert.

„Kein Problem, Señorita."

„Muy amable."

„Das heißt ‚sehr freundlich', oder?"

„So ähnlich."

„Echt cool, dass du Mexikanerin bist", sagte John-Michael. „Wir könnten uns auf Spanisch unterhalten. Meine Noten lassen ziemlich zu wünschen übrig, nicht nur die in Spanisch … Ich will auf jeden Fall den Schulabschluss schaffen, und nachdem es letztes Jahr ziemlich mies gelaufen ist, heißt es jetzt büffeln!"

„Ich spreche zwar nicht fließend Spanisch, aber klar, können wir probieren."

„Bueno." Grinsend verschwand er nach unten.

Kaum zwei Minuten später ertönte ein lauter Pfiff von der Treppe: Diesmal war es Paolo.

„Hey! Ich gehe schnell eine Schaufel kaufen, magst du mit? Ich will den Garten umgraben."

„Ich kann leider nicht."

„Hausaufgaben?"

„Ich, äh … nein, ich programmiere eine App."

„Wow!" Paolo riss erstaunt die Augen auf.

Diesen Blick kannte Maya nur zu gut. Typisch Sportler – voller Vorurteile gegen alles, was mit Technik zu tun hatte. Noch dazu sah Maya nicht gerade wie ein Technikfreak aus.

„So wild ist das gar nicht. Aber wenn ich mal anfange, dann soll sie auch sauber laufen. Das ist wie ein Mückenstich, der gekratzt werden will."

Paolo musste nichts sagen, sein Blick sprach Bände. „Okay."

„Ist es viel Arbeit?"

„Der Garten, meinst du? Geht so. Momentan besteht er nur aus Erde und ein bisschen Gras. Ich will ein paar Blumen pflanzen, ein bisschen Farbe reinbringen."

„Klingt super!" Maya strahlte ihn an. „Wenn du zurückkommst, bin ich hier fertig. Dann helfe ich dir beim Pflanzen."

Kaum hatte sie sich wieder in den Rechner vertieft, hörte sie die Haustür aufgehen, dann Frauenstimmen. Das waren bestimmt Candace und Grace. Maya klappte das MacBook zu. Hallo sagen musste sie zumindest.

Sie wollte gerade hinuntergehen, als Lucys Name fiel. Die Jungs hatten vorhin auch schon über sie gesprochen. Was die anderen wohl von ihr hielten? Maya hielt sie für ziemlich eingebildet, denn sie hatte Maya nicht einmal begrüßt.

Als auf der Wendeltreppe Schritte erklangen, huschte Maya schnell ins Haus. Sie durfte auf keinen Fall beim Lauschen erwischt werden! Es war eines der Mädchen, wahrscheinlich Grace, denn sie verschwand im Dreierzimmer. Maya ging langsam näher und blieb leise an der Türschwelle stehen. Grace bemerkte sie nicht: Sie saß am Laptop, die Kopfhörer im Ohr, und sah sich ein Video von Lucy an, die Gitarre spielte und dazu sang.

Als Maya vorsichtig an die Tür klopfte, zuckte Grace erschrocken zusammen. Sie schien sich ertappt zu fühlen, überwand den Schreck aber schnell und setzte ein freundliches Lächeln auf, von dem sich Maya jedoch nicht täuschen ließ.

„Du bist bestimmt Maya. Ich wusste gar nicht, dass du schon da bist."

Maya lächelte entschuldigend. „Ich war oben. Tut mir leid, ich habe euch jetzt erst gehört."

Die Mädchen umarmten sich zur Begrüßung, wobei Maya über Graces Schulter einen weiteren Blick auf das Video warf. Während sie sang, blickte Lucy direkt in die Kamera, ein sanftes Lächeln in den Augen.

Jemand anderes würde sich wahrscheinlich gar nicht darüber wundern, dass Grace sich Lucys Video ansah. Aber Maya wusste mehr als die anderen.

Sie hatte Insiderinformationen, und die sagten: Es gab eine Verbindung zwischen Lucy und Grace.

CHARLIE telefoniert mit ARIANA

Sonntag, 4. Januar

„Hallo, Charlie, wie schön, dass du anrufst. Hast du dich gut eingelebt?"

Ariana legte das angebissene Käsesandwich auf den Teller und lehnte sich in ihrem brandneuen Liegesessel zurück. Dieser Sessel war ein Geschenk oder vielmehr eine Art Entschädigung dafür, dass sie ihre „Freundschaft" mit dem Kinderstar so lange aufrechterhielt.

„So langsam", antwortete Charlie fröhlich.

Ariana bohrte nach. „Wie fühlt es sich an, wieder in L. A. zu sein? Holen dich die alten Geschichten ein?"

„Welche alten Geschichten?"

Ariana senkte die Stimme. „Du weißt schon, das Haus und so."

„Oh." Eine lange Pause folgte. „Du meinst das Haus, in dem es passiert ist?"

„Genau. Denkst du manchmal daran?"

„Ich erinnere mich an das Haus, es lag irgendwo in den Hügeln von Hollywood", sagte Charlie zögerlich. „Ziemlich lange Anfahrt mit vielen Kurven. Vor den Häusern überall blühende Büsche mit pinken Blüten. Nachts die blinkenden Lichter der Stadt so weit das Auge reichte."

„Mulholland Drive!", rief Ariana.

„Bitte?"

„Dort fand die Party wahrscheinlich statt", erklärte Ariana überzeugt. „Das ist eine ziemlich bekannte und ziemlich lange Straße in Los Angeles, in der die ganzen Film- und Fernsehleute wohnen. Ein Haufen Kurven da hoch, so wie du gesagt hast. Und unten, am Fuß des Hügels, liegt Beverly Hills."

Charlie klang skeptisch. „Keine Ahnung. Ich war ja noch ein Kind, ständig hat mich die Betreuerin in der Limousine irgendwohin kutschiert. Meistens hatte ich keinen Schimmer, wohin."

„Und wer war deine Betreuerin?"

„Da gab es mehrere, die für die ganzen Kids vom Sender zuständig waren."

Ariana wechselte die Taktik. „Warst du oft auf solchen Partys?"

„Mit den Hollywoodleuten, meinst du? Ab und zu. Wenn jemand aus unserer Show Gastgeber war, wurden wir meistens eingeladen, aber wir mussten immer um neun Uhr gehen."

„Mit ‚wir' meinst du die Fernsehkinder?"

„Ja. Es gab immer einen Sondertisch für uns mit Sachen, die Kinder halt gerne essen." Charlies Stimme klang kühl. „Nicht diese Schickimicki-Garnelenspieße und den ganzen Kram, mit dem sie die Erwachsenen beeindrucken wollten. Manchmal haben sie sogar einen Clown oder einen Comedian für uns engagiert. Aber um Punkt einundzwanzig Uhr – vamonos!"

„Die haben euch rausgeworfen?"

„Zu den Limousinen begleitet, würde ich sagen."

„Aber an dem Abend nicht?"

„Nein." Pause. „Nein. An dem Abend war die Betreuerin krank, ihr war schlecht, und sie wollte nicht im Auto sitzen und diese ganzen Kurven fahren. Deshalb hat sie den Gastgeber gefragt, ob wir Kinder über Nacht bleiben dürfen. Ich schlief auf einem Klappbett, die Betreuerin auf der Couch. Gegen neun haben sie mich ins Bett gesteckt."

„Ist die Betreuerin nicht wach geworden?"

„Sie hat was gegen die Übelkeit genommen, davon ist sie wahrscheinlich müde geworden. Nach einer Stunde hat sie das Schnarchen angefangen. Ich bin auch irgendwann eingeschlafen, musste aber nachts raus aufs Klo."

„Warum hast du die Betreuerin nicht aufgeweckt?"

Charlie seufzte. „Du ahnst ja gar nicht, wie sehr ich das bereue."

PAOLO

Venice Beach Freitag, 27. Februar

„Wir sollten echt 'ne Party steigen lassen", sagte John-Michael.

Endlich sprach jemand aus, woran alle dachten: Nach einem Monat im Strandhaus war es höchste Zeit, ihre neu errungene Freiheit zu feiern.

„Ich bin dabei!", antwortete Paolo und nippte an seiner Dr. Pepper.

Maya schien von der Idee als Einzige nicht sonderlich begeistert zu sein. Aber seit sie eingezogen war, tat sie sowieso nicht viel außer essen, zur Schule gehen und am Rechner sitzen und an ihrer App basteln.

Paolo fand das durchaus nachvollziehbar. Mit zwölf war er vollkommen süchtig nach World of Warcraft gewesen, bis er am Schluss als Gildenmeister einen Haufen WoW-Gold angesammelt hatte. Tag und Nacht hatte er ohne das Wissen seiner Eltern vor dem Bildschirm gesessen. Damals stand er kurz vor der Pubertät, war noch schlaff und unsportlich. In seinem WoW-Leben aber war er mächtig genug, anderen Menschen Befehle zu erteilen – höchstwahrscheinlich sogar Erwachsenen. Was für ein geiles Gefühl! Als seine Eltern es irgendwann checkten, setzten sie ihn auf WoW-Entzug und schraubten die Anzahl seiner Tennisstunden von einer pro Woche auf fünf nach oben. Paolo packte all seinen Frust in die Spiele und verlor rasant an Gewicht. Seitdem hielt er sich von jeder Art Computerspiel fern. Es war einfach zu gefährlich für ihn.

Aber er kannte diesen Kick, auf dem Bildschirm etwas zu erschaffen, was gleichzeitig virtuell und doch sehr real war.

Schon seit Wochen sprachen sie darüber, eine Party steigen zu lassen, wollten aber den richtigen Zeitpunkt abwarten. In den ersten Wochen war Candaces Mutter ständig unangemeldet hereingeplatzt, um nach dem Rechten zu sehen, und Lucy und

Maya hatten Sorge, ihre Eltern könnten von der Party erfahren und sie wieder nach Hause beordern.

Also beschlossen sie zu warten, bis ihre Eltern sicher sein konnten, dass sie alle jeden Tag brav zur Schule gingen, nicht verhungerten und das Haus nicht abfackelten.

Als ob in der WG jemand verhungern könnte! Sandwiches oder Salat hatten alle drauf, Paolo brutzelte die besten Spiegeleier, und Maya zauberte scharfe mexikanische Omeletts. Und John-Michael erst – er war ein Hammerkoch! Jeden Tag ließ er sich etwas Neues einfallen und kreierte die wildesten Sandwiches!

Mit dem Putzen dagegen war es schon schwieriger. Zum Glück hatte Paolo die Sache in die Hand genommen und einen Putzplan aufgestellt, gegen den sich nur Lucy sträubte.

„Du bist doch nicht meine Mutter!“, hatte sie ihn angepflaumt.

„Stimmt, Paolo ist viel netter als meine Mom“, hatte Candace eingeworfen. „Die hat mir nämlich mit Überraschungsbesuchen gedroht!“

Und bei der Drohung war es nicht geblieben: Bei Katelyns erstem Besuch lagen nicht einmal fünfundvierzig Minuten zwischen der SMS und dem Klingeln an der Haustür. Alle sind wie wild mit Staubsauger, Badreiniger und Küchentüchern herumgerannt. In derselben Minute, in der Katelyn vor der Tür stand, warfen sie sich aufs Sofa, schmissen die Glotze an und taten so, als lägen sie schon den ganzen Tag dort herum.

Nachdem sie einen Termin für die Party festgelegt hatten, übernahm jeder von ihnen einen bestimmten Aufgabenbereich. Am Abend der Party wollte Paolo gerade das Essen abholen – Tacos mit verschiedenen Füllungen –, als Lucy, die für den Alkohol zuständig war, plötzlich Angst bekam, die Vorräte könnten nicht reichen. Als sie John-Michael bat, noch zwei Flaschen Wodka zu besorgen, sah Paolo seine Chance gekommen.

Seit ihrer ersten Begegnung dachte Paolo ständig an Lucy. Er träumte sogar von ihr! So verknallt war er zum letzten Mal mit dreizehn gewesen. Nicht einmal Sex mit anderen Frauen reizte ihn. Im Tennisclub machte er sich seit Wochen immer direkt nach der Stunde vom Acker und nahm sich nicht einmal die Zeit zu duschen.

Vor dem Haus holte er Lucy ein. „Hey, Lucy. Hast du Connections zu dem Typen im Supermarkt, damit wir Alkohol kriegen?"

Lucy lächelte süffisant. „Nein, aber ich hab da so meine Tricks."

„Wir sollten uns falsche Ausweise besorgen."

Ihr Blick machte deutlich, dass *sie* das nicht nötig hatte.

Paolo ließ sie vorgehen, sodass er ihre durchtrainierten Beine bewundern konnte.

„Und, gefällt dir, was du siehst?"

„Total!" Warum lügen? Sie durchschaute ihn sowieso. Er konnte es kaum erwarten, sie irgendwann rumzukriegen.

„Paolo?"

„Ja."

Lucy blieb stehen, zögerte kurz und sagte dann: „Zwischen uns wird nie etwas laufen."

Paolo tippte ihr grinsend auf die Nasenspitze. „Das Leben ist lang … Lucy."

„So lang auch wieder nicht, Süßer."

Als Paolo mit den bestellten Tacos zurückkam, waren bereits um die vierzig Gäste eingetrudelt. Einige von ihnen standen auf dem Balkon und rauchten, was man bis auf den Gehweg hinaus riechen konnte. Hoffentlich gab es keinen Ärger mit den Nachbarn. Die waren typische Venice-Snobs, kauften nur im Bioladen ein und joggten sich auf dem Uferweg die Lunge aus dem Leib. Lucy nannte sie die Nörgelnachbarn, weil sie sich ständig wegen irgendwas beschwerten.

John-Michael wartete schon im Türrahmen auf ihn, riss ihm

wortlos das Tablett mit den Tacos aus der Hand und verschwand in der Küche. Durch das Fenster beobachtete Paolo, wie Lucy eine Flasche Wodka in die große Bowleschale goss, in der Eiswürfel und eine pinke Flüssigkeit schwammen.

Plötzlich tauchte Maya mit dem Laptop unterm Arm neben ihm auf; sie sah nicht sonderlich glücklich aus.

„Candace und Grace gönnen mir nur zwei Drinks. Außerdem lassen sie mich nicht in Lucys Zimmer, keine Ahnung, was sie da treiben. Dabei ist das Knutschzimmer schon rappelvoll!"

„Find ich gut, dass sie auf dich achtgeben. Du bist schließlich das Nesthäkchen hier im Haus."

Mayas Miene verdüsterte sich. „Dann lass mich wenigstens in dein Zimmer! Wenn ich schon nicht feiern darf, kann ich zumindest an meiner App weiterarbeiten."

„Ach komm, Maya, sei nicht eingeschnappt!"

„Lass mich einfach!", entgegnete sie mit erstickter Stimme. „Wenn ich nicht alt genug bin, um mitzufeiern, dann will ich meine Zeit wenigstens sinnvoll nutzen."

Widerstrebend ließ Paolo sie in sein Zimmer und heftete zur Sicherheit ein Schild mit der Aufschrift „Privat" an die Tür. Als er wieder runtergehen wollte, bemerkte er Candace. Sie stand an der Treppe und umklammerte mit der einen Hand ihr Handy, mit der anderen das Geländer. Sie schwankte gehörig und blickte ihn aus weit aufgerissenen Augen an.

„Alles okay?", fragte Paolo.

„Krass, das glaube ich jetzt nicht", antwortete sie ungläubig.

„Was denn?"

Candace hob die Hand zum Mund und strahlte. „Ich hab die Rolle. Ich komm ins Fernsehen, Paolo!"

„Echt? Wie das? Warst du noch mal beim Casting?"

„Nein, ich … das gibt's doch nicht … ich war als Ersatz für die Gina in *Downtowners* vorgesehen."

„Du warst die Zweitbesetzung? Das wusste ich gar nicht."

„Ich auch nicht! Mein Agent wollte mir anscheinend nicht zu

viel Hoffnung machen. Aber das andere Mädchen hat sich das Bein gebrochen, ein Unfall oder so."

„Und jetzt bist du dabei?"

„Ja! Das andere Mädchen tut mir fast leid. Echt. Aber sie ist jetzt acht Wochen auf Krücken, und die Dreharbeiten beginnen morgen. Verdammt, ich komme ins Fernsehen!"

„Endgeil, Candace!"

Jubelnd warf sie sich Paolo an den Hals. „Ich hab die Rolle! Sie ist zwar nicht sonderlich groß, aber das ist ganz gut so. Sonst bekomme ich Probleme in der Schule."

„Das ist echt stark."

„Schon, oder? Und das Beste ist, dass sie jetzt doch Haare haben darf."

„Was bitte?"

„Eigentlich sollte Gina mit Glatze rumlaufen."

Paolo verzog das Gesicht. „Nicht grade schön für eine Frau."

„Eben."

„Lass uns runtergehen und es den anderen erzählen. Du kommst ins Fernsehen, Candace!"

Nachdem die versammelte Mannschaft mit Candace angestoßen hatte, verdrückte sie sich bald in ihr Zimmer. Anscheinend hatte sie die Nachricht noch nicht so recht verdaut.

Mit steigendem Alkoholpegel wurden die Gäste zunehmend lauter und wilder. Paolo lief durchs Haus und sammelte die Becher und Pappteller ein, die auf dem Boden lagen. Gastgeber einer Feier zu sein war lange nicht so cool, wie selber zu feiern, fand Paolo. Lucy hatte ihm zwar einen Cocktail gemixt, aber richtig locker war er trotzdem nicht geworden. Mit vierzehn hatte er sich auf Partys immer völlig weggeschossen, aber jetzt war das Tennis wichtiger, er durfte nicht zu viel trinken wegen der Kalorien.

Ihm fiel auf, dass in Lucys Zimmer ständig Leute ein und aus gingen. Sie hatte Gras besorgen wollen, vielleicht machte gerade eine Bong die Runde. Ein paar Züge konnten doch nicht schaden, solange er keinen Fressflash bekam. Paolo zögerte. Die Kids, die vor der Tür anstanden, waren komplett andere Typen als er: die Haare, die Klamotten, die Tattoos – alles ein einziger Aufschrei gegen die Norm.

Vielleicht stand Lucy deshalb nicht auf ihn?

JOHN-MICHAEL

Venice Beach – Freitag, 27. Februar

John-Michael polterte die Treppe hinunter. Die Deko im Wohnzimmer war echt super geworden, das musste er den anderen lassen. Was die Innenarchitektur anging, war das Haus, das von außen einen gewissen Bauhaus-Chic besaß, sonst nämlich ziemlich fad. Aus einem Supermarkt hatte John-Michael ein paar typisch mexikanische Papierbilder mitgebracht und mit allem, was sie sonst noch an buntem Dekomaterial finden konnten, entlang der Decke aufgehängt. Luftschlangen aus Silberfolie, rote Stofflaternen – eine ziemlich wilde Mischung. Aber es hatte was.

Die Stimmung war inzwischen ziemlich wild und ausgelassen. Kein Wunder, welcher Teenager konnte schon in seinem eigenen Haus eine Party feiern – ohne Eltern!

Einige seiner Mitschüler schienen ziemlich überrascht zu sein, ihn auf so einer coolen Party zu treffen. Ganz nebenbei ließ John-Michael einfließen, dass er die kleinen Muffins gebacken hatte, ebenso wie die Tarte und die Chocolate Chip Cookies. Die Anerkennung, die er dafür erntete, tat ihm gut.

Und das mit dem Haus war einfach unschlagbar. Seine Mitschüler würden töten, um hier einzuziehen!

John-Michael kämpfte sich durch die Menge bis in die Küche vor. Ein zierliches Mädchen mit langen braunen Haaren und dunkel geschminkten Augen versuchte gerade, sich eine Zigarette anzuzünden.

„Hast du Feuer?“, fragte sie.

„Im Haus wird nicht geraucht. Sorry. Aber die Vermieterin reißt uns sonst den Kopf ab.“

„Eure Vermieterin?“ Sie lachte. „Der war gut. Vielleicht sollte ich meine Mutter auch so nennen.“

„Du kennst Candaces Mom?“

„Nicht im Ernst, oder? Candaces Mutter ist eure Vermieterin?“, fragte das Mädchen verblüfft.

John-Michael nahm sie genauer in Augenschein. Bekifft war sie nicht. „Ja, ihrer Mutter gehört das Haus“, erklärte er.

„Wie krass! Ich kenne Candace nur flüchtig. Sie ist mit dem Ex meiner Freundin befreundet.“

„Wer hat dich eingeladen?“

Ihre Miene verdunkelte sich. „Ich hab nur gehört, es gibt ’ne Megaparty in Venice Beach. Ich dachte, jeder kann kommen. Wie peinlich.“

„Nein, schon okay, fühl dich wie zu Hause. Schön, dass du da bist. Willst du was trinken? Lucy hat gerade frische Bowle gemixt.“

Er bugsierte sie ins Wohnzimmer und schenkte ihr ein. Eigentlich ganz schön, zur Abwechslung mal mit einer Frau zu flirten. Die meisten spürten sofort, dass er schwul war, und verloren das Interesse an ihm; umso angenehmer fand er es, mal nicht gleich abgestempelt zu werden. Wenn Paolo oder ein anderer Sportler auftauchte, wäre er noch früh genug abgeschrieben. Andere schwule Jungs schien es auf der Party nicht zu geben, zumindest hatte er keinen entdeckt.

„Ich bin schwul“, sagte er, als er ihr das Glas reichte. „Nur damit du Bescheid weißt. Ich finde dich aber ziemlich süß und würde mich gerne weiter mit dir unterhalten. Also geh bitte nicht gleich wieder weg.“

Sie grinste verschmitzt. „Das hab ich schon gemerkt, aber ich habe nicht vor zu gehen.“

„Echt, du hast es gemerkt? Hm. Und ich hab gedacht, bei dir könnte ich landen.“

„Bist du bi?“

„Bi? Schön wär’s.“

„Warum?“

„Wegen der großen Auswahl. Du kämst infrage oder meine vier heißen Mitbewohnerinnen …“

„Du wohnst mit vier Frauen zusammen?“

„Weißt du überhaupt etwas über diese Party?“, fragte er lachend.

„Nur, dass Candace hier wohnt. Und eine Party feiert. Reicht das nicht?“

John-Michael nahm einem Gast im Vorbeigehen den Teller mit Cookies aus der Hand. „Probier mal.“ Er hielt ihn ihr hin.

Sie nahm einen Bissen und lächelte verzückt.

„Die hab ich gebacken.“

„Ehrlich?“ Sie zog eine Schnute. „Doppelt schade, dass du nicht bi bist.“

„Kann man nichts machen.“

„Ich wusste, dass Candace für mündig erklärt worden ist. Aber mir war nicht klar, dass das für alle hier gilt.“

„Frei wie die Vögel.“

„Hm, das tut mir leid. Das muss scheiße sein.“

John-Michael sah sie verdutzt an, aber sie schien es ernst zu meinen. Mitgefühl lag in ihrem Blick.

„Machst du Witze? Die meisten Leute beneiden uns.“

„Echt?“ Sie zuckte die Schultern. „Ich nicht. Ich wohne noch zu Hause.“

John-Michael starrte sie ungläubig an.

„Meine Eltern sind echt cool, da habe ich Glück. Meine Mom gibt Musikunterricht, und meinem Dad gehört eine Eisfabrik. Und eine Eisdiele. Sie sind beide echt witzig und interessiert, und sie kochen unglaublich gut. Ich habe ein eigenes Zimmer mit Bad, einen Elektroroller, ein Auto. Wir gehen oft zusammen ins Ballett oder zu Konzerten. Warum sollte ich woanders wohnen wollen? Dort kriege ich die Wäsche gewaschen und Hilfe bei den Hausaufgaben …“

„Wer *bist* du?“

Sie lachte. „Klingt das in deinen Ohren nicht verlockend? Am Wochenende Frühstück im Bett, Blaubeerpfannkuchen mit Sirup. Bei euch muss doch einiges schiefgelaufen sein, dass man euch für mündig erklärt hat. Oder nicht?“

John-Michael schwankte zwischen Neid und Skepsis. „Wahrscheinlich schon."

Plötzlich brach das Mädchen in schallendes Gelächter aus. „Hey, ich verarsche dich bloß."

„Was?"

„Mein Leben ist ganz anders, leider."

„Also sind deine Eltern überhaupt nicht cool?"

„Nein. Nur das mit den Jobs stimmt. Mein Bruder und ich bekommen die beiden fast nie zu Gesicht. Ich frage mich manchmal, ob sie sich mehr Zeit für uns nehmen würden, wenn wir nicht mehr zu Hause wohnen. So richtig viel Zeit."

Beim Thema Eltern wurde John-Michael immer traurig. „Würdest du dir das wünschen?", fragte er leise.

„Ja. Und wie. Meine Eltern sind nämlich eigentlich ganz okay."

„Dann hast du in der Tat Glück", antwortete John-Michael wehmütig.

GRACE

Balkon, Freitag, 27. Februar

„Lust zu kiffen?“ Graces Gesicht schob sich von der Seite in Paolos Blickfeld; mit einem ironischen Lächeln blickte sie auf ihn hinunter. „Du musst auch nicht anstehen, so wie die da unten.“

Candace tauchte auf der Treppe auf.

„Kein Interesse … obwohl … wie meinst du, ohne Anstehen?“ Paolo schaute skeptisch.

„Was ich meine, ist, dass du nicht auf die Bong warten musst. Ich hab uns bei Lucy ein bisschen was für einen Joint abgezwackt.“

„Ihr zwei kifft?“, fragte Paolo überrascht.

Candace kam ihrer Schwester mit der Antwort zuvor. „Nur ganz selten. Tina – Graces Mutter – ist echt streng. Eine totale Gesundheitsfanatikerin. Grace trinkt keinen Alkohol. Und da ich morgen um eine echt bescheuerte Uhrzeit aufstehen muss, trinke ich heute auch nichts. Aber ein Rausch wäre den Neuigkeiten angemessen, finde ich. Ich komme schließlich ins Fernsehen! Wenn das mal kein Grund zum Feiern ist. Mein ganzes Leben wird sich ändern. Also, kommst du jetzt mit raus auf die Veranda?“

„Ihr wollt im Freien rauchen? Warum ladet ihr nicht gleich die Bullen ein?“

„Entspann dich mal“, lachte Candace. „Bei uns braucht es nicht viel. Zwei Züge und wir sind megabreit.“

Oben angekommen, verzogen sie sich in die einzige Ecke des Balkons, die nicht von knutschenden Pärchen bevölkert war. Mit dem Rücken zu den anderen ließen sie den Joint kreisen. Candace nahm einen tiefen Zug und gab an Paolo weiter. „Puh. Ganz vergessen, wie sich das anfühlt.“

Paolo zog den Rauch in die Lungen. „Schon lange her?“

„Wir gehen nicht so oft aus“, erwiderte Grace selig lächelnd.

„Tina ist aber nicht hier, niemand überwacht euch.“

„Stimmt. Sie ist weit weg in San Antonio und lässt sich von Graces verzogenen Brüdern auf der Nase herumtanzen."

„Dann könntet ihr doch ausgehen, so viel ihr wollt. Warum tut ihr es nicht?"

Grace legte den Kopf schief. „Du hast recht. Irgendwie macht es jetzt nicht mehr so viel Spaß."

„Da bin ich froh, dass es euch genauso geht", kicherte Paolo.

„Hätte ich gar nicht gedacht, dass du das Kichern anfängst", bemerkte Candace und bedachte Paolo mit einem geringschätzigen Blick, der von ihrer Mutter hätte stammen können. „Aber man weiß vorher nie, wer beim Rauchen zu kichern anfängt", fuhr sie dann fort und machte eine bedeutungsschwere Pause. „Ich persönlich steh ja auf Männer, die total cool bleiben."

„Du klingst wie deine Mutter, wenn sie mit dem Drogenbaron spricht, Candace: *Ich mag dich viel lieber, wenn du nicht kicherst, Schähätzilein.*"

Paolo prustete los und steckte damit Grace an, die sich fast verschluckte. Candace ignorierte den Kommentar einfach und ließ sich nicht anmerken, ob sie verärgert war oder nicht. „Versteht mich nicht falsch, diese ganze Mündigkeitssache ist der Hammer."

„Ja, total", pflichtete Grace ihr bei.

„Bis auf das Wäschewaschen, das hasse ich! Und den anderen Leuten ständig hinterherzuputzen."

„Jetzt verstehe ich", lachte Paolo. „Das ist alles nur ein Trick, um mich zum Abwaschen zu überreden."

„Ja genau, du fauler Hund, jetzt spül doch endlich mal ab! Du bist 'ne echte Enttäuschung, Mr. King."

„Und ich hab gedacht, mein hübscher Anblick macht das wieder wett!"

„Du und Lucy, ihr seid die Schlimmsten. Ihr spült *nie* ab!"

„Okay, okay." Paolo lachte Tränen. „Können wir mal wieder ernst sein?"

„Glaubst du, ich meine das nicht ernst?"

„Doch, aber mal ehrlich.“ Paolo atmete tief durch und wurde ernst. „Ihr könnt das bestimmt beurteilen: Mag Lucy mich?“

„Nein.“ Graces Antwort kam wie aus der Pistole geschossen.

„Das habe ich befürchtet“, seufzte Paolo.

„Benimmt sie sich manchmal so, als ob sie dich mag?“, fragte Candace.

„Nein, eher im Gegenteil.“

„Da hast du deine Antwort.“

„Sieht so aus.“

„Du willst hoffentlich nach der Schule nicht zur Kripo.“

„Nicht gerade meine erste Wahl.“

„Dann ist ja gut“, sagte Grace. „Ich meine ja nur. Wahrscheinlich bleibst du sowieso beim Tennis, oder?“

Paolo schüttelte den Kopf. „Ich will Anwalt werden.“

„Echt? Welches Fachgebiet?“, fragte Grace belustigt.

„Menschenrechte.“

Grace schwieg verblüfft.

„Mich interessieren vor allem die Übertretungen in unserem eigenen Land“, sprach Paolo weiter. „Wir schauen die ganze Zeit nach Afghanistan, Irak und Syrien, aber dabei vergessen wir den ganzen Mist, der sich hier abspielt.“

„Meinst du Guantánamo?“

„Das ist zwar nicht hier, aber das meine ich auch, ja.“

„Wie, Guantánamo ist nicht hier? Wo dann?“

„Willst du mich verarschen? Das Lager liegt auf Kuba!“

Candace starrte ihn ungläubig an, dann schnaubte sie entrüstet. „Jetzt hast du mich fast drangekriegt.“

„Ich verarsche dich nicht! Du kannst es googeln. Egal, ich meine das, was sie mit den Armen machen, den Einwanderern und den zum Tode Verurteilten.“

„Das würdest du machen?“, fragte Grace ungläubig und nahm einen Zug vom Joint. „Nach der ganzen Plackerei bis zur Anwaltszulassung willst du für diese Leute arbeiten?“

„Eigentlich schon.“

„Warum?“ Grace ließ nicht locker.

Ihre Hartnäckigkeit schien ihn zu verunsichern. „Weil ... weil es wichtig ist! Es gibt schon so viele Anwälte, sagt mein Dad immer. Und was machen die? Das ganze System lahmlegen und sich dadurch selbst Arbeit verschaffen, weil immer mehr Menschen einen Anwalt brauchen. Da mache ich nicht mit. Ich will das Recht dafür einsetzen, Menschen zu beschützen. Unschuldige. Wehrlose.“ Er sah Grace eindringlich an. „Glaubst du nicht daran?“

„Doch, schon.“ Grace blies den Rauch in seine Richtung. Wenn das nur eine Masche war, dann spielte er sie ziemlich überzeugend.

Candace klatschte in die Hände. „So, ich überlasse die Weltrettung jetzt euch und schaue drinnen mal nach dem Rechten.“

„Wo, im Knutschzimmer? Wir haben doch ausgemacht, dass die Leute da ungestört bleiben.“

„Grace und ich haben uns das anders überlegt. Einer von uns schaut ab und zu mal rein, um sicherzugehen, dass keiner zu etwas gezwungen wird, was er nicht will.“

„Mann, ihr Mädels denkt aber auch an alles!“

„Na ja, wir wohnen halt gerne hier“, sagte Grace. „Du nicht? Aber es gibt genügend Leute, die das für keine gute Idee halten. So wie Miss Olivera, die Vertrauenslehrerin an der Schule. Wenn in diesem Haus irgendein Mist passiert, sind wir dran. Candaces Mom würde sofort alle rauswerfen. Dann müssten wir mit irgendwelchen Medizinstudenten zusammenwohnen, sogenannten Respektspersonen.“

„Stimmt“, Candace verzog den Mund.

„Ihr seid echt auf Zack.“

„Dann sind wir uns ja einig.“ Mit einem knappen Lächeln verschwand Candace nach unten, tauchte aber nach ein paar Minuten mit geröteten Wangen wieder auf und ging auf den Balkon. Paolo und Grace beobachten sie einen Moment lang an das Geländer der Treppe gelehnt.

Dann wandte Paolo sich an Grace: „Hab ich mir das eingebildet oder warst du gerade ein bisschen komisch zu mir?“

Sie zog am Joint, hielt den Rauch in den Lungen und rollte sich mit dem Rücken langsam an der Betonwand entlang, bis sie vorne am Balkon stand. Sie schaute über die hohen Palmen hinweg auf das Meer hinaus. „Definiere komisch.“

„Du scheinst meine Pläne nicht gut zu finden.“

„Ich glaube, du verarschst uns“, schnaubte Grace.

„Was? Wieso sollte ich?“

„Damit wir was Gutes über dich sagen, zu Lucy zum Beispiel.“

„Glaubst du das wirklich?“ Paolo war völlig verblüfft.

Statt einer Antwort zuckte Grace nur mit den Schultern.

„Ich lüge nicht“, entgegnete er ärgerlich.

„Sag ich ja nicht. Aber ich kenne mich mit Todeskandidaten aus. Deshalb reagiere ich ziemlich sensibel, wenn mir jemand Bullshit erzählt.“

„Inwiefern kennst du dich aus?“

„Ich schreibe Briefe in die Todeszelle.“

„Kein Scheiß?“

„Schon seit Jahren.“

„Ernsthaft?“

Sie nickte. „Ja.“

„Warum?“

„Darum. Irgendwer muss es doch machen.“

„Warum du?“

„Ich … ich rede nicht gerne darüber“, erwiderte Grace. „Das stresst mich irgendwie.“

„Das glaube ich sofort. Wenn der Tag näher rückt und du weißt, dass einer von ihnen … na du weißt schon.“

„Was meinst du?“

„Na ja. Gekillt wird, meine ich.“

Bei seinen Worten überlief Grace ein leiser Schauer. Sie versuchte, das enge Gefühl in ihrer Brust zu ignorieren, doch das

Marihuana brachte die Mauer, die sie um das Thema errichtet hatte, zum Wanken. Vor ihrem geistigen Auge blitzte das Bild des Ortes auf, den sie niemals betreten wollte: die Publikumsgalerie der Hinrichtungskammer.

„Grace?“ Paolo musterte sie besorgt. „Ist alles in Ordnung?“

Grace beobachtete, wie sein Blick von ihrem Gesicht zu dem Joint in ihrer Hand glitt, den sie gerade sorgfältig an der Betonmauer ausdrückte. Ein frischer Wind vom Meer raschelte in den Palmwedeln. Er fühlte sich an ihren Beinen kalt an.

Sie reichte Paolo den Joint und versuchte zu lächeln. „Hier, nimm ihn. Ich glaube, ich hatte genug.“

JOHN-MICHAEL

1. Stock, Samstag, 28. Februar

Ein lautes Brummen an seinem Ohr riss John-Michael aus dem Schlaf. Candace, die neben ihm auf dem Boden lag, hatte ihr Handy unter das Kopfkissen geschoben, und das verdammte Ding vibrierte wie verrückt. John-Michael drehte sich stöhnend auf den Rücken.

„Oh Mann, Candace!"

„Pst. Schlaf weiter", murmelte sie, während sie auf dem Telefon herumdrückte. „Die anderen schlafen auch noch."

Unmöglich. Hatte er die Augen erst einmal aufgeschlagen, konnte er nicht mehr einschlafen. Im Zimmer war es trotz der heruntergelassenen Jalousien schon ziemlich hell. Gegen die kalifornische Sonne konnten die Dinger nicht viel ausrichten.

John-Michael sah sich blinzelnd um. Grace hatte die Nacht im Bett ihrer Schwester verbracht und schlief noch tief und fest. Lucy war nirgends zu sehen, stattdessen lag ein fremdes Pärchen auf ihrem Bett; die beiden waren vollständig angezogen und schliefen voneinander abgewandt.

Wie war er überhaupt in Candaces und Lucys Zimmer gelandet? Jetzt fiel es ihm wieder ein: Da war dieser Typ, dem er einen Tick zu lange in die Augen geschaut hatte. Na gut, angestarrt traf es besser, aber das lag nur daran, dass er völlig in Gedanken gewesen war und es gar nicht bemerkt hatte. Eigentlich ganz süß, der Typ: blonde Haare, blaue Augen, Dreitagebart. Aber dann hatte er angefangen zu tanzen, und das war kein schöner Anblick. Eher ein unkontrolliertes Zucken von Beinen und Schultern, dazu ein schmieriges Grinsen auf den Lippen, mit dem er sich John-Michael näherte. Also war ihm nur die Flucht geblieben.

Es fiel ihm jedes Mal schrecklich schwer, einen süßen Typen abblitzen zu lassen, auch wenn er nicht an ihm interessiert war. Aus lauter schlechtem Gewissen unterhielt er sich immer viel zu lange mit ihnen, woraufhin sie sich natürlich erst recht wunderten, warum er sie dann abservierte. Und obwohl es jedes Mal so lief, machte er immer denselben Fehler – so wie gestern.

Nach zwei quälenden Stunden hatte er sich aufs Klo geschlichen und sich dann schnell zu den beiden Kiffern ins Zimmer gelegt, die auf Lucys Bett eingeschlafen waren. Als der Blonde den Kopf zur Tür hereinstreckte und ganz leise seinen Namen flüsterte, hielt John-Michael den Atem an und gab keinen Laut von sich, bis der Typ sich endlich verdrückte.

In Candaces Bett raschelte es. Es war Grace. John-Michael stellte sich schlafend.

„Schon auf?“, hörte er sie murmeln.

„Wochenenddreh, Süße.“ Das war Candace. „Das Leben und Leiden eines Teenie-Fernsehstars.“ Mit diesen Worten verschwand sie im Badezimmer.

Kaum war das Rauschen der Dusche zu hören, sprang Grace auf und setzte sich an Lucys Schreibtisch. Hatte sie auf diese Gelegenheit gewartet? Von seiner Position am Boden aus konnte John-Michael nicht viel erkennen; er hörte nur, wie sie Lucys Laptop aufklappte und auf der Tastatur herumtippte.

Er kniff die Augen zu einem schmalen Schlitz zusammen. Grace schien sich unbeobachtet zu fühlen, doch als er sie gerade ansprechen wollte, kam Candace aus dem Bad. Grace zuckte zusammen und griff hastig nach zwei Notizblättern, die neben dem Laptop lagen. John-Michael drehte sich um und tat so, als wache er gerade auf.

„Was zur … Liest du etwa Lucys Briefe?“, fragte Candace.

John-Michael setzte sich auf und gähnte demonstrativ.

„Sei nicht albern“, zischte Grace, ließ die Hand aber auf den Papieren liegen.

Candace ging wortlos auf sie zu und nahm ihr die Seiten aus der Hand. Eine unangenehme Pause entstand, während sie das Gekritzel überflog. „Oh“, sagte sie tonlos. „Stimmt ja. Tut mir leid.“

Grace riss ihr die Zettel aus der Hand.

„Egal." Candaces Ton klang versöhnlich. „Warum musst du diesen gestörten Knastis unbedingt in meinem Zimmer schreiben?"

John-Michael sog überrascht die Luft ein, und die Köpfe der Mädchen wandten sich ihm zu. „Gestörte Knastis?" Er schaute die beiden fragend an.

„Das ist privat", antwortete Grace ungehalten.

„Klingt aber interessant."

„Was machst du überhaupt hier?", wollte Candace wissen. „Du hast doch ein eigenes Zimmer."

„Ich hab mich versteckt."

„Ach, vor dem blonden Tänzer, mit dem ich dich gesehen habe? Ooh." Candace zog eine Schnute. „Und ich hab solche Hoffnungen auf euch gesetzt." Sie drehte sich wieder zu ihrer Schwester um. „Warum spionierst du Lucy nach?"

„Ich wollte nur was nachschauen", entgegnete Grace genervt. „Außerdem geht dich das gar nichts an!"

Candace zögerte. „Ist einer der Typen bald an der Reihe?"

Grace schüttelte den Kopf. Ihre Augen sprühten vor Zorn. „Nein. Aber wo ich schon wach bin, kann ich doch vor der Schule noch schnell einen Brief schreiben. Wenn du wüsstest, wie wichtig das für ihn ist – für sie alle! Einen Brief von jemandem zu lesen, dem sie nicht egal sind. Warum verstehst du das nicht?"

„Jetzt mal ehrlich Grace, hast du dich in einen aus der Todeszelle verliebt?" Candace ließ ihre Schwester nicht aus den Augen.

„Hast du gerade Todeszelle gesagt?" John-Michael riss die Augen auf.

„Wie kannst du so etwas denken?", fragte Grace empört. „Das ist echt krank, und das weißt du."

„Du wärst nicht das erste Mädchen, das sich in einen von denen verliebt. In einen einsamen, unverstandenen Todgeweihten. Ich hab einfach Angst, dass du verletzt wirst. Nur wegen eines blöden Zeitvertreibs."

„Kurze Pause, bitte. Kann mir mal eine von euch erklären, worum es geht?", unterbrach John-Michael.

„Das geht dich nichts an", fauchte Grace wütend. „Und es ist nicht nur ein Zeitvertreib!"

„Na gut, dann ist es halt gut für deine Bewerbung am College. Mir doch egal!"

Grace starrte Candace ungläubig an. Dann stand sie kopfschüttelnd auf. „Glaub doch, was du willst. Ich hau ab."

„Hey, wünschst du mir kein Glück?"

„Warum sollte ich?", rief Grace und stürmte aus dem Zimmer.

Candace legte sich eine Hand auf den Brustkorb.

„Krasse Aktion!" John-Michael schüttelte den Kopf.

„Die spinnt doch", erwiderte Candace. „Aber ich fühl mich ... unglaublich."

„Wirklich?"

„Ja. Leg deine Hand mal hierhin." Sie nahm seine Hand und legte sie ganz nah an ihr Herz. „Fühlst du das? Das war Grace."

„Wie meinst du das?" John-Michael zog die Hand weg.

„Ihr Blick. Hast du ihren Blick gesehen?"

„Nein. Mein Kopf war immer noch bei den Knastis. Schreibt sich Grace wirklich mit zum Tode Verurteilten?"

„Das hättest du sehen sollen. Echter, brennender Zorn!"

„Fröhlich war sie nicht gerade, stimmt."

„Dieses Gefühl muss ich mir merken."

„Warum?"

„Weil ich heute in einer meiner Szenen etwas ganz Ähnliches spielen muss."

„Du musst wütend sein?"

„Nein – eher aufgewühlt. So richtig atemlos und mit Herzrasen und so."

„Ach so, na dann lass dich doch vorher einfach von jemandem anschreien."

Candace reagierte nicht, sondern starrte auf Lucys Laptop, der aufgeklappt auf dem Schreibtisch stand. Im nächsten Moment saß sie davor und klickte sich durch die Ordner.

„He!"

„Was denn?“

„Gerade hast du Grace dafür angepflaumt.“

„Ich mach ja gar nichts, das war alles schon offen.“

„Echt dreist von dir“, protestierte John-Michael, folgte aber Candaces Blick.

Drei Fenster waren geöffnet: das E-Mail-Programm und ein Word-Dokument mit einem Aufsatz über Voltaires *Candide*, außerdem ein YouTube-Kanal, der auf LucyLong registriert war. Sie hatte erst ein Video hochgeladen, und der Screenshot zeigte Lucy auf ihrem Bett sitzen und mit einem wunderhübschen Lächeln Gitarre spielen. Während sie sonst eher unnahbar und kühl wirkte, sah sie fast verletzlich aus. Sie spielte einen Coversong von Green Day.

„Lucy auf YouTube – kenne ich schon. Erzählst du mir jetzt was von Graces ‚gestörten Knastis‘?“

„Du bist echt unsensibel.“

„Das hast du doch gesagt!“, schnaubte John-Michael.

„Das ist was anderes, schließlich ist sie meine Stiefschwester. Ich weiß, wie sehr sie das mitnimmt.“

„Das Briefeschreiben?“

„Es wühlt sie ziemlich auf. Manchmal weint sie sogar.“

„Ist doch verständlich, oder? Ich finde es ziemlich cool, dass sie das macht.“

„Stimmt schon.“

„Musst du nicht los ins Fernsehstudio?“

„Mhm.“ Candace schien ihm gar nicht zuzuhören.

„Wo liegt das Problem? Glaubst du wirklich, dass Grace hinter Lucy her spioniert?“

„Wahrscheinlich nicht.“

„Was dann?“

Candace stand wortlos auf, stieg mit einem großen Schritt über ihn hinweg und ging zurück ins Bad. „Ich mache mir halt Sorgen um meine Schwester“, sagte sie aus dem Badezimmer. „Sie erzählt kaum was von den Männern, denen sie schreibt. Ich habe gehofft, dass ich auf dem Computer irgendwelche Hinweise darüber finde. Im Verlaufsordner zum Beispiel, Suchbegriffe, so etwas in der Art."

John-Michael rappelte sich hoch und warf die Fleecedecke auf den Stuhl. Das Pärchen in Lucys Bett schlief immer noch tief und fest.

„Neben den beiden kannst du eine Bombe hochgehen lassen", murmelte er. Dann lauter: „Du weißt also gar nicht, mit wem sie sich schreibt?"

„Nein. Ich weiß nur, dass sie die Namen extra nicht googelt, damit sie in der Trefferliste nicht zu weit nach oben rutschen. Sie hat Angst, dass das Nachteile bei den Berufungsverfahren bringen könnte, weil die Richter glauben könnten, dass die Menschen sich für deren Straftaten interessieren."

„Ach so, da ist natürlich was dran. Du weißt also nicht, was sie gemacht haben?"

„Sie sitzen in der Todeszelle, also schätze ich mal, dass es um Mord geht."

John-Michael sagte nichts. Bei dem Wort „Mord" wurde ihm seltsamerweise immer noch flau im Magen – auch Wochen später.

PAOLO

1. Stock – Samstag, 28. Februar

Paolo war wach geworden, als Candace über die Wendeltreppe nach unten polterte, blieb aber noch eine Stunde liegen. Irgendwann wurde es ihm zu hell zum Schlafen. Er blinzelte zu seinem Wecker hinüber: erst acht Uhr.

Auf der Party war ziemlich viel geflirtet worden – und wahrscheinlich nicht nur das –, aber Paolo hatte niemanden abgeschleppt. Zwei Mädchen hatten sich an ihn rangemacht; eine war ziemlich süß und zurückhaltend, die andere eher laut und vulgär. Vor ein paar Monaten hätte er sich eine von ihnen geschnappt, wenn nicht beide. Gestern aber hatte er bei beiden einen Rückzieher gemacht. Was war nur mit ihm los?

Er dachte an Lucy und stellte sich vor, wie sie im Bett lag – ein wunderbares Bild. Nur dass es wahrscheinlich nicht der Realität entsprach. Ein paar ziemlich schräge Typen hatten sich im Laufe des Abends in Lucys Zimmer verirrt. Die lagen jetzt bestimmt immer noch halb bewusstlos dort herum.

Paolo schlüpfte aus dem Bett. Er war fast schon besessen von Lucy, aber das würde wieder vorbeigehen. Irgendwann. Er konnte sich ja nicht ewig so schlecht fühlen.

Es war totenstill im Haus. Paolo tappte in Boxershorts hinunter in die Küche, um ein Glas Milch zu trinken. John-Michael lehnte an der Spüle und grinste ihn an. Er trug einen Frotteebademantel und war offenbar immer noch betrunken oder high.

Paolo beschränkte sich auf einen kurzen Gruß und ging wieder nach oben. Wieder ins Bett gehen kam nicht infrage, er würde nur wieder etwas Wirres träumen. Außerdem war er inzwischen hellwach. Also kramte er seine Tennissachen aus dem Schrank, warf alles mit seinem zweitteuersten Schläger in die Sporttasche, schnappte sich in der Küche zwei Bananen und ging aus dem Haus. Ein Stück weiter unten am Strand gab es einen Tennisplatz.

Paolo war für die Turniere in den Schulferien angemeldet. Höchste Zeit für ein paar Stunden Zusatztraining.

Draußen war es überraschend kühl, vom Meer her wehte ein kräftiger Wind. Bis auf ein paar Jogger und Hundebesitzer war kaum jemand zu sehen. Nachdem er die beiden Bananen verdrückt hatte, fiel Paolo in einen leichten Laufschritt.

Bis zu den Tennisplätzen war es eine knappe Meile. Ein Typ in den Zwanzigern mit pechschwarzen Haaren, brauner Haut und einer schlanken, drahtigen Figur übte Aufschläge. Anscheinend arbeitete er an einer Art Schmetterball, jedenfalls schlug er die Bälle mit voller Wucht übers Netz. Mindestens ein Drittel davon landete außerhalb der Linie. Als Paolo zum Aufwärmen ein paar Dehnübungen machte, blickte der junge Mann zu ihm herüber. „Wartest du auf jemanden, oder hast du Lust auf ein Spiel?"

Paolo zweifelte, dass sein Gegenüber ihm ernsthaft das Wasser reichen konnte. Schließlich gehörte Paolo zu den Topspielern der USA; er stand bundesweit auf Platz 24, in Kalifornien auf Platz zehn. Eigentlich verwunderlich, dass der andere ihn nicht kannte. Aber die meisten Laienspieler standen lieber selbst auf dem Platz, anstatt den Stars im Fernsehen dabei zuzusehen.

Seine Aufschläge waren allerdings nicht von schlechten Eltern, das musste Paolo ihm lassen. Er hätte wahrscheinlich nicht alle parieren können, auch wenn ein guter Aufschlag noch lange keinen guten Spieler aus einem machte. Aber es war allemal besser, als nur stur an seinen eigenen Aufschlägen zu arbeiten.

„Klar, warum nicht", rief er also und trabte aufs Feld. Sie spielten einen Satz, und anfangs holte Paolo einen Punkt nach dem anderen; im fünften und sechsten Spiel kam er etwas in Bedrängnis und verlor einen Punkt, obwohl er Aufschlag hatte. Am Ende gewann er den Satz dennoch klar mit 6:1.

Sie schüttelten sich kurz die Hände und tranken aus ihren Wasserflaschen.

„Ich heiße Darius", sagte der andere. „Spielen wir noch einen

Satz? Ich wette fünfzig Dollar, dass ich dir mindestens ein Spiel abnehme."

„Wenn du zwei draus machst, bin ich dabei", erwiderte Paolo.

„Dann gleich hundert", grinste der andere.

Paolo holte sich auch den zweiten Satz, aber bei einem Spiel gewann Darius nach einem Einstand geschlagene sechs Mal den zweiten Punkt. Paolo hatte noch nie so lange und hart kämpfen müssen, um ein Spiel zu gewinnen. Aber Darius war auch schon länger da und besser aufgewärmt.

„Du bist ziemlich gut", sagte Darius und wischte sich den Schweiß aus dem Nacken. Paolo sah, dass sein Hals unter den schulterlangen Haaren mit allerlei Tribals tätowiert war.

„Ich bin auch Profi."

Darius verdrehte die Augen. „Ach, jetzt wird mir einiges klar. Ich halte mich nämlich schon für einen guten Spieler, und ich hab noch nie fünf Spiele in einem Satz verloren. Noch nie!"

„Hm. Dafür steckst du es aber ziemlich gut weg. Echter Sportsgeist."

„Ich dachte mir schon, dass du gut bist. Wer kommt schon so früh am Samstagmorgen zum Trainieren hierher?"

„Du zum Beispiel."

„Ertappt!", lachte Darius. „Sag mal, wie wäre es mit einer Revanche? Ich will mein Geld zurückgewinnen."

„Hast du es denn dabei?"

Darius schüttelte lächelnd den Kopf.

„Dann streng dich lieber an. Ich sag dir was, wenn du den nächsten Satz gewinnst, sind wir quitt."

Und genau das passierte. Darius gewann. Beim zweiten Einstand verließ Paolo die Motivation. Was machte es schon, ein Spiel zu verlieren? Der Typ schien schließlich cool zu sein. Paolo hatte schon lange keinen so harten Einsatz mehr für ein Spiel gebracht, das eigentlich gar nicht zählte.

Darius war völlig außer Atem, als die beiden sich die Hände reichten.

„Du machst ziemlich Tempo“, sagte Paolo. „Ist dir klar, dass du gerade die Nummer 24 des Landes geschlagen hast?“

„Nicht ehrlich, oder? Das Geld hat mich motiviert. Willst du mal sehen, wie ich um 500 Dollar spiele?“

„Meinst du das ernst?“, fragte Paolo ungläubig.

„Du weißt ja jetzt, wie ich spiele.“

„Ich finde, das ist keine gute Idee.“

Darius’ Blick wurde kalt. „Ich mach dir ja schließlich das Angebot.“

Also spielten sie noch einen Satz. Paolo gewann. Darius bestand auf einer Revanche, doppelter Einsatz. Innerhalb kurzer Zeit gewann Paolo tausend Dollar, zweitausend. Die Spiele wurden immer härter, jeder Ball hart umkämpft. Bei viertausend Dollar merkte Paolo, dass er seit dem letzten Halbfinale in der Profiliga kein so schweres Spiel mehr gespielt hatte.

Dann verlor er. Doppelfehler beim Einstand. Das konnte jedem passieren. Darius bestrafte ihn mit einem Volley, der es in sich hatte. Also wieder Gleichstand.

„Lass uns noch mal erhöhen“, keuchte Darius. „Du hast mich ziemlich unter Druck gesetzt. Jetzt kehren wir den Spieß um!“

Der Typ war doch völlig durchgeknallt. Er hatte das Ruder nur mit Mühe rumgerissen.

„Hör zu. Wenn du Schiss hast, gehen wir direkt zurück zu den viertausend. Ein Spiel. Mit dem gleichen Einsatz wie vorher.“

„Ich hab keinen Schiss“, erwiderte Paolo, „Du hattest einfach nur Glück.“

„Ja, genau. Das dachte ich mir schon. Der Gedanke, dass ich dich schlagen könnte, macht dir Angst. Ein Spiel und ich beweise es dir. Wenn ich falschliege, kriegst du viertausend und wir hören auf. Ehrenwort!“

„Du willst um viertausend US-Dollar spielen?“

Darius ließ die Bespannung seines Schlägers schnalzen. „Ja, korrekt, US-Dollar. Komm schon, Alter, du bist doch schließlich der Tennisprofi.“

Der Schweiß rann Paolo über den Rücken hinunter in die Shorts. Er war noch nicht müde, könnte aber eine Pause zum Auftanken gebrauchen. Darius hingegen schien mit jedem Spiel fitter zu werden.

Zum ersten Mal verspürte Paolo Zweifel an seinem Können. Er hatte kein gutes Gefühl bei der Sache, aber wenn er jetzt abhaute, würden die Zweifel nur weiter an ihm nagen. Was, wenn sie ihn mitten in einem wichtigen Spiel einholten? Er wollte nicht ewig von der Erinnerung an das Spiel mit Darius verfolgt werden.

Er musste Darius besiegen. Den Fluch brechen. Das Geld war nur ein Extrabonus. Das, was auf dem Spiel stand, war für Paolo mehr wert als die viertausend Dollar.

„Ein Satz?"

„Ein Satz. Vier Spiele. Der Gewinner kriegt alles. Wir fahren direkt zur Bank und holen das Geld."

Paolo blickte sich um. Er musste an diese ganzen Geschichten denken, bei denen Leute entführt und mit der Waffe gezwungen wurden, am Automaten Geld abzuheben. Normalerweise passierte das in irgendwelchen üblen Wohngegenden und nicht gerade um zehn Uhr morgens. Aber um diese Uhrzeit war am Strand noch keine Menschenseele unterwegs.

Darius winkelte das Bein an und dehnte seinen Oberschenkel. „Ich kann dich schlagen, du Muttersöhnchen. Du willst es nur nicht wahrhaben!"

Paolo schnappte sich zwei Bälle und positionierte sich an der Abschlaglinie.

Doch Darius behielt recht. Er besiegte Paolo, und zwar mit Leichtigkeit. Die Aufschläge donnerten mit einer Geschwindigkeit in Paolos Feld, die einem Weltranglisten-Spieler alle Ehre gemacht hätte.

Als sie sich die Hände schüttelten, bekam Paolo Angst. Wie sollte er Darius klarmachen, dass er keine viertausend Dollar hatte?

MAYA

Küche – Samstag, 28. Februar

„Wo sind Paolo und Candace?“, fragte Maya.

Lucys Antwort bestand aus einem missmutigen Blick. Ob ihr Unmut Mayas Frage galt oder der Tatsache, dass ihre beiden Mitbewohner sich vor dem Aufräumen gedrückt hatten, blieb offen.

Maya wurde aus Lucy nicht so recht schlau, auch wenn sie sich in gewisser Weise ähnelten. Beide waren nicht sonderlich kontaktfreudig, hingen meist alleine vor der Glotze oder dem Computer ab, wo Lucy wahrscheinlich Songs komponierte, Videos guckte oder chattete. Beide hatten durch den Wechsel an eine neue Schule Freunde verloren.

Maya bemühte sich, in der Highschool Anschluss zu finden. Sie ging in die neunte Klasse der „Our Lady“, einer bei Mittelklassefamilien mit lateinamerikanischen Wurzeln äußerst beliebten Schule. Ihre Eltern wünschten sich nichts sehnlicher, als dass Maya dort Freundinnen finden und die Nachmittage bei anderen mexikanischen Familien verbringen würde, wo Spanisch gesprochen und mexikanisches Essen gekocht wurde.

Maya liebte die mexikanische Küche, hörte ab und zu gerne Cumbia-Musik, sprach aber nicht fließend Spanisch. Sie wusste nicht einmal mehr, wann sie mit ihrer Familie zuletzt in Mexiko gewesen war.

Lucy, eines der wenigen dunkelhäutigen Mädchen an der Schule, ging in die elfte Klasse und tat sich schwer, neue Kontakte zu knüpfen. Die Mädchen in den höheren Klassen waren ziemlich auf ihre Cliquen fixiert, und Lucy verbrachte viel Zeit alleine, was sie jedoch nicht zu stören schien. Wenn Maya sich die arroganten Schnepfen an der Our Lady so ansah, war das kein Wunder. Lucy hing viel lieber mit den Jungs rum.

Mit einiger Verspätung antwortete Lucy auf Mayas Frage:

„Candace musste ins Studio, wegen der Fernsehserie. Erinnerst du dich?"

„Oh Mann", stöhnte Maya, „ich hab gar nichts zu ihr gesagt, weil ich so mit Programmieren beschäftigt war."

Lucy schüttelte einen großen Müllsack auf und drückte Maya Besen und Wischmopp in die Hand. „Der Parkettreiniger ist unter der Spüle. Und sei bitte nicht sparsam damit, der ganze Boden klebt wie verrückt." Mit spitzen Fingern klaubte sie Müllreste vom Boden und stopfte sie in den grauen Sack.

Maya kippte drei volle Verschlusskappen von dem Reiniger in den Eimer, füllte ihn mit heißem Wasser und wischte den Boden unter dem Esstisch. Er klebte wirklich wie Sau.

„Und wo ist Paolo?", fragte sie.

„Also in meinem Bett jedenfalls nicht", sagte Lucy grinsend.

„Der Arme."

„Arm? Wird Zeit, dass er sich mal an ein Nein gewöhnt."

Maya lachte. „Das hört er sicher nicht oft, so süß, wie er aussieht."

„Bisschen verwirrt, der Kleine. Er fliegt doch nur auf mich, weil ich nicht interessiert bin."

Daran hatte Maya so ihre Zweifel. Lucy war bildhübsch und so selbstbewusst, dass es einen einschüchtern konnte. Außerdem hatte sie echt Talent, was das Singen anging. Aber Maya verkniff sich jeden Kommentar – Lucy sollte nicht denken, dass sie sich einschleimen wollte.

Im selben Moment schwang die Eingangstür auf. Paolo kam herein, den Tennisschläger in der Hand, die Haare schweißnass. Als er sah, dass die Mädchen beim Aufräumen waren, machte er ein schuldbewusstes Gesicht.

„Mist, tut mir leid. Das habe ich total vergessen!"

„John-Michael ist oben und räumt das Dreierzimmer auf", tadelte Lucy.

Paolo machte ein langes Gesicht. „Und Grace?"

„Macht draußen im Garten sauber. Es wäre super, wenn du

John-Michael hilfst. Das Zimmer sieht aus, als hätte eine Bombe eingeschlagen."

Paolo schien sich nur mit Mühe eine patzige Bemerkung zu verkneifen. Er fand es wahrscheinlich unfair, ein Zimmer putzen zu müssen, in dem er sich gar nicht aufgehalten hatte. Mochte er Lucy so gern, dass er ihr zuliebe nichts sagte?

Lucy musterte ihn. „Ist alles okay, Paolo?"

„Ich ... ja, ich denke schon", antwortete er achselzuckend.

„Wo warst du?"

Paolo zögerte mit der Antwort. Er wirkte angespannt. Lag das wirklich nur am Aufräumen?

„Ich hab unten am Strand Tennis gespielt."

„Das ist unschwer zu erkennen, du hast ja schließlich den Schläger in der Hand. Ist was passiert?"

Paolo verzog den Mund zu einem Lächeln, aber Lucy ließ sich nicht täuschen. Er hatte Angst. Er sah aus wie ein kleiner Junge, der sich fürchtete.

„Na ja, ich hab tatsächlich ein Spiel verloren."

„Gegen jemanden vom Strand?"

Das Lächeln wich aus Paolos Gesicht. Er nickte stumm.

„Und weiter?", hakte Lucy nach.

„Ich schulde ihm Geld."

„Wie viel?", fragte Maya wie aus der Pistole geschossen.

„Ist doch egal. Ich kann's jedenfalls nicht bezahlen. Mein Geld ist fast komplett in langfristigen Anlagen geparkt."

„Kriegst du jetzt Probleme?", fragte Lucy. „Nicht, dass dir jemand die Rippen bricht oder so."

„Nein. Der Typ hat mir angeboten, ihm stattdessen einen Gefallen zu tun."

„He, wie cool von ihm."

„Mhm", murmelte Paolo, den Blick auf Lucy geheftet, stapfte dann aber brav hinter Maya die Treppe hoch in sein Zimmer.

Dort war John-Michael gerade dabei, den Müll vom Boden zu kehren. Neben der Tür standen zwei volle Müllsäcke. Maya ging zu ihrem Schreibtisch und klappte den Laptop auf. „Stört es euch, wenn ich kurz Pause mache? Lucy und ich sind mit der Küche fast fertig."

„Kein Problem."

„Das, was du gebacken hast, ist übrigens alles restlos aufgefuttert worden", sagte Maya, was John-Michael zu freuen schien, denn er begann leise zu summen.

In einem zweiten Fenster öffnete Maya ein Dokument, das unter „Schulstundenplan" abgespeichert war. In Wahrheit hatte es rein gar nichts mit der Schule zu tun. Sie begann zu tippen:

> Paolo hat unten am Strand ein Tennismatch gegen irgend so einen Typen verloren. Das mit dem Tennis glaube ich, schließlich hatte er den Schläger dabei und war völlig verschwitzt, obwohl es draußen gar nicht heiß ist. Anscheinend ging es um Geld, aber er lässt nicht viel raus. Außer, dass der Typ – wer auch immer das ist – nicht auf dem Geld bestanden hat. Paolo schuldet ihm jetzt einen Gefallen. Das Ganze scheint ihn mehr zu belasten, als er zugeben will. Wer weiß, ob er uns alles erzählt hat.
>
> Lucy war während der Party die meiste Zeit mit ihren Freunden vom Strand zusammen. Die Namen habe ich in einem anderen Bericht schon mal aufgeschrieben, dort kannst du sie nachlesen. Auswendig weiß ich noch Darla, Mikey und Luisito und paar Freunde von Freunden, aber deren Namen weiß ich nicht mehr. Die haben schon ziemlich bald 'ne Bong angezündet und sich völlig weggeschossen. Luisito und Lucy wollten gegen Mitternacht noch von John-Michaels Cupcakes essen und waren ziemlich angepisst, dass nichts mehr da war.

Mayas Telefon piepte, eine SMS. Maya verdrehte die Augen, als sie die Nachricht öffnete: *Wo ist der Bericht von heute? Du weißt genau, dass er bis 10 Uhr fertig sein soll.*

Genervt tippte sie zurück: *Bleib mal locker, Baby.*

„Stimmt was nicht?“ Das war John-Michael.

Schnell klappte Maya den Laptop zu und setzte ein Lächeln auf. „Passt schon, John-Michael. Mir ist nur klar geworden, dass ich mehr Hausaufgaben aufhabe, als ich dachte.“

„Mit dem Aufräumen sind wir bald fertig.“

Sie nickte. „Ich geh Grace helfen.“

Maya fand Grace mit einem Foto in der Hand auf Lucys Bett sitzen. Als Maya hereinkam, legte sie es schnell umgedreht auf die Decke. Das Zimmer sah schon ziemlich sauber aus.

„Hallo. Äh … Jemand hat eine Schachtel mit Fotos unter dem Bett vorgeholt und hier stehen lassen“, stammelte sie.

Maya verschränkte die Arme vor der Brust. „Grace, du … du solltest Lucys Sachen echt nicht durchstöbern.“

„Ich weiß, ich wollte nur … die Fotos lagen kreuz und quer auf dem Boden herum, und ich wollte sie aufheben. Da hab ich die Schachtel gefunden.“

Maya trat näher ans Bett. „Ich besitze überhaupt keine Fotos. Wer lässt seine Schnappschüsse denn heute noch auf Papier entwickeln?“

„Die sind ziemlich alt. Auf den meisten ist Lucy noch ganz klein.“ Behutsam legte Grace die Fotos zurück in die mit Stoff ausgeschlagene Schachtel und schloss den Deckel.

Offenbar wollte sie nicht, dass Maya die Fotos zu Gesicht bekam. Genauso wie damals, als sie sich Lucys Video angeschaut hatte.

„Grace, sag mal, gibt’s da irgendwas zwischen dir und Lucy? Habt ihr Ärger oder so?“

Grace schien protestieren zu wollen, senkte dann aber den Kopf. „Ich sollte nicht darüber reden.“

„Also ist da was?“

Mit einem Mal standen Grace Tränen in den Augen. „Ach Maya“, murmelte sie. „Warum ist er nur so verrückt nach ihr?“

„Häh? Wer? Wer ist verrückt nach Lucy?“

Grace blinzelte gegen die Tränen und lächelte tapfer. „Paolo. Sie will nichts von ihm wissen, aber das stört ihn nicht."

Maya starrte Grace ungläubig an. „Wünschst du dir, dass … dass er auf jemand anderen steht?"

„Gott, ich bin ja so blöd." Grace rieb sich die Augen. „Was ist nur los mit mir?"

„Willst du mir damit sagen, dass du Paolo magst?", fragte Maya erstaunt. „Hut ab, Grace, das hätte ich dir gar nicht zugetraut."

ARIANA ruft CHARLIE an

Samstag, 28. Februar

„Endlich gehst du mal ans Telefon!"

„Hier war ziemlich viel los, Ariana. Wir hatten gestern eine Party, und jetzt heißt es aufräumen." Im Hintergrund war leises Gitarrenspiel zu hören.

„Kommt mir bekannt vor", sagte Ariana. „Deshalb wohne ich jetzt alleine. Bei meiner Cousine und ihren College-Freunden war ich ständig abgelenkt."

„Dann kommst du also klar? Bist du noch clean?"

„Ja, seit achtzehn Monaten." Ariana lachte auf. „Mein Leben ist jetzt viel ruhiger und einfacher, fast meditativ. Wenn ich als Kind so gelebt hätte, wäre ich jetzt in Harvard und würde studieren."

„Na ja, bei mir war eigentlich alles ganz überschaubar als Kind", entgegnete Charlie. „Mom und Dad, die Fernsehseric. Ein Chauffeur, eine Betreuerin, die Arbeit. Und trotzdem hatte ich genau dieselben Probleme wie du."

„Das ist auch kein normales Leben für eine Neunjährige."

„Mir kam es aber normal vor. Du darfst nicht vergessen, dass es bei den anderen Kindern aus der Serie ja genauso ablief."

„Aber irgendwann hat sich alles verändert", warf Ariana unauffällig ein.

„Ja. Als Tyson Drew in diesem Pool ertrunken ist."

„Danach bist du mit deinen Eltern weggezogen, oder? Aber hast du nicht gesagt, du hättest ihnen gar nichts davon erzählt?"

„Hab ich auch nicht. Aber meine Figur wurde aus der Serie gestrichen, erinnerst du dich nicht? Die hatten Angst, dass es wegen des Mordes an Tyson Drew schlechte Presse geben könnte. Allein, dass ich in der Serie mitgespielt habe, war denen schon zu viel."

„Und deine Eltern, hat es denen nichts ausgemacht, umzuziehen?“

Charlie ließ ein sarkastisches Lachen hören. „Machst du Witze? Die waren völlig aus dem Häuschen. Nicht jeder wohnt gerne in Los Angeles. Der Umzug bedeutete eine Chance – neue Stadt, neue Jobs, Schluss mit dem Fernsehgeschäft … Das Leben wurde für die beiden danach deutlich einfacher.“

„Und wie war es für dich?“, fragte Ariana. „Warst du nicht traurig, dass du nicht mehr im Fernsehen warst?“

„Dachte ich auch erst, aber eigentlich war ich erleichtert.“

„Erleichtert? Ich dachte immer, du warst gerne im Fernsehen.“

„Spaß hatte ich an der Schauspielerei. Aber dann musste ich mich im echten Leben dauernd verstellen. Nachdem ich dem ersten Polizisten gesagt hatte, ich hätte nichts gesehen …“

Ariana bemühte sich, der Kleinen ein weiteres Detail zu entlocken, das sie – sogar vor Ariana – geheim hielt. Nach den gemeinsamen Erfahrungen in der Therapie vertraute Charlie ihr. Zumindest hoffte Ariana, dass es so war und sie darauf aufbauen konnte. „Da musstest du bei deiner Geschichte bleiben.“

„Genau.“

„Hattest du Angst? Dass die Bullen behaupten könnten, du lügst oder bildest dir alles nur ein?“

Das leise Gitarrenklimpern brach ab. „Ich war völlig verschlafen und wusste später nicht mal mehr, ob ich geträumt hatte oder wach gewesen war. Weil ich eben etwas ganz anderes gesehen hatte.“

„Verstehe.“

„Ja. Aber heute, Jahre später, sehe ich ganz deutlich die Hand an seinem Hinterkopf. Ein Schatten taucht ihn unter Wasser. Und ich erinnere mich an weiße Knie und Nagellack.“

„Nagellack?“

„Ja. Dieses kleine Detail wurde mir erst vor Kurzem bewusst. Es ist jemand in einem Rock oder Kleid. Und mit lackierten Fingernägeln. Eine echt schöne Farbe, orangerot, wie Flammen oder Pfirsiche, so was in der Art."

„Du erinnerst dich sogar an die Farbe?" Langsam wurde Ariana nervös.

Charlie schwieg, dann antwortete sie: „Ich glaube schon."

„Jetzt warte mal. Heißt das etwa, dass du dir sicher bist? Wir haben ja schon öfter darüber gesprochen, und du hast immer daran gezweifelt, dass es so passiert ist, wie du sagst. Du hast doch behauptet, es war alles nur ein Traum!"

„Inzwischen bin ich mir nicht mehr so sicher. Vielleicht ist Tyson Drew tatsächlich von einer Frau umgebracht worden."

Ariana schwieg, um ihrer Freundin Gelegenheit zu geben, weiterzusprechen. Wenn Charlie tatsächlich recht hatte, konnte es für sie gefährlich werden. Charlie ahnte das wahrscheinlich nur, aber Ariana wusste genau, wie gefährlich es war.

„Ariana, wenn eine Frau die Mörderin ist, dann ist der Mann, der im Gefängnis sitzt und hingerichtet werden soll … dann ist er unschuldig!"

„Lucy!" Ariana benutzte absichtlich den richtigen Namen ihrer Freundin, um ihr den Ernst der Lage klarzumachen. „Lucy, jetzt mal ohne Scheiß, überleg dir das gut. Das meine ich ernst. Überleg dir genau, was du sagst!"

„Es ist eine schreckliche Vorstellung, dass vielleicht alles, woran ich bisher geglaubt habe, nur eine Lüge war!" Lucy seufzte schwer. „Ich weiß nicht, wie lange ich das noch aushalte."

PAOLO

Balkon – Sonntag, 1. März

Es war Sonntagmorgen, und Maya hatte vorgeschlagen, am Strand Bretter zu leihen und surfen zu gehen. Ihr Vorschlag fand wenig Zustimmung. Paolo wollte sich auf keinen Fall verletzen und seine Tennissaison gefährden. Lucy fand Surfen langweilig, wollte aber zusehen. Nur Candace und Grace hatten Lust, es auszuprobieren. Außerdem wollten sie sich mit eigenen Augen davon überzeugen, ob Maya tatsächlich surfen konnte.

Sie konnte. Obwohl ihr offenkundig die Übung fehlte, erwischte sie ein paar gute Wellen und schindete bleibenden Eindruck. Grace und Candace paddelten eher lustlos durch die Brandung und benutzten ihre Bretter zum Bodysurfen.

Auf dem Heimweg kaufte Maya zur Feier des Tages eine große Torte für alle: Die Testversion ihrer App lief stabil und erfreute sich im Downloadbereich großer Beliebtheit. Auch wenn Maya mit ihrer Kreation noch nicht viel verdiente, schien sie ziemlich happy zu sein.

Es war ein trüber Tag mit vielen Wolken am Himmel, aber wen störte das, wenn man auf dem Balkon sitzen, Kuchen essen und den Blick über den Strand schweifen lassen konnte. In der Ferne rauschte die Brandung, vor dem Haus raschelten die Blätter der Palmen im Wind. Die Geräusche, der Blick, all das war Paolo inzwischen so vertraut, als lebte er schon seit Jahren hier.

Heute konnte er sich aber nicht so recht entspannen. Ständig schweifte sein Blick unbewusst über den Strandweg in Richtung Tennisplatz. Darius' Worte vom Vortag gingen ihm nicht aus dem Kopf: „Spiel besser nicht um Geld, wenn du keines hast."

Paolo zweifelte daran, dass Darius ihm das Geld gezahlt hätte, wenn es anders ausgegangen wäre. Und dagegen hätte Paolo rein gar nichts ausrichten können.

„Kleiner, andere kriegen für weitaus weniger Kohle den Arsch versohlt", hatte Darius gedroht.

„Spar dir die Nummer", hatte Paolo erwidert, „das passt nicht zu dir."

„Ach ja, was macht dich da so sicher?"

Darius wirkte völlig ruhig, und genau das machte Paolo Angst. Er kannte den Mann nicht, ihm war alles zuzutrauen.

Wie aus dem Nichts hatte er plötzlich auf dem Tennisplatz gestanden, von oben bis unten tätowiert. Gut, die Tätowierungen sagten nicht viel über ihn aus, aber er hatte zumindest bewiesen, dass er ein starker Gegner war. Im letzten, entscheidenden Satz spielte er plötzlich doppelt so gut wie vorher. Hatte er Paolo absichtlich getäuscht? Paolo war so daran gewöhnt, Hobbyspieler zu besiegen, dass ihm dieser Gedanke gar nicht gekommen war. Erst als er mit ihm zusammen zu seinem Haus gegangen war, war ihm ein Licht aufgegangen.

Darius hatte ihn reingelegt!

Ihm war es von Anfang an nur ums Geld gegangen. So einfach kam Paolo aus dieser Nummer nicht mehr heraus.

„Hier wohnst du also?" Darius nickte anerkennend, als sie vor dem Haus stehenblieben. „Hübsch."

Paolo wurde ganz schlecht. Was für eine bescheuerte Idee, dem Typen das Haus zu präsentieren!

„Wohnst du hier mit deiner Familie, Paolo?"

„Mit Freunden", antwortete Paolo knapp.

„*Sehr* hübsch. Sieht nicht gerade so aus, als nagst du am Hungertuch. Umso besser. Dann muss ich ja keine Angst haben, dass du nicht kreditwürdig bist."

Paolo nahm seinen Mut zusammen und blickte Darius fest in die Augen. „Jetzt mal Klartext, Mann. Die Summe, über die wir hier sprechen, schüttele ich nicht so einfach aus dem Ärmel. Ich wohne zwar hier, aber ich bin nicht reich!"

Darius' Blick war kalt wie Eis, keine Spur von Mitgefühl. Er schwieg unerträglich lange und grinste dann mit einem Mal bis über beide Ohren. „Du bist nicht reich? Schon klar, Alter. Ein paar Dollar mehr können wir alle brauchen, hab ich recht?“

Als Paolo das Lächeln zaghaft erwiderte, legte Darius ihm die Hand auf die Schulter. „Vielleicht können wir das ja auf andere Art lösen.“

„Echt? Das wäre klasse.“

„Du könntest mir einen Gefallen tun.“

Einen Gefallen? Paolo zögerte. Was, wenn es dabei um Drogengeschäfte ging?

„Ich hab eine Wette mit einem Kumpel laufen, der unbedingt beweisen will, dass er mich bei einem Doppel schlagen kann. Mir fehlt der passende Partner. Mit dir hätte ich eine Chance zu gewinnen.“

„Ich soll ein Tennismatch mit dir spielen?“

„Ist doch eine passende Strafe.“

Das klang zu gut, um wahr zu sein. „Ist das alles?“

Darius tätschelte ihm die Schulter. „Ich will ehrlich zu dir sein, Paolo, wir spielen um Geld. Und wenn wir gewinnen, sahne ich die Kohle allein ab!“

Also doch ein Haken.

„Muss ich einen Einsatz bringen?“

„Nein, Kumpel, ich bringe den Einsatz.“

„Und wenn wir verlieren?“

„Wir dürfen nicht verlieren.“

Mit diesen Worten war Darius davongegangen.

Seitdem rechnete Paolo jede Minute damit, dass er wiederauftauchte. Er hatte niemandem im Haus erzählt, was passiert war, und so sollte es bleiben. Welcher Idiot ließ sich schon auf eine Geldwette mit einem völlig Fremden ein? Jeder Versuch, sich zu rechtfertigen, würde es nur noch schlimmer machen. Frustriert stocherte Paolo in seinem Kuchen herum und schaute zu Lucy hinüber, die ihm gegenübersaß.

„Wie war dein erster Tag als Fernsehstar?“, fragte sie Candace.

„Anstrengend.“

Candace fing an, von ihrem Tag zu erzählen, doch Paolos Gedanken kreisten um Darius. Wer war der Kerl? Und wenn er kein Profi war, warum spielte er dann so verdammt gut?

Widerstrebend stellte Paolo seinen Teller beiseite und stand auf. Zeit für die Dusche. Um fünf gab er eine Tennisstunde, bis dahin musste er mit den Hausaufgaben fertig sein.

Kaum war er aus der Dusche gestiegen, als es an der Tür klopfte. Erwartete jemand Besuch? Paolo wurde übel vor Angst. Hastig schlang er sich ein Handtuch um die Hüften und riss die Tür auf. Es war Darius. Als er Paolos Aufzug sah, grinste er breit.

„Hey, Kumpel. Machst du dich für mich ausgehfertig? Schnapp dir deinen Schläger und komm!"

Eine halbe Stunde später rasten sie in Darius' Porsche Boxster Cabrio über den Pacific Coast Highway Richtung Norden. Der Wagen sah nagelneu aus, der silberblaue Lack glänzte makellos, und es roch intensiv nach Leder und Kunststoff. Kurz hinter dem Leo Carillo State Park hielten sie an einem Burgerladen, um einen Happen zu essen.

„Also gut", sagte Darius und wischte sich die Finger mit der Serviette ab. „Was jetzt kommt, dient deinem Schutz. Es sei denn, du willst erkannt werden." Grinsend stand er auf und bugsierte Paolo zur Toilette des Restaurants. Dort zog er einen Kurzhaarschneider aus der Tasche und schnitt ihm die Haare raspelkurz ab. Anschließend trug er Wasserstoffperoxid auf die Stoppeln auf.

„Wart's ab, es ist geil, blond zu sein. Fast weiß! Die Mädels stehen drauf", grinste er.

Paolo kochte vor Wut, also hielt er lieber den Mund, bis die Prozedur vorüber und das Peroxid abgewaschen war. Prüfend betrachtete er sich im Spiegel: Unglaublich, was so eine kleine Veränderung bewirken konnte. Mit hellen Haaren sah er völlig anders aus, ein bisschen wie Eminem, nur dass ihm dieser Look überhaupt nicht stand.

Am frühen Nachmittag erreichten sie Montecito, eine Kleinstadt südlich von Santa Barbara. Hier wohnten bekanntlich nur Reiche, hauptsächlich Filmstars, denen es in Beverly Hills zu laut und zu wild geworden war. Darius steuerte den Porsche durch ein perfekt gepflegtes Wohngebiet bis vor das Tor einer eingezäunten Anlage, die aus mehreren weißen Gebäuden mit rotem Dach bestand. Es war kein Mensch zu sehen. Darius betätigte den Knopf der Gegensprechanlage.

„Hey, Alter, hier ist Darius. Sag Jimmy Bescheid, okay?“

Das Tor schwang auf, und Darius lenkte den Wagen zielstrebig direkt neben eine rote Corvette. Paolo nickte anerkennend. „Geile Felgen“, bemerkte er.

„Das, mein Freund, ist ein 2012er Cabrio.“

Ein junger Mann trat aus dem Haus und kam auf sie zu. Er war kaum älter als Paolo, braun gebrannt mit schulterlangen, strähnig blonden Haaren, weißen Billabong-Shorts und gelben Espadrilles an den Füßen. Der Typ hatte kein Gramm Fett am Leib, dafür zeichneten sich unter der Haut perfekt definierte Muskeln ab. Er war entweder ein Profisportler oder so reich, dass er den ganzen Tag in der Sonne liegen und seinen Körper stählen konnte.

Er begrüßte Darius und musterte Paolo von oben bis unten. „Ist er das?“

„Ich hab ihn in Venice Beach aufgegabelt. Er ist gut. Ich hätte das Spiel fast verloren, und das wäre dieses Jahr eine Premiere gewesen.“

„Alles klar. Dann kann die Sache ja steigen. Ich hab mir einen Profi besorgt, aus Spanien. Ist ein Kumpel von Rafa.“

„Rafael Nadal?!“, entfuhr es Paolo.

Darius zwinkerte ihm zu. Zu Jimmy sagte er: „Deshalb will ich ja mit dir wetten, Bruder. Deine Corvette gegen meinen Boxster.“

Paolo ließ den Blick über das Gelände schweifen. Zwei kleinere Häuschen und ein großes, zweistöckiges Gebäude in einem riesigen Garten. Zwischen blühenden Büschen funkelte hellblau das Wasser eines Pools, und aus dieser Richtung näherte sich eine Frau mit gebräunter Haut und schulterlangem strohblondem Haar. Sie trug einen türkisen, mit Muscheln bedruckten Sarong, der sich eng um ihren schlanken Körper schmiegte. Lächelnd schob sie die Ray Ban nach oben und nickte den beiden Jungs zu.

„Hallo, ihr seid sicher Freunde von Jimmy. Liefert ihr euch heute ein spannendes Spiel? Ich geh nur noch eine Runde schwimmen, dann komme ich zuschauen."

„Lieber nicht, Mom", brummte Jimmy.

Die Frau zog eine Schnute und blickte in die Runde. An Paolo blieb ihr Blick kurz hängen. „Vielleicht schaue ich zu, vielleicht nicht. Mal sehen." Daraufhin machte sie auf dem Absatz kehrt und stolzierte zurück zum Pool.

Paolo bückte sich ins Auto und holte die Schläger heraus. „Wo ist der Court?"

Jimmy deutete hinters Haus und ging voran zum Tennisplatz, wo bereits ein großer, durchtrainierter Typ auf sie wartete.

„Kennst du den Spanier?", flüsterte Darius.

„Das ist Oscar Cortada, Nummer 20 der Weltrangliste!"

„Gut, dass wir deine Haare gefärbt haben."

Als ob der andere ihn erkannt hätte! Cortada war ein Spieler von Weltrang, Paolo dagegen ein Niemand. Diese bescheuerte Frisur war also völlig für die Katz gewesen.

Die Männer lieferten sich ein hartes, anstrengendes Match. Darius und Jimmy spielten verdammt gut, aber ihnen fehlte die Ausdauer von Profis wie Oscar und Paolo. Aus dem Grund hatte Darius in wahrscheinlich ausgesucht.

Nach vier knallharten Sätzen entschieden Darius und Paolo das Match mit Schnelligkeit, Kraft und Technik für sich. Die Angst vor einer Niederlage verlieh Paolo zusätzliche Kraft, denn bei jedem verlorenen Punkt fing er einen drohenden Blick von Darius ein.

Nach Feiern schien Darius jedoch nicht zumute zu sein. Stattdessen ging er schnurstracks zurück zum Auto und drückte Paolo den Schlüssel des Boxster in die Hand.

„Soll ich dir bis zu dir nach Hause hinterherfahren?"

„Auf gar keinen Fall!"

„Wo soll ich das Auto dann abstellen?"

„Mir scheißegal", zischte Darius, stieg in die Corvette und drehte den Zündschlüssel.

Eine düstere Ahnung stieg in Paolo auf. „Der Boxster gehört dir gar nicht. Du hast ihn gestohlen, als Einsatz für das Spiel!"

„Ein Wort und du bist tot", knurrte Darius.

„Krasse Worte für einen Tennisspieler", murmelte Paolo.

Zorn flackerte in Darius' Augen auf, und Paolo spannte instinktiv die Muskeln an, um einen möglichen Angriff abzuwehren. Doch Darius' Zorn verschwand genauso schnell, wie er gekommen war. „Irgendwann kapierst du es schon noch. Ich war mal genauso wie du."

„Was meinst du, genauso ehrlich oder auch ein Tennisprofi?"

„Du hast einem reichen Muttersöhnchen gerade seine Vierzigtausend-Dollar-Karre abgezockt, Kumpel. Das mit der Ehrlichkeit ist also vorbei!"

Paolo zuckte schuldbewusst zusammen.

„Schaff den Boxster lieber vom Gelände, bevor Jimmy rafft, dass er geklaut ist", rief Darius. „Und lass dich damit nicht von den Cops erwischen." Mit einem diabolischen Grinsen fügte er hinzu: „Ach, und mach was mit deinen Haaren, bevor du wieder in deinen Countryclub zurückfährst. Sieht scheiße aus!" Damit schoss er mit quietschenden Reifen davon.

Mit zitternden Knien stieg Paolo in den Wagen und drehte den Zündschlüssel. Wenn er in eine Verkehrskontrolle geriet, war's das mit seiner Zukunft als Jurist. Verurteilte Straftäter erhielten nun mal keine Zulassung als Anwalt.

LUCY

Katholische Mädchenschule „Our Lady of Mercy" – Dienstag, 10. März

„Miss Long, ich tue einfach so, als hätte ich Sie hier nicht gesehen."

Lucy blickte auf, ließ die Zigarette fallen und trat sie ganz ruhig aus. Ungerührt blickte sie ihrer Lehrerin entgegen, die neben ihr stehen blieb und sich nach der Kippe bückte.

„Ich kann aber nicht so tun, als hätte ich das hier nicht gefunden", sagte sie und hielt den Zigarettenstummel in die Höhe.

„Ach kommen Sie, Miss Ashcroft. So helfen Sie mir nicht …"

Die Lehrerin brachte sie mit einer Geste zum Schweigen. „Kein Wort mehr. Du bist jetzt schon zum dritten Mal im Wassergarten, dabei weißt du genau, dass hier nur Lehrer und Besucher hineindürfen. Und zu allem Überfluss rauchst du auch noch!" Sie machte eine Pause. „Es kommt mir fast so vor, als ob du es darauf anlegst, von der Schule zu fliegen."

Lucy zog demonstrativ eine Schnute. Sie war schwarz, lief herum wie ein Punk und hatte null Respekt vor Lehrern – eine wilde Mischung, auf die die meisten Lehrer mit Vorsicht reagierten. Es konnte nicht schaden, ihr Hartes-Mädchen-Image mit ein paar Spritzern Verletzlichkeit zu veredeln.

Sie schlug die Augen nieder und blinzelte ihre Lehrerin durch dunkle Wimpern unschuldig an. Bei Männern zog diese Nummer immer, aber bei Ashcroft? Sie war eine von den Lehrerinnen, die auf Teufel komm raus beliebt sein wollten, besonders bei den coolen Kids. Lucy mochte sie nicht besonders, hatte aber die Erfahrung gemacht, dass es hilfreich sein konnte, sich mit Lehrern anzufreunden. Ohne deren Beistand wäre sie schon ein paarmal von der Schule geflogen.

Miss Ashcroft wirkte überrascht, doch sie durchschaute Lucys Strategie schnell.

„Kaum zu glauben, dass du in Claremont damit durchgekommen bist, Lucy. Bei uns an der Schule lassen wir uns von solchen Prinzessinnen wie dir nicht verkohlen, das sag ich dir!“

„Ich bin keine Prinzessin. Nicht hier und auch nicht in Claremont.“

„Ach ja?“, feixte Miss Ashcroft. „Na dann sei doch so nett und begleite mich ins Büro der Konrektorin. Du weißt sicher noch, wo es ist, schließlich warst du erst letzte Woche dort.“

In Lucy brodelte es. Sie hatte nichts gegen strenge Lehrer, dafür wurden sie schließlich bezahlt; aber wenn sich jemand über sie lustig machte, war Schluss mit lustig. Miss Ashcroft und sie würden definitiv keine Freunde werden.

Unter Ashcrofts strengem Blick schlenderte sie betont langsam an dem kleinen Weiher vorbei die Treppe zum Haupthaus der Mädchenschule hinauf. Die Mittagssonne brannte vom Himmel, und Lucy zog nur widerwillig den blauen Blazer der Schuluniform über ihre weiße Baumwollbluse.

Die Konrektorin Veronica Guzman erwartete Lucy schon und bot ihr einen Stuhl in der Mitte des Raumes an.

„Lassen Sie mich direkt zum Punkt kommen.“

Guzmans Haare lagen starr wie ein Helm um ihren Kopf – ein massiver bernsteinfarbener Block, der in der Mitte sauber gescheitelt war. Sie blickte Lucy aus großen, ernsten Augen an.

„Seit Sie zu uns gekommen sind, machen Sie uns Probleme. Vom Rauchen auf dem Gelände, dem unerlaubten Benutzen der Lehrerparkplätze und Ihrem frechen Ton gegenüber dem Lehrkörper mal ganz abgesehen, lässt Ihre Einstellung gegenüber den schulischen Anforderungen deutlich zu wünschen übrig.“

Lucy schwieg beleidigt. Gerade erst hatte sie eine Eins geschrieben, in Musik. Das war das einzige Fach, das sie wirklich interessierte, und sie hatte nie eine schlechtere Note als eine Eins minus. Nach der Schule wollte sie sowieso Karriere als Musikerin machen, mit ihrer Band durch die Hallen touren und Alben produzieren. Vielleicht ein paar Kurse zu Musikwissenschaft am College belegen. Lucys Ansicht nach lief alles nach Plan. Mal abgesehen davon, dass ihre Eltern sie rausgeworfen und sie damit ihres gesamten Freundeskreises beraubt hatten. Aber in Venice standen ihre Chancen sogar noch besser, denn hier waren alle ein bisschen durchgeknallt.

„Ich verstehe nicht ganz, Miss Guzman", entgegnete Lucy aufreizend freundlich. Eine ihrer leichtesten Übungen – sie imitierte einfach den Tonfall ihrer Mutter. „In Musik bin ich eine der Besten, oder etwa nicht?"

„In Musik schon, Lucy, da gibt es keine Probleme, das stimmt. Ich spreche von Englischer Literatur, Chemie und Spanisch. In allen drei Fächern sind Sie mit Ihren Hausarbeiten weit im Rückstand."

„Ich habe um Verlängerung gebeten, weil ich erst vor Kurzem umgezogen bin und ..."

„Sie sind Anfang Januar umgezogen", unterbrach sie Guzman. „Sie hatten genügend Zeit, sich einzugewöhnen. Ich habe mir mehr von Ihnen erwartet, Miss Long."

Da waren wir wieder! Diese Sätze hatte Lucy schon tausendmal gehört. Sie müsste sich doch glücklich schätzen, die Tochter von Robert und Anne-Marie Jordan zu sein, und ihre guten Gene dankbar nutzen.

„Sind Sie sich eigentlich im Klaren darüber, dass unsere Rektorin, Dr. Keener, bei Ihrer Mutter studiert hat?"

„Das wusste ich nicht." Überraschend war es jedoch nicht. Wie sonst hätten ihre Eltern innerhalb von nur zwei Wochen einen der heiß begehrten Plätze in dieser großkotzigen Privatschule organisieren sollen?

„Dr. Keener verehrt Ihre Mutter. Nicht viele Frauen werden Präsidentin einer so renommierten Privatschule. Das gilt besonders für dunkelhäutige Frauen."

„Danke, und ja, das ist mir bewusst."

„Dr. Keener würde gerne dasselbe über Sie sagen."

Lucy fragte sich, warum Keener nicht persönlich mit ihr sprach, wenn es ihr so wichtig war.

„Ihre Einstellung zum Lernen muss sich drastisch ändern. Bitte!“

„Ich versuch's“, sagte Lucy nickend.

„Das Potenzial dazu haben Sie. Mr. Steiner hat mir Ihren Essay über Strawinskys *Le Sacre du Printemps* vorgelesen. Er war äußerst klug und gut geschrieben. Mir hat besonders der Teil gefallen, in dem Sie den Vergleich zu *West Side Story* gezogen haben.“

Lucy schluckte. „Danke“, sagte sie leise.

„Noch was, Lucy.“ Guzman streckte die Hand aus; darin lag die halb gerauchte Zigarette. „Mir ist zu Ohren gekommen, dass Sie manchmal im Wassergarten rauchen?“

„Die ist nicht von mir.“

Guzman lächelte verhalten. „Unsere Kuratoren legen viel Wert darauf, dass wir diesen Bereich sauber halten, weil dort oft Konferenzen und andere Events stattfinden.“

Mit diesen Worten und dem Rat, sich ohne Umschweife zum Lernen in die Bücherei zu begeben, entließ sie Lucy. Da sich die Bibliothek nur ein Stück weiter den Gang hinunter, also praktisch direkt gegenüber Guzmans Büro befand, konnte Lucy den Hinweis schwer ignorieren. In diesem Teil des Gebäudes hatte sie sich seit dem Einführungstag nicht mehr aufgehalten.

Eine schlanke Frau in den Vierzigern mit dunkelbraunem Pferdeschwanz saß an der Infotheke und las ein Buch. Als Lucy hereinkam, winkte sie ihr zu.

„Sie habe ich hier noch nie gesehen. Was für Bücher lesen Sie gerne? Oder suchen Sie etwas Bestimmtes für die Hausaufgaben?“

Lucy fühlte sich von der freundlichen, aber bestimmten Art der Bibliothekarin überrumpelt.

„Eigentlich möchte ich nur den Computer benutzen.“

„Ach Gottchen, jetzt sind Sie auch eine von denen!“ Die Bibliothekarin rollte theatralisch mit den Augen. „Kann ich Ihnen zumindest mit den Literaturhinweisen helfen?“

Lucy musste unwillkürlich lächeln. Die Frau hatte Humor. „Ich will nur nachsehen, wie viel Klicks meine YouTube-Seite heute bekommen hat."

„Na gut. Wenn Sie mir den Benutzernamen sagen, schaue ich für Sie nach."

Als sich die Seite öffnete, hüpfte Lucys Herz vor Aufregung: Zehntausend Klicks für das erste Video, das Paolo gepostet hatte; und über tausend für das neueste Cover von Rancid, das sie während der Party aufgenommen hatte.

Die Bibliothekarin nickte anerkennend. „Sieht gut aus! Hier ist es nicht erlaubt, aber ich höre später mal rein."

Zehntausend Klicks!

ARIANA telefoniert mit LUCY

Samstag, 21. März

„Und, wie ist das Leben in Venice Beach?"

„Völlig anders als das Leben, das ich vorher geführt habe, das ist schon mal klar", antwortete Lucy.

„Aber es gefällt dir?"

„Ja, sehr sogar", sagte Lucy mit einem Lächeln in der Stimme. Sie klang viel entspannter als vor drei Wochen. „Das Meer, das Licht, der weite Himmel über dem Wasser … Am Morgen schmeckt die Luft nach Meer und Salz. Wenn ich Lust habe, gehe ich einfach zu Fuß nach Santa Monica und kaufe mir Funnel Cake – so lecker!"

„Funnel Cake? Vorsicht, davon wird man dick!"

„Stimmt", stöhnte Lucy. „Guter Hinweis. Vielleicht sollte ich nächstes Mal zurückjoggen."

„Und wie läuft es mit deinen Mitbewohnern? Sind sie so, wie du es dir vorgestellt hast?"

„Was meinst du damit?", fragte Lucy. „Sie sind eigentlich ziemlich normal."

„Also nicht so wie die Leute, mit denen du früher gearbeitet hast?"

„Zum Glück nicht! Das waren Freaks. Genauso wie ich damals, wenn ich ehrlich bin. Das Fernsehen ist nichts für Kinder."

„Und für jemanden in deinem Alter?", fragte Ariana.

„Immer noch grenzwertig. Man hat es dort mit einem Haufen durchgeknallter Leute zu tun. Da musst man schon halbwegs vernünftig und gefestigt sein."

Ariana grinste. „Bist du das inzwischen?"

„Es ist verrückt, aber ich fühle mich viel besser, seit ich hier wohne. Das Haus tut mir gut und die Leute auch."

„Erzähl mal, wie sind die so?"

„Ne, lass mal, mir ist nicht nach Lästern."

„Ich werde sie ja nie treffen“, beharrte Ariana. „Außerdem interessiert es mich, was das für Leute sind, die dich so glücklich machen.“

„Vielleicht lernst du sie ja mal kennen“, entgegnete Lucy hoffnungsvoll. „Du wohnst nur ein paar Stunden entfernt.“

„Einen Trip nach L. A. kann ich mir aber nicht leisten.“

„Und wenn du ein günstiges Busticket kriegst? Du kannst umsonst bei uns wohnen!“

Ariana lachte verächtlich. „Bei euch ist es doch sowieso schon eng. Schlaft ihr nicht zu dritt im Zimmer?“

„Das gilt nur für eines der Zimmer. Außerdem haben wir im Wohnzimmer ein Schlafsofa.“

„Und wen magst du am liebsten?“

„Ich komme mit allen klar.“

„Und die Jungs, was für dich dabei?“

„Für mich? Du kennst mich doch, mir gefällt nie einer.“

Lucy sagte es so, als wäre es ein Witz – wie immer bei diesem Thema. Doch Ariana lächelte still in sich hinein. „Ja, stimmt, habe ich vergessen.“

„Du willst immer alles schlechtmachen.“

„Hey, Süße, ich will nur wissen, was du so treibst. Das fehlt mir!“

„Lass es mich so sagen: Meine Eltern wären nicht begeistert …“

„Lässt du es krachen?“

„Ab und zu. Aber ich rauche lang nicht mehr so viel wie früher.“

„Dann ist alles im grünen Bereich?“, fragte Ariana skeptisch.

„So ziemlich. Es ist nur …“

Da war das Zögern, auf das Ariana schon die ganze Zeit spekulierte.

„Zwei meiner Mitbewohner benehmen sich irgendwie komisch“, gestand Lucy.

„Ich höre?“

„Dieser eine Typ, Paolo – ein süßer Kerl, spielt Tennis, hab dir sicher schon von ihm erzählt. Jedenfalls kam er neulich heim und hatte sich die Haare krass abrasiert. War total nervös, ist ständig trainieren gegangen."

„Vielleicht hatte er nur Lust auf eine Veränderung."

„Schon möglich. Es kam nur so plötzlich, an dem Wochenende nach der Party."

„Da hast du deinen Grund. Er hat ein Mädchen kennengelernt!"

„Hm, nein, das ist es nicht", antwortete Lucy rundheraus.

„Ist er vielleicht schwul und will sich outen?"

Lucy lachte spöttisch. „Nein, sicher nicht. Das weiß ich, glaub mir."

„Aha. Dann hat er sich vielleicht gar nicht verändert, sondern du!"

„Wie meinst du das?"

„Na ja, Mr. Babyface mausert sich zu einem echten Kerl und gefällt dir plötzlich. Das verwirrt dich!"

JOHN-MICHAEL

Küche – Sonntag, 22. März

„Als Erstes heizt du den Backofen vor. Am besten auf dreißig Grad, wenn du eine so niedrige Temperatur einstellen kannst. Das ist perfekt für Hefeteig."

John-Michael kontrollierte unauffällig, ob Candace die richtige Temperatur einstellte. „Erledigt", sagte sie.

„Jetzt Hände waschen und dann los." Grinsend hielt John-Michael die Hände in die Höhe.

Seit der Party vor wenigen Wochen ließen die anderen nicht locker: Sie wollten unbedingt, dass John-Michael ihnen das Backen beibrachte. Heute war es so weit. Routiniert wog er Mehl und Butter ab und goss Milch in den Messbecher, während Candace einen Teil des Esstischs mit Mehl bestäubte, um den Teig dort auszurollen. Als sich alle Zutaten in der Schüssel befanden, schaltete John-Michael die Rührmaschine an.

„So, den Rest erledigen die Knethaken."

„Backen macht dir Spaß, oder?"

„Und wie!", lächelte John-Michael.

„Und wer hat es dir gezeigt, deine Mutter?"

John-Michael antwortete nicht sofort, sondern wartete schweigend, bis der Teig fertig war, und beförderte den klebrigen Klumpen mit einem Schaber auf den mit Mehl bestäubten Tisch.

Candaces Frage war ihm nicht neu, er hatte sie schon oft gehört. Trotzdem fiel es ihm jedes Mal wieder schwer, darauf zu antworten.

„Sie hat zumindest damit angefangen, ja, da war ich sieben oder acht. Aber dann ist sie krank geworden."

„Sei froh, dass du gute Erinnerungen an sie hast und sie nicht so ein Aas war wie meine Mutter."

Es folgte ein unbehagliches Schweigen, das John-Michael

überspielte, indem er Mehl über den Teig stäubte. „Verdammt, jetzt haben wir vergessen, die Hefe unterzumischen!“

„Oh nein, ist der Teig jetzt hin?“

John-Michael riss ein Päckchen Fertighefe auf, schüttete den Inhalt in eine kleine Schüssel und gab Mehl und warmes Wasser hinzu. Dann bedeckte er das Ganze mit Frischhaltefolie.

„Nein, hin ist er nicht; aber vielleicht reden wir besser nicht über unsere Mütter, das lenkt mich zu sehr ab.“

„Ist mir nur recht.“

Aus den Augenwinkeln musterte er Candace verstohlen. Sollte er sagen, was ihm auf der Zunge lag, oder den Mund halten? Er entschied sich für den Frontalangriff, wie so oft. „Ich finde, das klingt ziemlich hart. Immerhin zahlt deine Mutter dir die Miete. Und am Anfang war sie sogar ein paarmal hier und hat geschaut, ob bei uns alles in Ordnung ist.“

Candace ließ sich nicht beirren. „Geld spielt für Katelyn keine Rolle, sie hat ja genug. Und sie wollte sehen, ob mit dem Haus alles in Ordnung ist, nicht mit uns! Für sie ist es doch superpraktisch, uns als Mieter zu haben. Wenn sie mich lieben würde, hätte sie Grace und mich bei ihr und dem Kiffer in Malibu Beach wohnen lassen.“

„Dann bin ich froh, dass sie sich dagegen entschieden hat“, erwiderte John-Michael lächelnd. „Mir gefällt’s hier. Und ich wohne gerne mit euch allen zusammen!“

Candace entspannte sich sichtlich. „Ja, mir geht’s genauso. Ich hatte vorher noch nie einen so schwulen Freund wie dich. Das finde ich ziemlich cool.“

„So schwul wie ich, was meinst du damit?“

„Wie hat Tina – Graces Mom – es genannt? Schwul im klassischen Sinne. Also dass du nett und ordentlich bist und kochen kannst und so.“

„Iih, das klingt schrecklich spießig!“, stöhnte John-Michael. „Graces Mutter scheint ein … interessanter Mensch zu sein.“

„Ohne Tina wäre ich nicht da, wo ich jetzt bin. Vor sechs Jahren ist sie bei uns eingezogen, vor fünf Jahren hat sie meinen Dad geheiratet. Seitdem sind wir eine große, glückliche Familie!" Als Candace sein belustigtes Grinsen bemerkte, schlug sie mit dem Geschirrhandtuch nach ihm. „Es stimmt wirklich!", lachte sie. „Mein Dad ist ein sehr sanfter Typ. Er hat sich immer eine große Familie gewünscht, aber meine Mutter hatte Angst, sich durch eine zweite Schwangerschaft die Figur zu ruinieren. Tina mit ihrer kleinen Fußballmannschaft war genau das, wonach er sich gesehnt hat. Bis sie anfingen, sich meinetwegen zu streiten."

„Aus welchem Grund?"

„Tina wurde meine Karriere immer wichtiger. Sie konzentrierte sich nur noch darauf. Das war echt krass!"

„Das muss hart für Grace gewesen sein, wenn die eigene Mutter sich plötzlich so stark auf ein fremdes Kind fokussiert."

Candaces Gesichtsausdruck nach hatte sie sich darüber noch nie Gedanken gemacht, was John-Michael überraschte. Vielleicht schmerzte es sie zu sehr, sich diesem wunden Punkt zu stellen.

Sie schüttelte abwehrend den Kopf. „Nein, Gracie macht das nichts. Du kennst sie ja, sie ist ziemlich entspannt bei so was."

John-Michael holte eine große Keramikschüssel aus dem Schrank und reichte sie Candace zusammen mit einer Flasche Olivenöl. „Kannst du die bitte einölen?" Als Nächstes kramte er eine Packung Trockenfrüchte und einen Schokoriegel aus einer der Schubladen hervor. „Was meinst du, Heidelbeeren oder Erdnuss-Karamell für die Füllung?"

„Beides!"

John-Michael hackte die getrockneten Heidelbeeren und den Schokoriegel mit einem Messer in kleine Stücke. „Wie läuft es mit der Fernsehserie?"

„Der Regisseur ist ganz zufrieden. Bis jetzt habe ich noch nicht viel gedreht, aber es ist trotzdem ganz schön aufregend. Gina, also die Figur, die ich spiele, tötet in der ersten Folge einen von den Bösen. Das ist so cool! Jetzt ist sie sechzehn, auf der

Flucht und knallhart. Die Hälfte der Probenzeit verbringe ich mit Kampftraining."

„Kämpfst du denn so richtig echt?"

„Nein, du Scherzkeks, das ist nur Show!"

„In echt könntest du also niemandem den Arsch versohlen?"

„Zumindest nicht so, dass es wehtut! Dazu braucht man eine Menge Kraft und viel Übung. Aber zumindest habe ich ein paar Tricks auf Lager, wie ich mich aus einer Notlage befreien kann … solange mein Gegner kein Kraftprotz ist."

John-Michael nahm die Folie von der Schüssel und ließ Candace hineinschauen.

„Krass, ist ja ganz aufgedunsen", rief sie und deutet mit dem Zeigefinger auf den Teig.

„Nicht reinpiken!", warnte John-Michael. „Sonst fällt der Teig wieder zusammen und wir können von vorne anfangen. Das gehört so!" Vorsichtig kratzte er die Hefemischung aus der Schüssel und bettete sie in die Mulde, die er in den Teig gedrückt hatte. Er faltete den umgebenden Teig darüber und begann, das Ganze zu kneten.

„Igitt", entfuhr es Candace, „wie eklig!"

Ein lautes Klopfen an der Tür ließ beide aufschrecken.

„Erwartest du jemanden?", fragte John-Michael nervös.

„Nicht dass ich wüsste", antwortete sie stirnrunzelnd. Sie ging zur Tür und kam kurz darauf mit einer attraktiven Frau Mitte dreißig in einem dunkelblauen Anzug zurück.

Beim Anblick der Frau verspürte John-Michael ein flaues Gefühl in der Magengrube.

„Hallo. Sind Sie John-Michael Weller? Ich bin Detective Ellen Winter von der Polizei in Carlsbad." Als sie den Teig an seinen Händen sah, zwinkerte sie ihm zu. „Das mit dem Händeschütteln lassen wir besser, wenn das für Sie okay ist."

Ohne eine Antwort legte John-Michael den gekneteten Teig in die gefettete Schüssel, spannte Frischhaltefolie darüber und stellte sie in den vorgeheizten Ofen. Erst als er die Zeitschaltuhr auf vierzig Minuten gestellt hatte, drehte er sich zu der Polizistin um. Sein Herz klopfte wie wild.

„Können wir uns hier irgendwo unter vier Augen unterhalten?“, fragte sie. „Ich muss Ihnen ein paar Fragen stellen.“

Candace strich John-Michael aufmunternd über den Arm und ließ die beiden allein.

Die Polizistin nickte anerkennend in Richtung der Backutensilien, die sich auf der Arbeitsplatte türmten. „Bringt sie Ihnen das Backen bei?“

„Nein, ich ihr.“

„Ach, das ist ja toll. Hat Ihr Vater Ihnen das gezeigt?“

„Was wollen Sie von mir?“, platzte er heraus. Die Anspannung war schier unerträglich. Wenn er wenigstens Zeit gehabt hätte, sich auf dieses Gespräch vorzubereiten! In den Wochen nach dem Tod seines Vaters hatte er damit beinahe gerechnet. Doch im Laufe der Zeit hatte er die Erinnerung an diesen schrecklichen Tag immer weiter von sich geschoben, weil es den Schmerz erträglicher machte.

„Hören Sie mal, John-Michael, ich habe Ihre Aussage über den Selbstmord Ihres Vaters gelesen und habe dazu noch ein paar Fragen.“

John-Michael lehnte sich Halt suchend an den Küchentisch. „In Ordnung.“

„Sie haben ausgesagt, Ihr Vater habe Ihnen gegenüber keinerlei Andeutungen gemacht, dass er seinem Leben ein Ende setzen wollte.“

„Das stimmt.“

„Wir haben Mr. Wellers Telefongespräche überprüft. Anscheinend hat er ungefähr vier Stunden vor seinem Tod noch mit Ihnen telefoniert. Sie haben zehn Minuten miteinander gesprochen.“

„Das kann sein.“

„Worüber haben Sie gesprochen?“

John-Michael zuckte betont unbeteiligt die Achseln. Ob sie sein Herz pochen hörte? „Er hat mir die Ohren vollgeheult, wie enttäuscht er von mir ist. Dass ich es noch bereuen würde, von zu Hause weggegangen zu sein. Derselbe Mist wie immer. Worüber spricht Ihr Vater denn mit Ihnen?"

„Wirklich? War er am Ende seines Lebens noch so verbittert? Kein Versuch, sich mit Ihnen zu versöhnen? Keine Andeutung, was er vorhatte?"

„Nein. Darf ich fragen, warum Sie das wissen wollen?"

„Nun ja, wenn er wirklich so enttäuscht von Ihnen war, verzweifelt genug, sich das Leben zu nehmen, dann überrascht es mich schon, dass er Sie als Erben eingesetzt hat."

„Ich bin sein einziges Kind", entgegnete John-Michael. „Was hätte er sonst machen sollen?"

„Er hätte den Nachlass ja anderweitig veräußern können."

„Ach ja, und seinen einzigen Sohn völlig mittellos zurücklassen?" John-Michaels Stimme überschlug sich.

„Das wollte ich damit nicht sagen." Sie lächelte ihn mitfühlend an.

„Ich verstehe nicht, warum Sie mich das fragen. Er hat eine Überdosis genommen. Ich hab der Polizei schon gesagt, dass ich keine Ahnung habe, wo er das Heroin herbekommen hat. Heutzutage ist es kinderleicht herauszufinden, wie man sich am besten umbringt."

„Die Autopsie hat ergeben, dass Ihr Vater nicht direkt an der Überdosis gestorben, sondern erstickt ist."

„Ist das nicht typisch bei Drogen?"

Sie nickte. „Stimmt leider."

„Was ist dann Ihr verdammtes Problem?"

„Ich habe kein Problem, John-Michael, ich mache nur meinen Job!"

John-Michael schluckte nervös. „Schon klar, das war nicht so gemeint. Ich kapier einfach nicht, warum Sie mich das alles fragen. Im Krankenhaus haben sie mir gesagt, dass er Selbstmord begangen hat. Es gibt sogar einen Abschiedsbrief."

„Das stimmt. Die Sachlage ist ziemlich eindeutig, aber …" Sie brach ab und deutete auf den Heidelbeer-Erdnuss-Mix auf der Arbeitsplatte. „Kommt das in den Teig? Darf ich mal probieren?“ Bevor er etwas erwidern konnte, nahm sie eine Handvoll und steckte sie in den Mund. „Mmh, fantastische Mischung!“

John-Michael nutzte die Gelegenheit, um durchzuatmen und sich zu sammeln. War es ihm anzumerken, wie sehr ihre Fragen ihn aufwühlten? Blieb zu hoffen, dass sie diese Reaktion normal fand für einen Jungen, dessen Vater Selbstmord begangen hatte.

„Die Sache ist die: Es gibt eine Frau, die behauptet, bis vor Kurzem in seinem Testament begünstigt gewesen zu sein.“

„Dads Exfreundin? Keine Ahnung, was er ihr versprochen hat, aber sie haben schon vor Monaten Schluss gemacht.“

Detective Winter zuckte mit den Achseln und ging zur Spüle, um sich die Finger abzuwaschen. Sie trug äußerst elegante schokobraune Stiefeletten aus Wildleder.

„Wir haben die Bilder der Überwachungskamera eines nahe gelegenen Gebäudes ausgewertet. Sie sind leider recht unscharf, aber man sieht, wie jemand das Haus Ihres Vaters verlässt, und zwar ungefähr um die Zeit, als er starb.“

„Wollen Sie etwa behaupten, dass mein Vater ermordet wurde?“, fragte John-Michael entsetzt.

„Ich hoffe nicht, John-Michael. Denn wenn doch … Sie sind der Alleinerbe. Und Sie haben kein Alibi. Wenn Ihr Vater sich also nicht umgebracht hat, sieht es ziemlich schlecht für Sie aus.“

„Aber … was … was ist mit dem Abschiedsbrief?“

„Das ist tatsächlich ein Argument“, räumte sie ein. „Trotzdem wäre es hilfreich gewesen, wenn Sie mir mehr über das letzte Gespräch mit Ihrem Vater erzählt hätten.“

Er brachte kein Wort heraus; sein ganzer Körper fühlte sich taub an. Detective Winter hatte keine weiteren Fragen, also begleitete er sie hinaus und schloss zitternd hinter ihr die Tür. Kaum hatte er sich umgedreht, da tauchte Candace im Wohnzimmer auf.

„Was zum Teufel wollte die von dir, John-Michael?“

Balkon – Montag, 30. März

„Schaut euch diese Muskeln an! Was kommt als Nächstes, ein Tattoo?“

Paolo stemmte grinsend die 15-kg-Hantel und machte mit seinen Bizepscurls weiter, während Lucy sich einen Stuhl heranzog und genüsslich ihr Eis auspackte.

„Willst du etwa dasitzen, mir zuschauen und dabei Eis essen?“, fragte Paolo erstaunt.

„Mhm, genau das habe ich vor!“

Paolo grinste in sich hinein. Sollte Lucy ruhig zusehen, wie er mit nacktem Oberkörper und schweißglänzender Brust die Gewichte stemmte.

„Du hältst dich für unwiderstehlich, oder?“, fragte sie.

„Nein. Aber hier habe ich mehr Platz als in meinem Zimmer. Und ich genieße die Sonne.“

„Du hast einen schönen Körper“, lobte sie. „Du solltest ihn aber noch ein bisschen dekorieren.“

„Wie wäre es mit einer Halskette?“

Lucy knabberte an ihrem Eis. „Jetzt mal ernsthaft, warum hast du dir die Haare abrasiert? Wenigstens hast du sie wieder dunkel gefärbt. So ein Blondschopf – das bist du nicht.“ Sie schüttelte den Kopf. „Warum trainierst du so viel?“

Paolo zuckte die Achseln und stemmte die Hanteln im Takt. Sein radikales „Umstyling“ lag fast einen Monat zurück, und nach dem ersten Schreck hatte er sich an den neuen Look direkt gewöhnt. Vor allem, nachdem er die Haare wieder in einem natürlicheren Farbton trug.

„Ich hatte es satt, ‚süß‘ auszusehen.“

Lucy prustete los. „Und jetzt – soll das der Harte-Kerl-Look sein?“

Behutsam legte Paolo die Gewichte auf den Boden und ließ

sich in einen Stuhl fallen. Mit einem Handtuch wischte er sich den Schweiß vom Oberkörper. „Du schätzt mich völlig falsch ein."

„Ach, wirklich?", frotzelte Lucy.

Paolo konnte ihre Skepsis sogar verstehen. Sein erster Annäherungsversuch hatte ziemlich plump geendet. Diese Tussen aus dem Countryclub hatten es ihm viel zu leicht gemacht. Lucy war ein anderes Kaliber, bei ihr musste er seinen Witz und seinen Geist bemühen. Je länger er darüber nachdachte, desto besser gefiel es ihm, dass sie nicht so leicht zu knacken war.

„Was hätte ich denn machen sollen?", fragte er sanft. „Du gefällst mir nun mal. Ich kann nicht so tun, als ob ich dich nicht attraktiv finde."

„Wir wohnen schließlich zusammen, also könntest du es zumindest versuchen."

Er schüttelte den Kopf. „Und innerlich vor Sehnsucht vergehen? Nein, das ist nicht mein Ding."

„Meins auch nicht. Deshalb bin ich mir ja so sicher, dass aus uns nichts wird. Aber ich wäre gerne mit dir befreundet."

„Ein Mädchen als Freundin? Hm. Vielleicht mal 'ne coole Erfahrung."

„Klingt so, als kennst du alles andere schon."

„Erwischt!"

Sie lächelten beide.

Paolo schloss die Augen und hielt genussvoll das Gesicht in die Sonne. „Wie läuft's mit der Musik? Auf deiner YouTube-Seite geht's ja ziemlich ab."

„Findest du?"

„Jedenfalls kriegst du eine Menge positiver Kommentare. Hat dich nicht eine Band zum Vorspielen eingeladen?"

„Ja, hab ich gesehen. Aber das Angebot klang irgendwie … keine Ahnung."

„Irgendwie abgeschmackt?"

„Ja, so was in der Art."

„Die Musik von denen find ich aber nicht schlecht."

„Hab ich mir gar nicht angehört."

„Das solltest du aber! Schau dir mal die Videos an, die sie hochgeladen haben. Sind ein paar gute Songs dabei, besonders einer wird dir gefallen: Sweet Child o' Mine."

Lucy starrte ihn ungläubig an.

„Doch nicht so gut?"

„Guns N' Roses sind doch kein Punk! Mann, du hast echt keine Ahnung von Musik." Sie schüttelte enttäuscht den Kopf.

Galt ihre Enttäuschung nun ihm oder dem Song? Vielleicht war sie insgeheim doch an ihm interessiert und gab es nur nicht zu.

„Willst du jetzt in einer Band spielen oder nicht?"

„Ja, schon."

„Dann schau dir die Jungs doch nach der Schule einfach mal an. Die wohnen in Inglewood."

„Du meinst, ich soll einfach mal dort reinspazieren, ganz das brave katholische Schulmädchen?"

„Du hast doch nichts zu verlieren."

„Wenn das nur ein Haufen Idioten ist wie du, dann nicht", stichelte Lucy. „Andererseits suchen sie vielleicht wirklich jemanden, der Gitarre spielen und singen kann."

Paolo blinzelte ihr zu. „Die wissen doch längst, dass du das kannst. Die haben deine Videos gesehen! Übrigens wirst du mit jedem Mal besser. Bei dem Song von Rancid sind die völlig ausgeflippt."

„Ja", murmelte Lucy, „das ist auch mein Lieblingslied."

„Wenn die dich kennenlernen wollen, dann wegen der Chemie, weil die wissen wollen, ob ihr zusammenpasst. Schau mich an! Wenn ich im Countryclub neue Tennisschülerinnen aufgabeln will, dann putze ich mich ganz brav heraus: weiße Tennisshorts und Turnschuhe, Seitenscheitel. Wie die sich das halt so vorstellen."

„Soll ich da etwa auftauchen wie eine schwarze Avril Lavigne, oder was?" Lucy schnaubte. „Oh Mann. Das sagt alles, Paolo."

„Warum bist du so negativ? Du hast lange genug in deinem Zimmer gesessen und dich auf Video aufgenommen. Beweg deinen Hintern endlich raus in die Welt!“ Er beugte sich vor. „Stell dich auf die Bühne, spiel ein paar Songs. So wie Sonntagabend unten am Strand. Irgendwer spielt, die Leute hören zu – das könntest du sein. Das *solltest* du sein! Mit einer riesigen Menschenmenge um dich herum, die jubelt: ‚Ja, Lucy! Lucy Long, ich liebe dich, willst du mich heiraten?‘“

Lucy musste gegen ihren Willen lachen, als Paolo die Arme über dem Kopf schwenkte und seine Stimme verstellte. Er stand auf und streckte ihr die Hand hin. „Los, lass uns gehen.“

„Jetzt?“

„Warum nicht? Ich hab den Typen eine E-Mail geschickt, sie proben heute Nachmittag.“

„Du hast *was*?“

„Irgendjemand musste es ja tun. Schnapp dir deine Gitarre, das Eis kannst du im Auto essen.“

Er blickte ihr fest in die Augen, um zu signalisieren, dass er es ernst meinte. Dann holte er seine Jacke aus dem Zimmer und lief zur Tür. Ob sie wirklich mitkam? Ja, sie kam. Sie stand bereits vor der Tür und wartete auf ihn.

Als sie im Bürgerhaus von Inglewood ankamen, flogen zwischen den Bandmitgliedern gerade die Fetzen. Sie stritten sich anscheinend über die Musik. Paolo war irritiert, doch Lucy schien die angespannte Stimmung nicht zu stören, ganz im Gegenteil: Sie strahlte über beide Ohren.

„Und, wer hat recht?“, flüsterte Paolo. „Ich hab keinen Schimmer vom Unterschied zwischen pentatonischen und mixolydischen Tonsystemen.“

„Sie haben beide recht. Aber wie cool, dass sie das so ernst nehmen!“

Mit diesen Worten näherte sie sich der Bühne. Die drei Jungs drehten sich zu ihr um. Sie waren Anfang zwanzig und wirkten viel braver als in ihren Videos. Paolo entgingen keineswegs die anerkennenden Blicke, mit denen sie Lucy musterten. Verständlich, welcher Mann wünschte sich keine zweite Beyoncé als Sängerin für seine Band?

„Warum arbeitet ihr nicht mit beidem?“, schlug Lucy vor. „Fangt mit g-Moll in Fünfton an und geht dann über einen Dominantseptakkord zur modalen Tonleiter über.“ Sie legte den Gitarrenkoffer auf die Bühne, holte die Fender Telecaster heraus und begann zu spielen. Ihre Finger tanzten nur so über die Saiten. „Ungefähr so.“ Sie blickte auf.

„Könnte funktionieren“, erwiderte der Typ mit den wuscheligen, sonnengebleichten Haaren.

„Ich bin übrigens Lucy Long.“

Die anderen Bandmitglieder begrüßten sie mit Handschlag.

„Ruben.“

„Tommy.“

Der Blonde von eben ließ sich Zeit mit der Begrüßung. Er wirkte ziemlich unfreundlich, fast schon misstrauisch. „Ich bin Bailey.“ Er deutete auf Lucys Gitarre. „Hübsche Telecaster. Aus den Fünfzigern, oder? Bisschen zu blueslastig für uns der Sound.“ Mit einem Blick auf seine Bandkollegen fügte er hinzu: „Wir spielen Pop-Punk, das ist dir doch klar?“

„Ich kann alles spielen“, verteidigte sich Lucy. „Blues, Punk, Rock.“

„Wenn das so ist, dann ist es uns eine Ehre, Lucy Long.“ Seine Stimme troff vor Ironie. „Wärst du so nett und spielst uns was vor?“

Wortlos stöpselte Lucy die Telecaster in den Verstärker und haute ein grandioses Solo inklusive Shredding-Einlage raus. Paolo studierte die Gesichter der Bandmitglieder. Ruben und Tommy machten keinen Hehl daraus, wie beeindruckt sie waren. Nur Bailey verzog keine Miene. Als der letzte Akkord verklungen war, klatschten und johlten Tommy und Ruben lautstark.

„Mich hast du überzeugt“, sagte Tommy nickend.

Bailey warf ihm einen vernichtenden Blick zu. „Das entscheiden wir immer noch alle gemeinsam."

„Ruben sagt Ja und ich auch. Hey, Mann, Lucy ist tausendmal besser als alle anderen!", grinste Tommy.

„Ich schreib auch eigene Songs", warf Lucy ein.

„Brauchen wir nicht." Baileys Stimme war schneidend. „Tommy und Ruben schreiben bei uns die Songs."

„Also ich hab nichts dagegen, wenn du was beisteuerst", entgegnete Ruben vorsichtig.

Die Spannung war mit Händen zu greifen. Ruben zog seine Drumsticks aus der Hosentasche: „Lasst uns zusammen was spielen. Wie wär's mit dem Song von Rancid aus dem Video? Lucy, du spielst Leadgitarre."

Sie legten los. Als Frontmann hatte Bailey echt was drauf – zu dieser Rolle passte sein großspuriges und rotziges Gehabe perfekt! Und er hatte eine starke, erstaunlich raue Stimme. Lucy und Tommy fanden sofort einen gemeinsamen Rhythmus, und Ruben legte ein paar krasse Drum-Soli hin. Paolo hielt ihn für den eigentlichen Chef der Band. Alles in allem waren die Jungs ziemlich gut.

Als die letzten Töne verklangen, verständigten sich Ruben und Tommy mit einem kurzen Nicken. „Also von uns aus bist du dabei!"

Lucy wandte sich an Bailey. „Wärst du einverstanden, Bailey?"

„Du hast ja gehört: In der Band geht's demokratisch zu", antwortete er mit einem wütenden Seitenblick auf Ruben.

„Schon, aber mir wäre es lieber, wenn ihr alle zustimmt."

„Die Wahrheit ist: Du bist ganz okay", sagte Bailey nach kurzem Zögern.

„Danke."

„Wir sind halt eigentlich eine reine Männerband."

„Das habt ihr in die Anzeige aber nicht reingeschrieben."

„Ja, weil es Schwachsinn ist", rief Ruben hinter seinem Schlagzeug. „Wir *waren* bisher eine Männerband. Jetzt haben wir halt eine Frau an Bord."

„Schon mal daran gedacht, was die Plattenlabels sagen?", protestierte Bailey. „Glaubt ihr, Blink-182 wären mit einem Mädchen an der Leadgitarre so groß rausgekommen?"

„Was interessieren mich Blink-182, Bro? Lucy hier ist heiß!"

Lucy unterbrach den Streit mit drei schrillen Akkorden, die lautstark durch die Halle dröhnten. „Wie auch immer, Jungs, ich denk noch mal drüber nach."

Katholische Mädchenschule „Our Lady of Mercy" – Dienstag, 31. März

Am nächsten Nachmittag trafen sich Maya und Lucy zufällig an der Bushaltestelle. Lucy nickte Maya zu. „Keine Mitfahrgelegenheit heute? Was ist mit der Cadillac-Lady passiert?"

„Du meinst meine Tante?" Maya zuckte die Achseln. „Venice liegt für sie nicht wirklich auf dem Weg, und seit ich nicht mehr bei ihr wohne … du weißt ja, wie das ist."

„Fühlt sich beschissen an, wenn man fallen gelassen wird, stimmt's?", fragte Lucy mit einem bitteren Lachen. „Candace, Grace, Paolo und John-Michael wohnen alle in Venice, weil sie von daheim wegwollten. Aber du und ich, wir wurden rausgeworfen."

„Ganz so ist es auch wieder nicht."

„Ja, aber du weißt, was ich meine. Die anderen hatten gute Gründe, aber wir? Wir nicht. Mir ging's gut zu Hause. Ich hätte mir nie träumen lassen, mal in einer katholischen Mädchenschule mit lauter Snobs zu landen!"

Maya schwieg. Natürlich hatte es sie geschmerzt, zu Hause auszuziehen. Aber das Resultat wog den Schmerz doppelt auf. An der Our Lady fühlte sie sich super wohl. Und was konnte besser sein, als mit lauter anderen Teenagern in einem Haus in Venice Beach zu wohnen? Das Ganze war verdammt aufregend.

„Vielleicht, vielleicht aber auch nicht", antwortete sie schließlich.

Der Bus kam, und die Mädchen rutschten nebeneinander auf die Bank. „Was meinst du damit?", hakte Lucy nach.

„Na Paolo zum Beispiel", antwortete Maya. „Behauptet, er wäre ein großer Tennisstar, verliert aber ein Match gegen irgend so einen dahergelaufenen Typen am Strand. Keinen Tag später schneidet er sich die Haare raspelkurz und färbt sie blond, dann wieder schwarz, kauft sich Hanteln und einen Sandsack und macht einen auf Muckibude."

„Na und?"

„Findest du das nicht seltsam?"

Lucy verzog das Gesicht. „Der Typ hat eh ein Thema mit mir, Maya, wie soll ich das also beurteilen? Vielleicht hat er sich komisch verhalten, schon möglich."

„Glaubst du, er steht auf dich?", grinste Maya.

„Vielleicht, vielleicht auch nicht. Jedenfalls hat er sich gestern für mich echt ins Zeug gelegt."

„Erzähl!"

„Er hat mich nach Inglewood zu einem Vorspielen gefahren."

„Zum Probespielen für eine Band?"

„Ja, als Leadgitarristin."

„Wow, cool! Und, bist du dabei?"

„Hm, vielleicht. Ja, ich denke schon."

„Krass, Lucy, das ist der Wahnsinn!"

Diesmal konnte Lucy die aufsteigende Röte in ihren Wangen mit ihrem üblichen Mir-doch-egal-Gesichtsausdruck nicht überspielen. „Schauen wir mal. Die Typen waren ein bisschen komisch drauf."

„Finde ich toll, dass Paolo dich gefahren hat."

„Nicht nur das, er hat es auch angeleiert. Die Band hatte einen Kommentar auf meiner YouTube-Seite gepostet, und Paolo hat sie angerufen und gefragt, ob sie mich treffen wollen."

„Und – ist was gelaufen zwischen dir und Paolo?"

„Er und ich?" Lucy schüttelte den Kopf. „Vergiss es!"

„Findest du ihn gar nicht attraktiv?"

„Manchmal vielleicht ein kleines bisschen."

„Und?"

„Nichts und. Er ist mir zu langweilig."

Maya zog vielsagend die Augenbrauen nach oben. „Sag das nicht. Vielleicht hat er was zu verbergen, wenn er sich plötzlich ganz anders benimmt. Könnte interessant werden. Stille Wasser sind manchmal überraschend tief."

Lucy musterte Maya neugierig. „Du scheinst dir ja einige Gedanken dazu gemacht zu haben."

Diesmal war es Maya, die rot wurde. Schon bei der Erwähnung der Cadillac-Lady hätte sie sich beinahe verplappert. Und jetzt hatte sie Lucy ungewollt verraten, dass sie ihre Mitbewohner sehr genau beobachtete. Sie musste vorsichtiger sein!

„Wahrscheinlich hast du recht", sagte sie betont unbekümmert. „Verliebte Menschen tun die verrücktesten Dinge. Vielleicht hat er sich die Haare abgeschnitten, weil seine McDreamy-Frisur bei dir keine Wirkung gezeigt hat. Jetzt versucht er es mit dem Stirb-langsam-Look."

„Selbst wenn der Typ sich am ganzen Körper tätowieren lässt und seinen Bizeps auf die doppelte Größe auftrainiert, verliebe ich mich trotzdem nicht in ihn. Ob man jemanden scharf findet oder nicht, weiß man sofort. Es passiert entweder gleich oder gar nicht!"

Lucy schien von ihren Worten völlig überzeugt zu sein, doch Maya hatte so ihre Zweifel.

Als sie am Strand aus dem Bus stiegen, standen Lucys Freunde Mikey und Luisito an der Ecke neben Andys Taco-Laden. Die beiden winkten und deuteten auf Mikeys neue Haare – blau gefärbt und im Nacken zu einem Muster rasiert. Lucy verabschiedete sich und ließ Maya alleine nach Hause gehen.

In der Küche baute sich John-Michael gerade ein Turkey-Club-Sandwich. Er wirkte angespannt, grüßte sie kaum, sondern schnitt das Sandwich hastig in der Mitte durch, wickelte eine Hälfte in Alufolie und nahm einen großen Bissen von der anderen. Mit einem kurzen Nicken verschwand er aus der Tür.

Maya betrachtete seufzend das Chaos, das er auf der Arbeitsplatte hinterlassen hatte. Normalerweise nahm er es mit der Hygiene in der Küche sehr genau, also würde sie diesmal für ihn aufräumen.

Er war wahrscheinlich einfach mit Riesenkohldampf aus der Schule gekommen und musste dringend los. Untypisch für ihn war es trotzdem. John-Michael verbrachte viel Zeit zu Hause; er kam meistens als Erster nach Hause und ging abends selten aus.

Dabei hatte er das geilste Auto von allen! Paolo und Candace benutzten ihre Autos hauptsächlich, um zur Arbeit zu fahren. John-Michael arbeitete nicht und fuhr fast nie mit dem Auto, nicht mal zur Schule. Was für eine Verschwendung für den schönen Mercedes! Wenn Maya so ein Auto hätte, würde sie überall rumfahren; hoch in die Hügel von Hollywood oder über den Pacific Coast Highway, vielleicht sogar bis nach San Francisco.

Manchmal hatte sie es echt satt, fünfzehn zu sein. Höchste Zeit für ihren sechzehnten Geburtstag!

Während sie John-Michaels Kram weggeräumt hatte, stürmte Candace herein, warf ihren Rucksack auf den Tisch und stürzte ein Glas Wasser hinunter.

„Mann, ist das heiß da draußen. Ich hab John-Michael weggehen sehen, scheint es ziemlich eilig zu haben."

Maya nickte. „Er war irgendwie merkwürdig."

„Inwiefern?"

„Wirkte ziemlich angepisst."

Candace hob wortlos die Augenbrauen. Sie nahm die Keksdose aus dem Regal und angelte sich eines der süßen Hefebrötchen mit Zuckerguss. „Oh Gott, die sind himmlisch", seufzte sie mit vollem Mund und hielt Maya die Dose unter die Nase.

„Schon, oder? Unglaublich gut. John-Michael hat die gebacken."

Eine Weile hörte man nichts als genüssliches Kauen.

„Ich muss an meiner App weiterarbeiten", erklärte Maya, kramte den Laptop aus der Tasche und setzte sich damit an den Tisch. Schon nach wenigen Sekunden war sie völlig in die grünen, roten und blauen Zahlenkolonnen versunken.

Bis Candace sagte: „Hast du gehört, dass neulich eine Frau von der Kripo da war?"

Maya schnappte überrascht nach Luft. „Wirklich? Wann war das?"

„Als du mit deiner Tante unterwegs warst."

„Ach, am Sonntag? Ja, sie hat mich überredet, mit zum Gottesdienst zu gehen. Das war am Sonntag und mir hat keiner was erzählt?"

„Ich erzähl's dir doch gerade, du undankbares Gör!"

„War das abends?", fragte Maya.

„Ja. Die Polizistin wollte mit John-Michael über den Tod seines Vaters sprechen."

Mayas Herzschlag beruhigte sich. „Echt? Das ist ja komisch."

„Finde ich auch. Er war ziemlich durch den Wind, nachdem sie gegangen war", erklärte Candace. „Uns hat John-Michael doch erzählt, dass sein Vater sich umgebracht hat, oder?"

Die beiden Mädchen tauschten einen verwunderten Blick. „Armer John-Michael", sagte Maya. „Er hat einiges durchgemacht in letzter Zeit."

„Stimmt", nickte Candace. „Aber hast du …" Sie zögerte. „Hast du dich je gefragt, ob er uns wirklich alles erzählt hat?"

JOHN-MICHAEL

Carlsbad – Sonntag, 5. April

Es fiel ihm leichter als gedacht, nach Carlsbad zurückzukehren. In seiner Fantasie hatte er die Reise schon oft durchgespielt. Die Fahrt nach Süden auf der Interstate 5 durch Orte, in denen er Tag für Tag ums pure Überleben gekämpft hatte, allein, ohne einen Cent in der Tasche.

Anfangs hatte er bei Freunden Unterschlupf gesucht. Weil es ihn zu sehr geschmerzt hatte, einzugestehen, dass er zu Hause rausgeflogen war, erfand er immer neue Ausreden. Dass sein Vater auf Geschäftsreise war und nicht wollte, dass er alleine zu Hause blieb. Dass der Kammerjäger im Haus war. Aber diese Erklärungen verschafften ihm nie mehr als ein paar Tage Zeit. Seine Gastgeber ahnten nichts von seiner Notlage, weil er sich fröhlich und unbeschwert gab, sich beim Abschied freundlich bedankte, während er innerlich vor Angst zitterte bei dem Gedanken an die einsamen Nächte, die vor ihm lagen.

An manchen Tagen war er selbst für die Schule zu müde und zu hungrig. Anfangs schlief er oft am Strand, wo der Sand ein wunderbar weiches Bett abgab. Bis er eines Nachts im Schlaf von ein paar Bikern auf Meth überfallen wurde, die ihm den Schlafsack und die Jeans klauen wollten. Zum Glück waren sie zu high, um ihm nachzulaufen, doch er hatte nach diesem Erlebnis nie wieder am Strand geschlafen.

In der Stadt fand er zumindest immer genug zu essen. Es gab andere Obdachlose, und man hielt sich gegenseitig den Rücken frei. Auch wenn es unter den Autobahnbrücken verdammt laut war, so war es wenigstens warm und trocken.

Nachdem er nicht mehr zur Schule ging, dehnte er seinen Bewegungsradius auf ganz Südkalifornien aus. Er warf alle Prinzipien über Bord und achtete nur noch darauf, dass es ihm gut ging. Irgendwann freundete er sich mit Felipe, einem 24-jährigen Stricher aus Guatemala, an. Felipe war auf Heroin und lebte schon seit drei Jahren auf der Straße. Obwohl oder vielleicht gerade, weil er klapperdürr und sein Körper von Tattoos und Narben übersät war, übte er durch diese Mischung aus Verletzlichkeit und abgebrühtem Zynismus eine ungeheure Anziehungskraft auf John-Michael aus. Er hatte sich sofort in ihn verliebt, und Felipe hatte sich seiner erbarmt. „Du liebst mich nicht", hatte er John-Michael erklärt. „Du willst nur so sein wie ich. Ich bin zu alt für dich, Brüderchen. Was diese Augen gesehen haben ..." Er tippte sich mit dem Finger an die Schläfe. „Und was dieses Hirn schon alles verzapft hat – das ist zu viel für jemanden in deinem Alter. Gott hat dich hierhergeführt, damit du von Felipe lernst. Und ein guter Lehrer nutzt seine Schüler nicht aus. Nein, Süßer, ich werde gut für dich sorgen."

Felipe hatte ihn drei Wochen in einem Luxusappartement direkt am Strand von Santa Monica wohnen lassen, das er sich mit einem reichen Schwarzen teilte. Dieser Typ, sein Freund, hatte Frau und Kind in Portland und wollte auf keinen Fall auffliegen. Felipe verhielt sich äußerst klug, er blieb immer charmant, drohte dem anderen weder noch provozierte er ihn. John-Michael lernte vieles von Felipe: wie man einen Freier an Land zog, von wem man besser die Finger ließ und wie man sich schützte.

Aber John-Michael war anders als Felipe. Und vor allem war er nicht auf Heroin.

John-Michaels komfortable Wohnsituation änderte sich schlagartig, als Felipes Freund ihn in eine Entzugsklinik schickte. Felipe war kaum aus der Tür, da hatte der Mann ihn rausgeworfen. „He, Kleiner", sagte er, „du hast lange genug auf meine Kosten gelebt. Geh zurück zu Mama und Papa!"

Wahrscheinlich hätte er wieder nach Hause zurückgehen können, wenn er gewollt hätte. Es hätte ihn höchstens eine Entschuldigung samt Kniefall gekostet und das Versprechen, seinen Vater mit dem ganzen schwulen Kram zu verschonen. John-Michael erwog diese Option; auf der Straße hatte er weitaus Schlimmeres tun müssen, um zu überleben. Doch er brachte es nicht über sich, seinen Vater um Entschuldigung zu bitten. Es schmerzte ihn zu sehr, dass sein Vater ihn für seine Homosexualität verachtete.

Er bereute höchstens, dass er seinem Vater nicht früher den Rücken gekehrt hatte.

Es wäre ihm nicht im Traum eingefallen, dass sein Vater ihn irgendwann anrufen und ihn bitten würde, zurückzukommen. Der Alte zahlte immer noch seine Handyrechnung, obwohl John-Michael das Geld viel lieber bar in die Hand bekommen hätte. Erst bei ihrem letzten Gespräch hatte er kapiert, wieso.

„Ich hab die Hoffnung nie aufgegeben, dass du irgendwann wieder nach Hause kommst“, hatte sein Vater gesagt und lange geschwiegen. „Es gibt Dinge, die gehen eben nur die Familie an.“

Alles hatte er nicht erzählt, aber genug, dass John-Michael sich in den nächsten Bus nach Carlsbad setzte.

Gerade mal drei Stunden dauerte die Fahrt normalerweise. Doch damals hatte er einen entscheidenden Zwischenstopp eingelegt. Wenn je herauskam, mit wem er sich dort getroffen hatte, wäre John-Michael geliefert.

Nach seiner Ankunft setzte er sich mit seinem Vater im Wohnzimmer zusammen. Sie redeten, stritten, weinten. Alles umsonst. Sie würden sich nie versöhnen! Und er hätte es wissen müssen, als er den Anruf entgegennahm.

Jetzt, als er in dem Mercedes Richtung Carlsbad fuhr, konzentrierte er sich bewusst auf die positiven Dinge: das Auto, das monatliche Taschengeld und irgendwann eine größere Summe Bargeld aus dem Verkauf des Hauses. Selbst wenn er gekonnt hätte, wäre John-Michael dort nie im Leben eingezogen. Das WG-Zimmer in Venice schlug Carlsbad um Längen! Alles in allem war er ohne den alten Kauz sicher besser dran.

Gegen vier Uhr am Nachmittag erreichte er sein Ziel. Ein Wagen parkte vor der Tür, es saß jedoch niemand darin. John-

Michael lauschte kurz an der Tür, ehe er aufsperrte und in sein altes Zimmer ging; er nahm seinen Anzug aus dem Schrank, packte ihn in eine Kleiderhülle und hängte ihn griffbereit neben die Tür.

Zeit zu tun, wofür er gekommen war.

Er hatte sich nie längere Zeit im Zimmer seines Vaters aufgehalten und wusste nicht, wo er suchen sollte. In den Schubladen und Schränken sicher nicht, dort hätten die Cops das Zeug schon gefunden.

Er schob den Nachttisch zur Seite und stemmte sich gegen das Bett. Moment! War da jemand an der Tür? John-Michael erstarrte. So leise er konnte, schlich er nach vorne und hielt das Ohr an die Tür. Nichts. Vorsichtig spähte er aus dem Fenster – niemand zu sehen. Das Auto stand immer noch da, leer. Nach einem letzten Blick die Straße hinunter kehrte er ins Schlafzimmer zurück.

Diesmal schob er das Bett entschlossen einen guten Meter von der Wand weg und stellte sich in die entstandene Lücke. Keine verdächtigen Spuren oder Hinweise an der Tapete. Jetzt der Boden. Die Eichendielen waren massiv, keine Risse oder größeren Spalten zu sehen. Doch halt, da war eine Macke an der Ecke eines der Bretter: ein gleichmäßiges Rechteck von einem Zentimeter Länge, so als hätte es jemand mit einem Werkzeug abgezwickt. John-Michael öffnete die Nachttischschublade und fand, was er suchte: das Schweizer Messer seines Vaters.

Beinahe ehrfürchtig nahm er es in die Hand. Das letzte Mal hatte er es mit neun Jahren anfassen dürfen.

Er klappte die Werkzeuge heraus, entschied sich für das mit der stabilsten Klinge und rammte es in den Spalt zwischen den Brettern, wo er es wie einen Hebel auf und ab bewegte. Und tatsächlich, das Brett bewegte sich! Die Klinge rutschte in eine kleine Einbuchtung, sodass er das Brett schließlich anheben und herausnehmen konnte. Jemand hatte die Einkerbung ganz sorgfältig aus dem Holz gefeilt.

In dem Loch unter den Dielen lag eine Schachtel. John-Michael griff hinein und zog sie langsam aus dem engen Versteck. Er öffnete den Schnappverschluss und klappte den Deckel auf: Darin befand sich ein dicker Packen Dokumente und Röntgenbilder.

Die Beweise!

Im selben Moment schlug draußen eine Autotür zu. John-Michael hätte vor Schreck fast die Schachtel fallen lassen und fing sie gerade noch auf, bevor alles auf dem Boden landete. Sein Herz raste. Hektisch schloss er den Deckel, schob die Schachtel zurück in das Versteck und legte die Diele zurück an ihren Platz.

Ihm wurde eiskalt, als er hörte, wie die Eingangstür geöffnet wurde. Panisch verteilte er den Staub mit den Füßen, so gut er konnte, über dem Boden. Er hörte Schritte, jemand lief durchs Haus und schaute in alle Zimmer.

Zentimeter für Zentimeter, so leise er konnte, schob John-Michael das Bett zurück an seinen Platz.

Er hatte unbewusst den Atem angehalten, und sein Herz klopfte bis zum Hals. Die Schritte näherten sich dem Schlafzimmer. Er wollte das Messer wieder in den Nachttisch legen, besann sich aber eines Besseren.

Im selben Moment schwang die Tür auf, und ein Mann in Jeans und einem schwarzen T-Shirt betrat das Zimmer. John-Michael fuchtelte wie wild mit dem Messer und rief: „Hau ab, Mann, hier gibt es nichts zu klauen!“

Der Eindringling blieb völlig unbeeindruckt. Er verschränkte die Arme vor der Brust und blickte John-Michael misstrauisch an. „Ganz ruhig, mein Freund. Ich bin Polizist. Legen Sie das Messer weg!“

Ein Polizist? John-Michaels Verwirrung wich lähmender Furcht. Ohne diese Schachtel würde er riesige Probleme bekommen! Jetzt half nur dumm stellen. Er funkelte den Cop düster an. „Das Haus gehört jetzt mir, Kumpel!“

„Legen Sie das Messer weg oder ich muss Sie verhaften.“

John-Michael ließ das Messer fallen und erwiderte gereizt: „Zeigen Sie mir erst mal Ihren Ausweis, bevor Sie mich hochnehmen."

Ohne John-Michael aus den Augen zu lassen, hob der Polizist das Messer auf und klappte es nach einem prüfenden Blick zusammen. Dann zog er seine Marke aus der Hosentasche und hielt sie John-Michael vor die Nase. „Detective Shawn Leung. Woher haben Sie das Messer?"

„Es lag im Nachttisch."

„Sind Sie etwa die ganze Strecke aus L.A. nur wegen eines lausigen Taschenmessers hergefahren?"

„Ich brauche meinen Anzug, ich habe ein Vorstellungsgespräch." Hoffentlich kam der Bulle nicht auf die Idee, das zu überprüfen.

„Wo ist der Anzug?"

John-Michael führte ihn ins Wohnzimmer. Der Polizist öffnete den Kleidersack und betrachtete erst den Anzug, dann John-Michael. „Wenn Sie nächstes Mal hier reinwollen, melden Sie sich auf der Wache. Dann schicken wir jemanden vorbei, der Sie begleitet."

„Warum das?"

„Hat man Sie nicht informiert? Das ist ein Tatort." Er hielt John-Michael das Messer hin. „Lassen Sie das mal schön in der Tasche stecken."

John-Michael schnappte sich das Messer und den Anzug, stieg unter dem wachsamen Blick des Polizisten ins Auto und fuhr los. Vier Blocks weiter hielt er an einem Schnellrestaurant, aß ein paar Taquitos mit Hähnchenfüllung und spülte sie mit Cola Light hinunter. Zurück im Auto, klappte er das Dach zu und machte es sich auf dem Vordersitz bequem. Bis zum Einbruch der Dunkelheit waren es noch ein paar Stunden hin. Solange mussten die Krankenakten seines Vaters eben noch warten.

GRACE

Culver Studio   Dienstag, 7. April

„Schon okay, bedient euch ruhig am Frühstücksbuffet. Aber übertreibt es nicht – ich will nicht, dass die denken, ich füttere hier meine Freunde durch."

Candaces Lächeln wirkte bemüht. Sie hatte Grace und zwei der anderen Mitbewohner als Gäste ins Fernsehstudio eingeladen, schien es aber mittlerweile zu bereuen.

Als Grace sah, wie sich Candace ein Stück Melone und eine Scheibe Ananas auf ihren Teller legte, konnte sie sich einen Kommentar nicht verkneifen: „Ooh", sagte sie und zog eine Schnute. „Das Zeug ist Gift für dich, oder?"

Paolo dagegen schlug tüchtig zu und schaufelte sich einen Berg Käse, Eier und Speck auf den Teller. „Hollywood muss man einfach lieben", sagte er zu Lucy, die unschlüssig vor einem Tablett mit sechs verschiedenen Muffin-Sorten stand. „Und bei dir, was ist mit deinen Band-Kumpels? Wirst du zusagen?", fragte er sie.

Lucy entschied sich für einen Mohn-Muffin und kostete einen Bissen. „Weiß noch nicht; dieser Bailey scheint ein ziemlicher Angeber zu sein."

Paolo stöhnte. „Lucy, der Typ will Rockstar werden. Natürlich ist er ein Angeber!"

Lucy kniff die Augen zu Schlitzen zusammen. „Hm …"

Grace fühlte sich furchtbar unwohl, wenn Paolo mit Lucy flirtete. Zum Glück teilte sie sich nicht das Zimmer mit Lucy, das hätte sie nicht ausgehalten.

Gegen die Eifersucht war sie machtlos. Das Gefühl hatte sich wie eine streunende Katze bei ihr eingeschlichen und ließ sich seither nicht mehr abschütteln. Aber so war es nun mal im Leben, es lief nicht immer alles nach Plan.

Grace betrachtete Paolo verstohlen. Er war ein echter Hingucker, mit den abrasierten Haaren noch mehr als vorher mit den Locken.

Als er vor einem Monat plötzlich mit den raspelkurzen blonden Haaren vor ihr gestanden hatte, war Grace erschrocken: Er sah aus wie einer von Lucys durchgeknallten Junkie-Freunden vom Strand. Doch jetzt, nachdem er die Haare wieder dunkel trug, sah er eher aus wie ein Soldat, vielleicht auch ein Cop oder Investmentbanker – sehr seriös jedenfalls und in Verbindung mit seinem durchtrainierten Körper sehr viel männlicher als vorher. Grace verliebte sich jeden Tag ein wenig mehr in ihn.

Doch Paolo ahnte nichts davon. Er hatte nur Augen für Lucy!

Die Regieassistentin rief die Schauspieler für die nächste Szene auf ihre Positionen; Candace spielte auch mit. Ihre Schauspielkolleginnen und -kollegen waren allesamt dünn und sehr hübsch, aber abgesehen von Candace selbst hatten sie nicht annähernd so viel Ausstrahlung wie Paolo oder Lucy.

Ob Candace sie nur eingeladen hatte, um vor ihren Kollegen mit ihren coolen Freunden anzugeben?

„Action!“, rief die Regisseurin.

Die Szene spielte an einem runden Pokertisch in einem dunklen Hinterzimmer; ein illegales Spiel, Pokerchips flogen in die Tischmitte, eine der Frauen rauchte eine Zigarre, was ihr wahrscheinlich einen harten Touch geben sollte. Die Szene war schnell im Kasten, und die Schauspieler wiederholten ihre Textpassagen für zusätzliche Nahaufnahmen.

Sie waren erst zehn Minuten hier, aber Grace langweilte sich bereits. Ihre Gedanken wanderten wieder zu Lucy: Sie stammte aus gutem Elternhaus, sah blendend aus und hatte Talent. Wie sollte Grace da mithalten? Kein Junge der Welt war die Anstrengung wert, schon gar nicht, wenn es nur etwas Körperliches war, so wie bei Paolo. Sie würde sich bestimmt nicht zur Idiotin machen, um ihm zu gefallen. Wenn sie die Füße stillhielt und nichts tat, verschwanden ihre Gefühle für Paolo hoffentlich irgendwann von alleine.

Wie ärgerlich, dass Maya nun davon wusste. Aber welchen Grund hätte Grace dafür angeben sollen, warum sie Lucys Sachen durchstöberte? Wahrscheinlich hielt Maya sie jetzt für eine durchgeknallte Psychopathin, aber das ließ sich nicht ändern. Und sie fühlte sich ja tatsächlich zu Paolo hingezogen.

Mit Lucy im Schlepptau näherte er sich wieder ihrem Tisch.

„Mann, ist das langweilig!“, stöhnte Paolo. „Ständig sagen sie dasselbe, nur mit minimal anderer Betonung.“

„Das ist der Sinn einer Regieanweisung“, grinste Lucy.

Dann kamen sie übergangslos wieder auf die Band zu sprechen, der Lucy beitreten wollte. Sie hatte noch nicht zugesagt, aber es war nur eine Frage der Zeit. Grace fühlte sich überflüssig, also stand sie auf und ließ die beiden allein.

Als die Szene im Kasten war, rief der Regisseur Candace zu sich. Candace machte große Augen, als er mit ihr sprach, und nickte eifrig. Strahlend kam sie anschließend auf Grace zu.

„Los, raus mit der Sprache!“, sagte Grace ungeduldig.

Candace grinste breit. „In der nächsten Folge kriege ich ein paar Textzeilen!“

„Hattest du nicht schon mal Text?“

„Ja, im Piloten: ‚*Leb wohl, Arschloch.*‘ Bevor ich ihm das Genick gebrochen habe. War aber einer von den Bösen.“

„Oh, der Arme.“

„Es wäre so cool, wenn Ginas Rolle ausgebaut wird!“

„Dem Plot käme es jedenfalls zugute“, nickte Grace.

„Und nur darum geht es, um den Erfolg der Serie!“

„Du bist so selbstlos.“

Candace gab ihrer Stiefschwester einen liebevollen Klaps und blickte sich suchend um. In den Kulissen saßen Lucy und Paolo nebeneinander auf Ginas Bett und unterhielten sich angeregt. „He, was geht denn bei Paolo und Lucy ab? Die turteln ja richtig!“, bemerkte Candace erstaunt.

„Er will ihr an die Wäsche, und sie hält sich alle Optionen offen, schätze ich.“

„Du Zynikerin!"

„Ich bin nur eine gute Beobachterin."

„Kann es nicht sein, dass er wirklich auf sie steht?", fragte Candace.

Grace dachte nach. „Lass es mich so sagen: Seine Hormone spielen verrückt. Wenn Lucy ihn abblitzen lässt, baggert er als Nächstes dich an. Oder Maya."

„Oder dich!"

„Nein", erwiderte Grace überzeugt, „mich nicht!"

„Doch", widersprach Candace grinsend, „dich und sonst keine. Du bist bildhübsch. Ich kenne niemanden, der solche Wahnsinnsaugen hat wie du. Darauf sprechen mich die Leute oft an."

„Stimmt ja gar nicht." Grace spürte, wie sie rot wurde.

„Doch, es stimmt. Deine *Schwester hat die blauesten Augen der Welt*, heißt es dann. Oder: *Wow, die funkeln wie Kristalle. Die Augen deiner Schwester sehen aus wie blaue Eiszapfen!*"

„Lügnerin!"

„Undankbares Miststück! Hör endlich auf, dich selbst zu bemitleiden", entgegnete Candace. „Und Paolo behandelst du auch nicht gerade fair."

„Wie meinst du das?" Hoffnung keimte in Grace auf.

„Er hat aktuell keine Freundin. Soweit ich weiß, hatte er noch nie eine, zumindest keine feste."

„Weil er sich für seine Tennisdamen freigehalten hat", entgegnete Grace.

„Oder er sucht nach der Richtigen."

„Wenn das stimmt, was will er dann von Lucy?"

Candace runzelte die Stirn. „Machst du Witze? Sie ist umwerfend!"

„Ja, aber er ist gar nicht ihr Typ. Er ist viel zu gediegen und brav für sie."

„Immerhin geht Lucy auf eine teure Mädchenschule."

„Ja, aber nicht freiwillig. Jetzt tu doch nicht so, als wüsstest du nicht, was ich meine!"

„Gegensätze ziehen sich an“, erwiderte Candace.

„Ja, aber sie stoßen sich auch irgendwann wieder ab.“

Candace musterte ihre Schwester amüsiert. „Du magst ihn!“, stellte sie fest.

Grace brachte keinen Ton heraus.

„Ja, genau so ist es“, wiederholte Candace. „Du stehst auf Paolo! Ich hätte es ahnen müssen. Was reizt dich an ihm? Ich finde ihn ziemlich lahm.“

Grace überlegte, ob sie Paolo verteidigen oder Candaces Behauptung abstreiten sollte. Sie war keine gute Lügnerin, und Candace kannte sie viel zu gut, um sie nicht sofort zu durchschauen. Es würde ihr guttun, sich jemandem anzuvertrauen. Normalerweise behielt sie private Dinge für sich, aber je länger sie mit Paolo unter einem Dach wohnte, umso schwieriger wurde es für sie.

Sie sah es schon kommen, dass sie irgendwann jemanden brauchte, der den Grund für ihre Tränen kannte. Das Grauen packte sie, als sie sich vorstellte, wie sie schluchzend auf dem Bett lag, weil dieser Lahmarsch nichts von ihr wissen wollte, und Maya, Candace und John-Michael betreten danebenstanden.

Ablenkung. Sie entschied sich für ein Ablenkungsmanöver.

„Angeblich will er in der Schule bei Amnesty International mitmachen“, sagte sie erwartungsvoll.

„Beim Projekt Todeszelle?“ Candace schnaubte empört. „Ja, klar, träum weiter!“

„Warum?“

„Weil Paolo nicht der Typ zum Briefeschreiben ist“, antwortete sie spöttisch.

„Du schätzt ihn falsch ein. Schließlich will er Anwalt für Menschenrechte werden, hast du das schon vergessen?“

„Und wann genau hat er dir das gesagt?“

„Auf der Party“, erwiderte Grace gereizt. „Du warst doch dabei, Herrgott!“

„Als wir gekifft haben? Hast du ihm das etwa abgenommen?“

„Kiffermund tut Wahrheit kund. Oder so ähnlich.“

„Hä?“

Grace schlug die Augen nieder. „Meinst du, es stimmt gar nicht?“

„Wir waren high. Es war nur eine Masche, hast du das nicht gemerkt?“

„Ich glaube, er meint es ernst. Wir haben uns noch länger unterhalten, als du weg warst.“

„Wenn es dich glücklich macht …“

Candace sprang auf, doch Grace hielt sie am Arm fest. „Candace, bitte erzähl es keinem!“

„Dass du auf Paolo stehst?“, fragte Candace betont laut. „Okay!“

„Ich meine es ernst.“

„Keine Sorge, Schwesterlein. Kein Sterbenswort.“

Grace blickte ihrer Schwester nach. Konnte sie ihr vertrauen? Ihr Handy piepste, eine neue E-Mail:

> Er hat angerufen. Er will dich bald sehen. Klang schrecklich einsam.

Staatsgefängnis San Quentin, dieses Wochenende. Sie musste einfach hin! Doch wie sollte sie das anstellen?

PAOLO

Venice Beach – Samstag, 11. April

„Hallo, Paolo! Warst du schon so früh schwimmen? Du bist ja mutig."

Grace stand vor dem Haus und schien auf etwas zu warten, als Paolo vom Schwimmen zurückkam. Normalerweise ging er erst im Juni ins Wasser, wenn er sich ohne Neoprenanzug nicht mehr den Hintern abfror. Aber er hatte keine Lust, noch länger zu warten. Er musste trainieren, konnte aber nicht auf den Tennisplatz gehen, weil er fürchtete, Darius zu treffen.

Er trocknete sich die Haare mit einem Handtuch ab. „Es ist kalt, aber es gibt nichts Schöneres! Man muss allerdings höllisch auf die Surfer aufpassen."

Grace schaute nervös auf ihre Uhr, und Paolo warf ihr einen prüfenden Blick zu.

„Wo bleibt nur das Taxi?", fragte sie ungeduldig.

Paolo schlug vor, bei der Taxizentrale nachzufragen.

„Hab ich schon, die Wagen sind alle unterwegs."

„Wo willst du denn um die Zeit hin?", fragte er.

„Nur zum Busbahnhof."

„Und von da?"

Grace zögerte unmerklich. „Nach San Quentin", sagte sie leise.

Paolo begriff nicht gleich, doch dann fiel es ihm wieder ein: Grace schrieb sich mit Gefangenen in der Todeszelle. „Du meinst das Gefängnis in San Francisco? Das ist ja ewig weit weg!"

„Ich kann mir keinen Flug leisten."

„Bleibst du über Nacht?"

„Normalerweise begleitet mich meine Cousine Angela zu den Besuchen, weil ich noch keine achtzehn bin. Sie wohnt ganz in der Nähe von San Francisco, und dann übernachte ich bei ihr."

Grace schien den Grund für ihren plötzlichen Besuch für sich behalten zu wollen, doch Paolo vermutete, dass sie einem ihrer Brieffreunde Lebewohl sagen musste.

„Das ist bestimmt eine harte Nummer“, sagte er mitfühlend. Insgeheim bewunderte er Graces Mut und wollte sie gerne unterstützen. Er hatte keine besonderen Pläne fürs Wochenende, und es würde ihm guttun, mal aus der Stadt rauszukommen. Vielleicht würde es sein Gewissen beruhigen, eine Freundin bei einer guten Tat zu unterstützen, anstatt mit einem Kleinganoven teure Autos zu zocken.

„Ich fahr dich hin!“

Grace starrte ihn ungläubig an.

„Meinst du das ernst?“, fragte sie lachend, als sie die Sprache wiedergefunden hatte.

„Klar. Machen wir einen Wochenendausflug draus.“

„Mann, das wäre echt stark! Aber nur, wenn du mich das Benzin zahlen lässt.“

„Wir könnten einen Abstecher nach San Francisco machen“, schlug Paolo vor. „Ich war schon seit Jahren nicht mehr dort.“

Grace machte einen zaghaften Schritt nach vorne und umarmte ihn spontan. Paolo bemerkte überrascht, wie unbeholfen sie sich anstellte. Die meisten Mädchen umarmten ihn nur allzu bereitwillig, und Grace schien ihm kein besonders distanzierter Mensch zu sein. Irgendetwas stimmte nicht, dachte er kurz, verwarf den Gedanken aber sofort wieder.

Gemeinsam gingen sie zurück ins Haus, und Grace wartete, bis Paolo sich umgezogen und ein paar Sachen zusammengepackt hatte. John-Michael lümmelte auf dem Sofa, sah fern und stopfte sich Cornflakes direkt aus der Packung in den Mund. Als sie ihm von ihrem Vorhaben erzählten, setzte er sich auf.

„Ich könnte euch beide fahren, mit dem Benz. Die Strecke entlang der Küste ist so schön! Und ehrlich gesagt war ich noch nie in San Francisco.“

Keine halbe Stunde später saß Paolo neben John-Michael auf dem Beifahrersitz und rauschte über den Pacific Coast Highway

Richtung Norden. Grace saß hinten und hielt das Gesicht in die Sonne. Paolo musste immer wieder an die verhängnisvolle Fahrt mit Darius denken.

Das Gefühl von Machtlosigkeit war das Schlimmste, das wurde er einfach nicht los. Warum hatte er sich so leicht manipulieren lassen?

Er versuchte, das Ganze als Lernerfahrung abzubuchen und nicht mehr darüber nachzudenken. Was geschehen war, war geschehen. Seine Zukunft lag noch vor ihm, darauf musste er sich konzentrieren. Irgendwann würde sein Gewissen sicher Ruhe geben.

Der Highway 1 schlängelte sich direkt an der Küste entlang und bot wunderbare Ausblicke aufs Meer. Paolo und John-Michael wechselten sich mit dem Fahren ab, und je näher sie San Quentin kamen, desto stiller wurde Grace. Die Situation schien sie zu belasten. Als sie auf dem Besucherparkplatz anhielten, drehte Paolo sich zu ihr um.

„Willst du, dass wir mit reinkommen?"

Grace lächelte gequält. „Nein. Meine Cousine hat mir geschrieben, dass sie drinnen auf mich wartet. Das ist der Todestrakt, Jungs. Es … es ist nicht besonders angenehm da drin."

John-Michael schwieg. Er hatte keinen Hehl daraus gemacht, dass er nur wegen des Abstechers nach San Francisco mitfuhr. Doch Paolo zögerte. War er so weit gefahren, um Grace jetzt alleine da reinzuschicken? Ständig sprach er davon, dass er später als Anwalt für Menschenrechte arbeiten wollte. Wenn er jetzt kniff, hielten ihn alle für ein Weichei. Der Anblick der von Scharfschützen besetzten Wachtürme und der düsteren Gebäude hinter Stacheldraht machte ihm Angst. Der Gedanke an Darius und daran, was sie getan hatten, drängte sich mit aller Macht in sein Bewusstsein.

„Ich komme mit", sagte er spontan.

John-Michael quittierte seine Aktion mit einem überrascht-enttäuschten Blick. „Ich pass aufs Auto auf", murmelte er und stöpselte die Kopfhörer in die Ohren.

„Das ist ein Hochsicherheitsgefängnis. Glaubst du vielleicht, hier klaut dir einer die Karre?"

„Benehmt euch da drin", erwiderte John-Michael völlig ungerührt.

Während Grace zum Empfang ging, um sich in die Besucherliste einzutragen, blickte Paolo sich neugierig um. Das Gebäude wirkte kalt und steril, ähnlich wie ein Krankenhaus, nur viel schlimmer. Paolo meinte, die Verzweiflung der Insassen regelrecht riechen zu können. Er vermied jeden Blickkontakt mit den Wachmännern, die vorbeigingen, und blätterte stattdessen in einer der vielen Zeitschriften, die im Wartebereich auslagen.

Verglichen mit den anderen Besuchern sah Grace schrecklich jung und verletzlich aus. Bevor sie die Sicherheitsschleuse passierte, winkte sie ihm kurz zu. Dann war sie verschwunden.

Paolo wartete. Er blätterte alle Magazine durch, die er finden konnte, um sich abzulenken. Irgendwann hatte er alles gelesen. Und jetzt, sollte er vielleicht draußen warten? Bevor er sich entscheiden konnte, tauchte Grace wieder auf. Tränen liefen ihr über das Gesicht, und sie klammerte sich an den Arm einer blonden Frau Ende zwanzig, die Grace ähnelte, aber lange nicht so hübsch war wie sie.

Paolo stand auf und nahm Grace wortlos in den Arm. Dieses Mal zögerte sie keine Sekunde. Minutenlang hielt er sie einfach fest, während Graces Cousine Angela die beiden mit einem stillen Lächeln beobachtete.

„War es schlimm?", flüsterte er.

Nickend wischte sie sich die Tränen aus den Augen. „Ich möchte nicht, dass er mich weinen sieht. Aber sobald ich raus bin, kann ich nicht anders."

Graces Cousine trat auf die beiden zu. „Hi, ich bin Angela", sagte sie und streckte Paolo die Hand hin. Mit einer Umarmung verabschiedete sie sich von Grace und eilte davon.

Paolo brannte eine Frage auf der Zunge, doch wie sollte er sie am besten formulieren? Auf der Fahrt hatte er sich schon nicht getraut. Andererseits erleichterte es Grace vielleicht, darüber zu sprechen.

„War es heute das letzte Mal?“, fragte er. „Also, dass ihr euch seht, meine ich.“

Grace schüttelte verärgert den Kopf. „Nein. *Nein!* Wie kommst du denn darauf? Er ist doch gerade erst in Berufung gegangen!“

„Klasse, das ist doch gut! Und es bedeutet ihm bestimmt viel, dass du ihn unterstützt. Weiß er, wie weit du fahren musst, um ihn zu sehen?“

„Klar weiß er das“, antwortete sie mit einem Blick zur Eingangstür. Sie schien keine große Lust zu haben, ihm mehr von ihrem Brieffreund zu erzählen. „Können wir jetzt gehen? Ich bleibe nicht gerne länger als absolut nötig.“

„Versteh ich total.“

Zurück am Auto, hatte John-Michael das Verdeck geschlossen und wippte im Takt der Musik mit dem Kopf. Als er sie kommen sah, blickte er auf.

„He, Kumpel!“, rief Paolo. „Es kann losgehen.“

John-Michael nickte. „Bereit für San Francisco? Ich würde sagen, wir kaufen uns was Süßes bei Ghirardelli und bummeln dann gemütlich durch Fisherman's Wharf.“

„Wäre Haight-Ashbury für dich nicht passender?“

„Ja, klar, für einen Vorzeige-Schwulen wie mich, oder?“

„Also ich habe nichts dagegen“, antwortete Paolo. „Ich würde mit Sicherheit mehr Männer abschleppen als du.“

Lachend schüttelte John-Michael den Kopf. „Keine Chance, du Angeber! Obwohl deine Ich-bin-durch-und-durch-hetero-Ausstrahlung schon fast wieder schwul rüberkommt.“

Paolo lachte extra laut und lange, bis sich auch Grace ein zaghaftes Lächeln nicht verkneifen konnte. Es freute Paolo, dass er sie aufheitern konnte. Warum sah sie immer noch so traurig aus? Er an ihrer Stelle wäre wahrscheinlich froh und erleichtert, die „gute Tat“ hinter sich gebracht zu haben. Möglich, dass sie durch den Briefwechsel eine Verbindung zu dem Gefangenen aufgebaut hatte – eine zu enge Verbindung vielleicht.

Ob es den Anwälten der Gefangenen ähnlich ging? Würde er einen zum Tode Verurteilten verteidigen können? Es bedurfte jedenfalls einer gehörigen Portion Mut und Belastbarkeit, das war ihm nach diesem Besuch klar.

Er hielt Grace die Autotür auf. „Ich finde es echt stark, was du machst, Grace."

„Das ist doch nichts Besonderes", erwiderte sie traurig lächelnd.

„Doch, ist es schon."

John-Michael nickte zustimmend.

„Ich überlege, ob ich es auch machen soll", sagte Paolo. Erst als er den Satz laut ausgesprochen hatte, wurde ihm klar, dass er es ernst meinte und nicht nur sagte, um seine Freunde zu beeindrucken. Gutes zu tun würde sein Leben bereichern, und es konnte nicht schaden, einen möglichen späteren Berufszweig kennenzulernen.

„Du willst eine Brieffreundschaft mit einem Gefangenen im Todestrakt?", fragte Grace erstaunt.

„Ja, warum nicht. Wie läuft das ab?"

„Das erklär ich dir bei Gelegenheit", antwortete Grace mit einem Hauch von Skepsis in der Stimme.

„Cool. Dann ist es abgemacht", nickte Paolo. „Am besten nehme ich auch jemanden aus San Quentin, dann können wir zusammen herfahren, wenn wir die Typen besuchen."

„Vielleicht …" Grace zögerte. „Es wäre vielleicht besser, wenn du einer Frau schreibst. Die Männer schreiben sich jedenfalls lieber mit einer Frau."

„Kein Wunder."

„Das hat nicht unbedingt was mit Sex zu tun. Bei einer Frau haben sie weniger das Gefühl, sich beweisen zu müssen. Bei dir fangen sie vielleicht an, sich zu vergleichen und werden neidisch auf das Leben, das du führst."

„Na gut, dann eben eine Frau."

„Allerdings gibt es nicht viele Frauen im Todestrakt. Aber einen Haufen einsame Lebenslängliche, die sich über Briefe freuen."

Lebenslänglich? Das hatte sich Paolo anders vorgestellt. Wenn Grace diese Gefühlsachterbahn aushielt, dann schaffte er das auch.

„Schauen wir mal", antwortete er. „Ich glaube, ich werde mich um eine Kandidatin für die Todesstrafe kümmern."

LUCY

Venice Beach – Freitag, 17. April

Du musst mir einen Gefallen tun. Ruf mich bitte an!

Die Nachricht auf Lucys Handy stammte von John-Michael. Sie wählte seine Nummer und lauschte dem Freizeichen, während der Bus auf die Haltestelle zufuhr.

„Wo bist du?“, fragte John-Michael ohne Begrüßung. Er klang gehetzt, beinahe aggressiv.

„Ich musste nachsitzen.“

„So ein Mist.“

„Was ist denn los? Ich bin noch im Bus, aber in fünf Minuten zu Hause.“

„Warte an der Haltestelle. Ich hol dich mit dem Auto ab.“

„Ich habe noch meine Schuluniform an. Ich will erst heim und mich umziehen.“

„Das geht nicht, Lucy. Ich habe einen Termin und muss sofort los!“

„Jetzt gleich?“

„Ja. Kannst du mitkommen? Ich *brauche* dich.“ Verzweifelt fügte er hinzu: „Bitte, Lucy!“

„Was für ein Termin?“

„Ein Arzttermin.“ Pause. Seine Stimme klang extrem nervös. „Ich muss einen Bluttest machen lassen, reine Routine, aber …“

Lucy ließ sich überreden. „Na gut. Ich warte hier auf dich, JM“, sagte sie und stieg an der Haltestelle aus dem Bus.

Ein paar Minuten später brauste John-Michael in seinem Mercedes heran. Lucy sprang in den Wagen und begegnete John-Michaels Blick. Einem plötzlichen Impuls folgend, lehnte sie sich zu ihm und drückte ihn kurz an sich. „Mach dir keine Sorgen, es geht bestimmt alles gut.“

John-Michael nickte, doch er sah blass aus und sein Blick wirkte gehetzt.

Lucy lehnte sich zurück. Sie vermutete stark, dass er sich auf eine sexuell übertragbare Krankheit testen ließ. Normalerweise fragte sie andere Menschen nicht nach ihren Drogenerfahrungen oder ihrem Sexleben. John-Michael aber hatte eine Weile auf der Straße gelebt und trug damit ein erhöhtes Risiko, an Hepatitis oder HIV zu erkranken. Als Risikopatient müsste er sich alle drei Monate testen lassen.

Eine schreckliche Vorstellung. Klar konnte man HIV mittlerweile ganz gut behandeln, aber es blieb eine gefährliche und beängstigende Krankheit.

Es schmeichelte Lucy, dass John-Michael sie gebeten hatte, mitzukommen. Sie kannten sich seit zwei Jahren, seit dem Rockcamp. Doch nachdem sie in den ersten Wochen ständig zusammen abgehangen hatten, tröpfelte der Kontakt später ziemlich oberflächlich dahin. Umso mehr freute es Lucy, dass John-Michael ihr anscheinend immer noch vertraute.

Lucy vermisste den grüblerischen, intelligenten und überraschend belesenen Jungen, den sie mit fünfzehn kennengelernt hatte. Seine sexuelle Orientierung hielt er damals noch unter Verschluss. Doch eines Abends, als sie gemeinsam an einem Song bastelten, outete er sich. Er hatte ihr ein Liebeslied vorgesungen, das eindeutig an einen Jungen gerichtet war. Als sie ihm zuhörte, war es ihr wie Schuppen von den Augen gefallen, und sie hatte ihn behutsam gefragt, ob er schwul sei.

Der John-Michael, mit dem sie jetzt zusammenwohnte, war nicht mehr derselbe. Klar hatte er immer noch seine netten Seiten, vor allem, wenn er für die Mitbewohner kochte oder backte. Ging es jedoch nicht nach seiner Nase, konnte er richtig schroff, beinahe feindselig werden. Grace und Maya, die sich mit ihm das Zimmer teilten, beklagten sich oft, dass er lange nicht so ordentlich war, wie Lucy behauptet hatte. In seiner Zimmerecke sah es genauso schlimm aus wie in Mayas. Und reden konnte man auch nicht mehr so gut mit ihm wie früher. Langen Unterhaltungen ging er aus dem Weg, und er sprach nie über seine Kindheit. Genau genommen wich er jedem ansatzweise persönlichen Gespräch aus.

Als sie sich kennenlernten, hatte er oft von seiner Mutter erzählt, die gestorben war, als er neun Jahre alt war. Und von seinem Vater und dessen nerviger Freundin. Von der Schule, seinen Freunden …

Lucy versuchte sich zu erinnern, ob er in Venice jemals ein Wort zu viel über seinen Vater verloren hatte. Eigentlich wiederholte er immer nur, dass sie sich nicht leiden konnten und der Alte sich umgebracht hatte. Den Grund für den Selbstmord kannte er angeblich nicht und wollte ihn auch nicht kennen.

Lucy glaubte keine Sekunde daran, dass es ihm egal war. Er hatte sich verändert, und diese Veränderung hing in ihren Augen mit dem Tod seines Vaters und der Zeit auf der Straße zusammen. Er sprach nie darüber, was er in dieser Zeit erlebt hatte. Genau genommen sprach er generell kaum ein Wort.

Waren die Erinnerungen so schrecklich, dass er sie verdrängte?

Nun gut, wenigstens kümmerte er sich um seine Gesundheit und ließ sich untersuchen. Wer weiß, welche Dummheiten er als Obdachloser begangen hatte. Lucy traute sich nicht zu fragen, suchte seine Arme aber manchmal unauffällig nach Einstichstellen ab. Ihr Freund Mikey nahm Heroin, was deutliche Spuren an seinem Körper hinterließ. Er hatte drei Monate in einem besetzten Haus gewohnt und viele andere abgefahrene Dinge gemacht. Gut vorstellbar, dass John-Michael ein ähnliches Leben geführt hatte, zumindest eine Weile.

Sie wagte einen Vorstoß.

„Hast du mal in einem besetzten Haus gewohnt, JM?“

Er schielte misstrauisch zu ihr hinüber. „Ja, warum fragst du?“

„Ich musste gerade an meinen Freund Mikey denken.“

„Den Junkie?“

„Ja, genau. Mikey lässt sich alle drei Monate auf HIV testen. Angeblich hat er inzwischen gar keine Angst mehr davor.“

„HIV?“ John-Michael verstummte.

„Ist das dein erster Test?"

Kopfschütteln.

„Wie machst du es dann? Lässt du dich nur testen, wenn du ungeschützt warst, oder einmal im Jahr?"

„So ähnlich", antwortete er verschlossen.

„Aber nervös bist du schon?"

Diesmal ließ er sich mit der Antwort Zeit. „Ich finde Bluttests immer heftig. Schließlich …" Er brach ab; es widerstrebte ihm offenbar, darüber zu reden.

„Meinst du nicht, es tut dir gut, darüber zu reden?"

Zögernd sprach er weiter. „Na ja, es ist dieses Endgültige. Du kriegst die Diagnose, und das war's. Das Etikett wirst du im Leben nicht mehr los. Was für eine schreckliche Vorstellung! Nur gut, dass ich sowieso keine Kinder haben will", fügte er abschließend hinzu und lenkte den Wagen ins Parkhaus der Ambulanzpraxis.

Lucy grübelte über seine Worte nach. Warum Kinder? HIV konnte doch nur von der Mutter auf das Baby übertragen werden. Wusste John-Michael das etwa nicht?

Während John-Michael untersucht wurde, blätterte Lucy im Wartezimmer eine Broschüre zum Thema *HIV und Aids – Die Fakten* durch. Darin stand nichts, was John-Michaels Bemerkung zum Thema Kinder erklärte. Im Gegenteil: In der Broschüre stand ganz klar, dass Männer das Virus nur äußerst selten durch Geschlechtsverkehr an das Ungeborene weitergaben. Warum war er dann so besorgt?

Zehn Minuten später tauchte John-Michael mit versteinerter Miene wieder auf, ein Rezept in der Hand.

„Und?", fragte Lucy.

„Und was?"

„Und – hast du HIV?"

„Ach so. Nein, habe ich nicht."

„Freust du dich nicht?" Lucy lächelte, erntete aber nur ein gequältes Schnaufen. „Klar, denke schon." Damit machte er auf dem Absatz kehrt und marschierte hinaus. Lucy trottete ihm verdutzt nach.

„Ich versteh das nicht ganz. Auf der Fahrt hierher warst du total nervös, und jetzt freust du dich gar nicht", keuchte Lucy, als sie ihn eingeholt hatte.

John-Michael drückte auf den Knopf der Funkfernbedienung. Der Benz blinkte. „Ich freue mich ja. In Ordnung?"

„Klar, John-Michael, wenn du meinst …"

Er antwortete nicht, sondern setzte sich wortlos hinters Steuer. Seine Bewegungen waren fahrig, und er wirkte keineswegs erleichtert. Im Gegenteil. Er sah aus, als habe er gerade eine schlechte Nachricht bekommen.

LUCY

1. Stock – Montag, 20. April

John-Michaels Bluttest lag drei Tage zurück, aber noch immer zeigte er keine Spur von Freude oder Erleichterung.

Lucy hatte ihn ein paarmal darauf ansprechen wollen, aber er verschloss sich noch mehr als sonst. Nicht einmal aufs Backen schien er Lust zu haben, was den Hausbewohnern eine weitere Ladung kalorienreicher Versuchungen ersparte.

Irgendwas stimmte nicht mit John-Michael. Seit dem Besuch der Polizistin verhielt er sich seltsam. Niemand wusste, worum es in dem Gespräch gegangen war. Candace hatte zwar versucht, im ersten Stock zu lauschen, aber die beiden hatten zu leise gesprochen, als dass sie etwas hätte verstehen können. Sie hatte nur bestätigt, dass es um den Tod von John-Michaels Vater gegangen war und es diesbezüglich Neuigkeiten gegeben hatte.

Am Wochenende danach hatte sich John-Michael einfach ins Auto gesetzt und war losgefahren. Den ganzen Sonntag über blieb er spurlos verschwunden und kam erst gegen zwei Uhr nachts nach Hause. Maya hatte sich an die Uhrzeit erinnert, weil sie angeblich nicht besonders tief schlief und ihn kommen gehört hatte.

Als Lucy eine Bemerkung darüber fallen ließ, dass Maya wohl nichts entging, ruderte sie sofort zurück. „Habe ich zwei Uhr gesagt? Vielleicht täusche ich mich auch. Ich hab auf die Uhr geschaut und eine Zwei gesehen, mehr weiß ich nicht. Kann auch zwölf Uhr gewesen sein. Keine Ahnung."

John-Michael verließ normalerweise selten das Haus, außer für den Unterricht oder zum Einkaufen. Ab und zu ging er alleine am Strand spazieren, aber den ganzen Tag war er noch nie weg gewesen – bis die Polizistin aufgetaucht war.

Es musste also einen Zusammenhang geben. Aber welchen? Was hatte ihn so in Aufruhr versetzt, dass er eine Woche später

Hals über Kopf mit Paolo und Grace nach San Francisco abgehauen war?

Direkt danach ließ er den Bluttest machen.

Gab es eine Verbindung zwischen dem Tod seines Vaters und dem HIV-Test? War sein Vater etwa an Aids gestorben?

John-Michael hasste seinen Alten, seinetwegen war er zu Hause rausgeflogen und auf der Straße gelandet. Und jetzt befürchtete er, infiziert zu sein. Nur warum? Lucy fiel nur ein Grund ein, aber der war so schrecklich, dass sie nicht daran denken wollte. Oh Gott, bitte nicht. Das konnte nicht stimmen, oder? Ihr wurde ganz schlecht bei dem Gedanken. Der arme John-Michael! Hoffentlich täuschte sie sich.

Lucy beschloss, einen neuen Anlauf zu wagen und mit ihm zu reden. Sie legte sich die Worte genau zurecht, bevor sie an seine Tür klopfte. Mit so einer Frage konnte man nicht einfach so herausplatzen. Einer ihrer Freunde, Luisito, war als Kind von seinem Onkel missbraucht worden und von zu Hause abgehauen, weil er es nicht über sich brachte, es seinen Eltern zu erzählen. Er konnte nur darüber reden, wenn er betrunken war, und sogar dann fiel es ihm schwer. Er sah dann immer unendlich traurig aus.

Lucy öffnete vorsichtig die Tür zu John-Michaels Zimmer. Er saß mit überkreuzten Beinen auf dem Bett und starrte ganz versunken die knallgrüne Fender Stratocoaster auf seinem Schoß an. Ihn mit seiner E-Gitarre zu sehen weckte so viele schöne Erinnerungen in Lucy, dass sie für einen Moment vergaß, warum sie gekommen war.

„Hey, JM. Spielst du etwa wieder?"

„Ich frage mich gerade, ob ich es noch kann."

Lucy lehnte sich an den Türpfosten und verschränkte die Arme. „Wenn du sie beim Umzug extra mitgebracht hast, dann, um zu spielen. Und klar weißt du noch, wie's geht!"

John-Michael legte die Finger auf den Bund und bewegte sie sacht auf und ab. Die Muskeln an seinem Hals traten vor lauter

Anspannung hervor. Es war einer der seltenen Momente, in denen er sich verletzlich und schutzlos gab.

Lucy witterte ihre Chance. Sie setzte sich neben ihn auf die Bettkante und schaute ihn an, doch er wich ihrem Blick aus.

Also wechselte Lucy die Strategie. „Warum kommst du nicht mit und übst mit mir und der Band?"

„Ich weiß nicht."

„Komm schon. Bailey bringt ständig seine Freundin mit."

Er wandte den Blick ab. „Nein, lieber nicht."

„Willst du lieber hier rumhocken?"

„Ja."

„Spaß beiseite, Alter. Ich fände es cool, wenn du mitkommst!"

„Ich bin nicht in der Stimmung."

Lucy seufzte. „Na schön, wie du willst."

Frustriert verließ sie das Zimmer. Wie sollte sie dieses sensible Thema nur ansprechen? Streng genommen ging es sie ja nichts an. Was auch immer zwischen John-Michael und seinem Vater vorgefallen war, gehörte der Vergangenheit an. Vielleicht sollte sie das Ganze lieber auf sich beruhen lassen.

Lucy nahm sich ein Taxi und fuhr nach Inglewood zur Bandprobe. Inglewood war eine dicht bebaute Wohngegend mit vielen schwarzen und lateinamerikanischen Familien. Ruben wohnte dort, und Lucy liebte das bunte Leben dieses Viertels. Venice Beach war dagegen eben doch ziemlich brav und bürgerlich.

Auf der Autobahn herrschte dichter Verkehr, und Lucy kam zu spät zur Probe, was auf wenig Gegenliebe stieß. Bailey nuschelte irgendetwas Unverständliches in seinen Bart, was wie „faule …" klang.

„Was hast du gesagt?", fragte Lucy wütend.

Bailey lächelte verschlagen und sagte ins Mikrofon: „Hallo, Lucy, schön, dass du es einrichten konntest."

Lucy warf einen prüfenden Blick in die Runde: Ruben brachte gerade seinen Stuhl in die richtige Position und Tommy stimmte den Bass. Entweder hatten sie Baileys Beleidigung nicht gehört oder sie ließen sich nur nichts anmerken. Egal, sie hatte von Anfang an gewusst, worauf sie sich einließ.

Also los, dann zeig, was du draufhast, Bürschchen, dachte Lucy im Stillen. *Da bin ich schon mit ganz anderen Kalibern als dir fertig geworden!*

Sie probten volle zwei Stunden, in denen sie kaum ein Wort wechselten. Lucy musste vier neue Songs lernen, zwei davon aus Rubens und Tommys Feder, zwei von Green Day. Mitten in der Probe tauchte Baileys Freundin auf, ein dürrer Barbietyp mit Lederjacke und Minirock. Sie setzte sich wortlos hin, zog ihr Smartphone heraus und tippte darauf herum; die Band widmete sie keines Blickes. Lucy handhabte es genauso und ignorierte sie geflissentlich.

Am Ende der Probe spielten sie die neuen Songs fast perfekt, aber Ruben bestand auf mindestens zwei weiteren Proben vor dem Live-Auftritt. Tommy versuchte, ihn umzustimmen. „Vergiss die Proben, wir müssen das live spielen, damit es richtig knallt!"

Ruben explodierte regelrecht. „Auf keinen Fall! Denk doch mal an unseren Ruf. Mundpropaganda ist das Wichtigste! Ich geh da nicht raus und spiel so lala. Willst du, dass die Leute sagen ‚Ach ja, ich hab diese neue Band Dingsbums gesehen, die sind ganz okay, kann man sich anhören'? *Vergiss* es! Wenn wir da rausgehen, dann rocken wir die Bühne. Und zwar gleich beim ersten Mal. Wir müssen die Leute umhauen! Nur, wenn alle über uns reden, werden wir bekannt."

Lucy musste unwillkürlich lächeln. Sie fand Rubens Begeisterung ansteckend. Er schaute nach vorne, wollte etwas bewegen. Ganz im Gegensatz zu diesem Idioten Bailey, auf den Candaces Lieblingsschimpfwort „Heulsuse" ziemlich gut passte.

„Heißen wir jetzt so?", fragte Lucy.

„Wie?"

„Dingsbums."

„Vielleicht.“ Ruben zuckte die Achseln.

Bailey schaute ihn ungläubig an. „Du machst Witze, oder?“

„Mir gefällt’s“, erwiderte Tommy. „Ja, genau, Dingsbums!“

Bailey warf Lucy einen hasserfüllten Blick zu und stiefelte wortlos zu seiner Freundin hinüber, die immer noch in ihr Handy vertieft war.

„Beachte ihn einfach gar nicht“, grinste Ruben.

„Sowieso nicht.“

„Typisch Frontmann. Was will man da machen?“

„Eben.“

„Aber dein Gitarrensolo war echt der Wahnsinn.“

„Danke, Mann. Deins aber auch“, grinste Lucy.

Ruben schien noch etwas sagen zu wollen, brach aber ab, als jemand das Studio betrat. Es war John-Michael.

„Hey, Lucy, hab ich’s schon verpasst? Scheiße, tut mir leid.“ Er eilte auf sie zu und fasste sie am Ellbogen. „Mir ist zu spät eingefallen, dass ich dich fahren könnte. Entschuldige, Lucy.“

„Kein Problem, ich hab ein Taxi genommen.“

„Warum hast du mich nicht gefragt, ob ich dich fahren kann?“

„Da musst du schon selber draufkommen“, antwortete Lucy. „Aber hey, es ist alles gut.“

„Bringt er dich nach Hause?“ Ruben musterte John-Michael von oben bis unten. „Hallo, ich bin Ruben.“

John-Michael nickte ihm zu. „Ja, ich bin der Chauffeur.“

Bailey starrte mit einem feindseligen Blick zu ihnen hinüber. Was war nur mit dem Typen los, war er nicht nur sexistisch und rassistisch, sondern auch ein Schwulenhasser? Oder konnte er ihre Freunde einfach von Haus aus nicht leiden? Idiot!

Der Verkehr war noch genauso schlimm wie auf dem Herweg, sodass sie nur langsam vorankamen. John-Michael hatte das Verdeck geschlossen und das Headset in sein Handy gestöpselt. Mitten auf der Fahrt bekam er einen Anruf. Bevor er ihn mit zitternden Fingern entgegennahm, schaute er erst aufs Display nach der Nummer.

Er sprach kaum etwas und hörte stumm zu, was der Anrufer ihm sagte. Nachdem er sich mit einem knappen „Danke“ verabschiedet hatte, ließ er das Handy in seinen Schoß fallen und blickte benommen auf die Straße. Der Verkehr war inzwischen vollständig zum Erliegen gekommen.

„John-Michael?“

Keine Antwort.

„John-Michael!“

Keine Reaktion. Er schien einen stillen Kampf auszufechten, bis sich die Anspannung schließlich in einem lauten Schluchzen Bahn brach.

Was sollte sie tun? Lucy traute sich nicht, ihn zu berühren, solange er am Steuer saß. Tränen rollten ihm über die Wangen, und er wischte sie gedankenverloren mit dem Ärmel ab. Nach einer schieren Ewigkeit drehte er den Kopf und sah Lucy an. Er lächelte unter Tränen.

„Es ist alles okay, Lucy. Ich bin völlig wach und klar!“

ARIANA telefoniert mit LUCY

Dienstag, 21. April

„Was ist los, Süße? Du klingst so distanziert."

„Es gibt gleich ein großes Abendessen, wir haben was zu feiern", antwortete Lucy kühl.

Ariana blieb ruhig und freundlich, um Lucy bei der Stange zu halten. Diese Information war wichtig. „Wir?"

„Die Hausbewohner. John-Michael hat gute Nachrichten bekommen und für uns gekocht. Alle haben sich schick gemacht. Ich muss auflegen."

„Du hast dich schick gemacht? Das ist ja mal was Neues. Trägst du etwa ein Kleid?"

„Volltreffer."

„Süße, mach ein Foto und schick es deiner alten Freundin Ariana."

„Später vielleicht. Tut mir leid, ich muss jetzt runter. Es gibt Dorade und irgend so einen abartig geilen französischen Erdbeerkuchen zum Nachtisch. Mit Wein und allem Drum und Dran."

„Wein! Der Typ hat's ja echt drauf. Was hat er denn zu feiern?"

„Ach, irgendeine Blutuntersuchung. Ist wohl gut ausgefallen."

Sie versuchte, unbeteiligt zu klingen, doch darauf fiel Ariana nicht herein. Lucy spielte es absichtlich herunter. „Der Arme. Hat er es zu wild getrieben oder wie?"

Schweigen, dann: „Ariana, die rufen schon. Ich muss Schluss machen!"

„Es freut mich echt, dass du dich mit den anderen so gut verstehst. Deine Eltern fehlen dir gar nicht, oder?"

„Ich schreibe meiner Mom ständig SMS, so wie die anderen auch. Bis auf John-Michael, seine Mutter ist ja tot."

„Der arme Kerl. Hast du nicht erzählt, dass sein Vater gestorben ist?"

„Ja, hat sich umgebracht …“ Lucy seufzte.

„Ach so! Deshalb waren die Bullen bei euch.“

„Kann sein.“

„Jetzt kennst du wenigstens sein Geheimnis.“

„Welches Geheimnis?“

„Als wir das letzte Mal telefoniert haben, hast du doch von einem Geheimnis gesprochen“, erklärte Ariana. „Da ging es bestimmt schon um den Bluttest.“

„Ach so, ja. Vielleicht.“

„Okay, Lucy, dann hab einen wunderbaren Abend mit deinen Freunden. Wir sprechen ein andermal.“

GRACE

Küche – Dienstag, 21. April

„Wow! Was soll ich sagen, einfach umwerfend!" Lucy klatschte Applaus, als Maya eine kleine Pirouette drehte, um ihr Kleid vorzuführen. Zum ersten Mal seit ihrem Einzug trug sie eines.

Candace zog die Augenbrauen nach oben. „Auf dich müssen wir gut aufpassen."

Maya wurde rot, wahrscheinlich war sie so viel Aufmerksamkeit nicht gewohnt. Grace kannte das Gefühl, sie wäre an Mayas Stelle ebenso rot geworden. Immer wenn sie Komplimente wegen ihrer kristallblauen Augen bekam, war ihr das furchtbar peinlich. Ganz anders Candace, die sich in der Aufmerksamkeit anderer genüsslich sonnte.

Außer Lucy sagte niemand etwas zu dem Kleid, aber Paolo verschlang die sexy Version von Maya geradezu mit den Augen, während Grace und John-Michael sich mit einem anerkennenden Nicken begnügten.

„Wo hast du diese Kurven bisher bloß versteckt?", fragte Candace süffisant.

„Unter meinen Jeans", antwortete Maya knapp.

„Das muss ich dir neidlos anerkennen, du kleiner Computerfreak: Du siehst echt heiß aus!"

Der Esstisch war wunderschön dekoriert. John-Michael hatte die Servietten zu kleinen Schwänen gefaltet und Weingläser aufgedeckt. In der Mitte des Tisches standen drei Leuchter mit blutroten Kerzen, die stimmungsvolles Licht verbreiteten.

„Der Tisch sieht wunderschön aus, John-Michael", sagte Grace. „Hast du das alles alleine gemacht?"

„Ich wollte, dass es perfekt aussieht", sagte er verlegen.

„Es ist perfekt! Und ihr seht alle toll aus."

„Tja, wir sind halt legendär, meine Liebe", erwiderte Candace nach einem Schluck aus ihrem Weinglas. „Aber jetzt lasst uns essen! Ich hab morgen früh eine Matheprüfung!"

Das ließ sich John-Michael nicht zweimal sagen. Er ging vom einen zum anderen und verteilte gebratenen Fisch; dazu servierte er marokkanischen Couscous-Salat mit gerösteter Paprika und Weißwein. Er bewegte sich völlig sicher und professionell wie der Ober in einem feinen Restaurant.

„Ich hab mal in einem Kongresszentrum gekellnert", erklärte er, als Paolo nachfragte.

„Als du ein Jahr Auszeit genommen hast?", fragte Paolo.

„Auszeit?" John-Michael lachte. „Das klingt so glamourös. Ich war fast das ganze Jahr obdachlos und habe jeden Job angenommen, den ich kriegen konnte. Das mit dem Kellnern war gegen Ende, hab den Job über einen Bekannten gekriegt, der in dem Hotel gearbeitet hat. Ich hab dort bis kurz nach dem Tod meines Vaters gearbeitet."

„Das muss schlimm gewesen sein", sagte Grace leise. Sie hatte bisher noch nicht viel mit John-Michael zu tun gehabt. Er wirkte immer freundlich, aber was unter der Oberfläche vor sich ging, konnte sie schwer einschätzen. Er war jedenfalls erstaunlich ruhig für einen attraktiven Kerl seines Alters. Statt die ganze Nacht Party zu machen und auszugehen, blieb er meistens zu Hause und schaute fern, backte oder machte Hausaufgaben. Heute hörte sie ihn zum ersten Mal über das geheimnisvolle Jahr sprechen.

„Es ist schon ein Haufen Mist passiert, wenn ich ehrlich bin", sagte John-Michael.

„Bist du mal überfallen worden?", fragte Paolo mit vollem Mund.

„Ein paarmal."

„Vergewaltigt?"

John-Michael schlug die Augen nieder. „Fast. Am Strand unten. Aber zum Glück waren die so zugedröhnt mit Crystal, dass ich abhauen konnte."

„Krass."

„Das war nicht gerade schön."

Paolo schien seine Fragestunde fortsetzen zu wollen. „Und Drogen, was war damit?"

„Gras, Koks, so was halt."

„Und gespritzt?"

John-Michael ließ sich von Paolos Fragen nicht aus der Ruhe bringen. Entweder hatte er seinen Frieden mit diesen Erlebnissen gemacht oder er hatte noch viel Schlimmeres erlebt.

„Vor harten Sachen habe ich eine Höllenangst", erklärte er kopfschüttelnd. Jetzt schien er doch langsam genug zu haben und blickte Hilfe suchend zu Maya hinüber. „Wie läuft es bei dir?", fragte er.

„Ich arbeite immer noch an meiner App."

„Eine App?"

Maya lächelte verschämt, doch bevor sie antworten konnte, fiel ihr Candace ins Wort. „Hey, Lucy, hast du eigentlich was am Laufen mit einem aus deiner Rockband?"

Lucys Antwort troff vor Sarkasmus. „Nein, junge Dame, ich habe mit niemandem *was laufen*."

„Dachte ich mir. Und wie steht's bei den anderen? Hat irgendwer Sex?"

„Das wird ja noch ein lustiger Abend", bemerkte Paolo grinsend und zwinkerte Maya zu.

Sie reagierte nicht auf seine Anspielung, sondern entgegnete unschuldig: „Was meinst du?"

„Vielleicht seid ihr ja alle Jungfrauen", sagte Candace. Es wurde still, bis Paolo lachte.

„Was ist so lustig?", insistierte Maya.

„Ach, nichts", grinste Paolo. „Ich hab zu viel Wein getrunken. Jungfrauen, genau, so wird es sein."

„Ich habe meine Unschuld mit fünfzehn verloren", bemerkte Candace. „Grace mit sechzehn – ganz knapp."

Grace seufzte und leerte ihr Glas in einem Zug. „Danke,

Schwesterherz, dass ich mir jetzt um meine intimsten Geheimnisse keine Gedanken mehr machen muss."

Candace knallte ihr Weinglas auf den Tisch. „Ach komm schon. Wir sind doch Freunde, oder? Paolo, wie alt warst du? Bestimmt noch jung, so heiß, wie du bist."

Die Frage schien Paolo peinlich zu sein. „Ich war vierzehn", räumte er ein. „Bin nicht sonderlich stolz drauf. Mit meiner Babysitterin."

Candace lachte schallend. „Du Luder!"

„Ich weiß."

„Flittchen!"

„Schon gut, es reicht." Paolo lenkte ab, indem er auf John-Michael zeigte. „Wie steht's mit dir, wann hast du dein erstes schwules Erlebnis gehabt?"

John-Michael ließ sich mit der Antwort Zeit. „Mit sechzehn. Ein Kerl aus meiner Schule. Wir hatten zusammen Bio und Chemie."

„Der Klassiker. Feuer fangen über dem Bunsenbrenner. Und wer hat den ersten Schritt gemacht?"

„Ich. Er war einfach umwerfend. Tito hieß er, kam aus Costa Rica. Ich steh total auf Latinos", gestand er mit einem Seitenblick auf Maya. „Die honigfarbene Haut, die dunklen Augen, der Akzent …"

„Und", fragte Candace, „wie weit seid ihr gegangen?"

„Hat dir deine Mama das nicht beigebracht?", erwiderte John-Michael schelmisch. „Ein Gentleman genießt und schweigt."

Grace fand die ganze Fragerei langsam peinlich. Die Jungs schienen keine große Lust zu haben, darüber zu reden. In einer reinen Männerrunde vielleicht, aber Candaces spöttischer Ton verdarb irgendwie die Stimmung.

„Hättest du nicht bei Tito wohnen können, nachdem dein Dad dich rausgeworfen hat?", mischte sie sich darum schnell ein.

„Seine Familie durfte nicht erfahren, dass er schwul war. Außer mir wusste das keiner. Ich war so blöd, es meinem Dad zu beichten."

„Das war bestimmt nicht einfach."

Wieder war es Candace, die das Gespräch auf das Thema Sex lenkte. „Was ist mit dir, Lucy", sagte sie. „Sag mir deine Zahl!"

„Mit wie vielen Jungs ich geschlafen habe?" Sie lächelte geheimnisvoll. „Süße, glaubst du wirklich, dass ich dir das auf die Nase binde?"

„Nur wenn du blankziehst, Candace", warf John-Michael grinsend ein.

„Da bin ich dabei", entgegnete Candace. „Meine Zahl ist leicht zu merken: Zwei. Einer ätzender als der andere."

„Wer ist hier ätzend? Die beiden oder du, weil du sie rangelassen hast?", fragte Grace. „Gut, ich bin auch dabei. Meine Zahl ist die Eins. Und er war echt süß, ich mochte ihn wirklich."

„Was ist schiefgelaufen bei euch?", wollte Maya wissen.

„Ach, das Übliche. Besitzansprüche, Klammern, Rumheulen."

„Stimmt, du warst wirklich unnötig gemein zu ihm", sagte Candace.

„Na gut, gehen wir davon aus, dass Maya aufgrund ihres zarten Alters eine Null hat …", behauptete Paolo.

„He!", protestierte Maya. „Ich bin nur ein Jahr jünger als du!"

„Stimmt es denn nicht?"

Sie zuckte die Achseln „Ähm … na gut, du hast recht. Ich bin ein braves katholisches Mädchen."

„Okay, ich bin also die Zwei", sagte Candace. „Grace die Eins, Lucy verrät nichts und John-Michael – wie viele Jungs hast du schon … nun ja, beglückt?"

„Ein paar."

„Genauer!", rief Grace.

„Zwanzig vielleicht? Ich weiß nicht mehr genau."

Paolo überwand den Schreck als Erster. „Du Schlitzohr!"

„Ich weiß", alberte John-Michael, „ich bin ein ganz schlimmer Lümmel."

Wieder lachte Candace lauthals; sie griff nach der Weinflasche und schenkte ihr Glas bis oben hin voll. Grace rechnete nach, es musste das dritte Glas sein, kein Wunder, dass sie so drauf war. Und es wurde nicht besser. „Was ist mit dir, Tiger?", fragte sie Paolo mit leichtem Zungenschlag.

Bei dem Wort „Tiger" zuckte Grace zusammen. Sie schämte sich ohne den Hinweis auf Paolos Schlag bei Frauen schon genug dafür, dass sie in ihn verknallt war. „Hör endlich auf damit, Candace!"

Überrascht drehte sich ihre Stiefschwester zu ihr um. „Jetzt lass mich! Wo es endlich mal interessant wird mit den Langweilern hier."

„Vielleicht wollen sie aber nicht darüber sprechen."

„Außerdem haben nicht alle etwas dazu beizutragen", fügte Maya hinzu. „Das ist ziemlich einseitig."

„Wie hat John-Michael so schön gesagt?" Paolo hob grinsend sein Glas. „Ein Gentleman genießt und schweigt."

„Ach ja? Du bist aber kein Gentleman, würde ich behaupten", entgegnete Candace feixend. „Auf der Straße erzählt man sich, dass du ein ganz schlimmer Finger bist, Meister."

Gelächter in der Runde. Paolo grinste. „Glaubst du etwa alles, was man dir erzählt?"

„Ha, ha!" Jetzt hob auch Candace ihr Glas. „Also, jetzt wissen wir über alle Bescheid – außer über Lucy. Auf Lucy und dass sie ihre Zahl verrät!"

Der ganze Tisch johlte und pfiff, doch Lucy schüttelte bloß müde den Kopf. „Was für ein Haufen sexbesessener Kindsköpfe."

„Erwischt!", rief Paolo. „Also, Lucy, lass hören!"

„Jetzt kommt schon, Leute. Nicht jeder redet da gerne drüber", sagte Grace.

Candace streckte ihr die Zunge raus. „Mein Gott, sei doch nicht so verklemmt!“

„Machst du jetzt einen Riesenwitz draus, bloß weil du keinen Spaß dabei hattest?“, schoss Grace zurück.

Candaces zynisches Lachen erinnerte Grace an ihre Mutter Katelyn. „Kann ich doch nichts dafür, wenn du darüber nicht lachen kannst …“

„Ich erzähl’s euch ja. Bin ja schließlich nicht das einzige Plappermaul hier …“, seufzte Lucy.

Wieder johlten und pfiffen die anderen. „Was zählt alles?“, fragte Lucy. „Rummachen oder reinstecken?“

„Reinstecken!“, jauchzte Candace.

„Okay, in dem Fall …“ Sie machte eine Pause, um die Spannung zu erhöhen. „Ist meine Nummer … null!“

Die anderen rissen ungläubig die Augen auf, nur Maya gab ihr grinsend High Five. „Yeah, Baby, wir Jungfrauen rocken!“

Lucy klatschte Maya ab und schaute triumphierend in die Runde. Candace und John-Michael klatschten johlend, Paolo starrte schweigend zu Lucy hinüber. Er wirkte wie hypnotisiert. Grace wusste nicht, ob ihr Geständnis ihn an- oder abturnte, aber sein Blick machte sie schier rasend vor Eifersucht.

LUCY

2. Stock – Dienstag, 21. April

„Candace und ich gehen hoch, ein paar Züge von der Bong nehmen. Kommst du mit, Grace?“, fragte Lucy.

Grace zögerte, stieg dann aber hinter den beiden die Stufen hoch. „Meinst du, das ist eine gute Idee? Bei dem ganzen Essen, das wir übrig haben, kriegen wir nur wieder einen Fressflash.“

Maya drückte sich unten am Treppenabsatz herum und blickte ihnen erwartungsvoll nach. Wahrscheinlich hoffte sie darauf, von den älteren Mädchen eingeladen zu werden. Als das nicht passierte, ergriff sie die Initiative und tippte Grace auf die Schulter. Obwohl sie flüsterte, konnte Lucy verstehen, was sie sagte. „Kann ich mit dir sprechen? Es geht um das, was wir neulich besprochen haben.“

„Ach das. Ja, klar.“

Damit verschwanden die beiden Mädchen in ihrem Zimmer.

„Grace steht nicht besonders auf Drogen“, erklärte Candace. „Ohne mich hätte sie es wahrscheinlich nie probiert.“

„Sag bloß, du hast einen schlechten Einfluss auf sie?“, sagte Lucy mit einem Augenzwinkern.

„Nicht nur das: Ich bin eine schlechte Schwester, eine schlechte Schülerin *und* ein schlechter Mensch!“

„Ach ja?“ Lucy grinste breit. „Das gefällt mir.“

Die beiden Mädchen setzten sich auf Lucys Bett. Lucy übernahm die Reinigung der Bong und stopfte sie aus dem kleinen Vorrat, den sie in einer Papiertüte unter der Matratze versteckte.

„Wahrscheinlich keine gute Idee, das Ganze.“

Candace schüttelte den Kopf. „Nope.“

„Du hast doch morgen einen Mathetest.“

„Algebra“, sagte Candace nickend.

„Du, ich und ein Rätsel“, alberte Lucy. „Bitte lösen Sie nach X auf.“

„Was für ein Rätsel?“

„Machst du Witze?“, fragte Lucy. „Ich spreche von John-Michael.“

„Und?“

„Der Bluttest? Eine Party, weil das Resultat negativ ist? Er weiß doch schon seit zwei oder drei Tagen, dass er kein HIV hat.“

„Schon, aber mir hat er gesagt, dass er noch auf ein paar andere Testresultate wartet.“

„Ja, hab ich gehört, aber die Fakten liegen doch ein wenig anders.“

„Welche Fakten?“

Lucy senkte die Bong. „Hör zu. Unser lieber John-Michael kriegt Besuch von einer Kommissarin. Er tickt aus und haut mit seinem Auto ab, bleibt den ganzen Tag weg. Keiner weiß, wo er steckt. Ein paar Tage später fährt er einfach mal so nach San Francisco.“

„Er hat Grace nach San Quentin gefahren.“

„Schon klar, ich hab ja auch nicht behauptet, dass es keinen Grund gab. Aber irgendwas ist anders. Außer zur Schule ist er bisher noch nirgendwo hingefahren.“

„Sein Vater ist gerade erst gestorben, Lucy. Er war bestimmt traurig.“

„Er hat den Alten gehasst! Der war total homophob. Hat John-Michael rausgeworfen, nur weil er schwul ist!“

Candace seufzte ungeduldig. „Ja, buhu, der Arme. Worauf willst du hinaus?“

„Er hat angedeutet, dass er Angst hat, seine Kinder anzustecken.“

„Will er denn welche?“

„Das ist es ja“, antwortete Lucy. „Er ist froh, dass er keine will, damit er sie nicht ansteckt.“

„Vielleicht meint er das schwule Gen?“

„Es gibt kein Gen, das schwul macht“, entgegnete Lucy streng.

„Sondern?“

„Männer stecken ihre Kinder nur sehr selten mit HIV an", zitierte Lucy aus dem Flyer, den sie in der Arztpraxis gelesen hatte. „Das kann es also nicht gewesen sein."

„Hat er das denn behauptet?"

„Nein. Wenn ich darüber nachdenke, dann habe ich HIV erwähnt, nicht er."

„Weißt du denn, ob er sich überhaupt darauf hat testen lassen?"

Lucy schwieg nachdenklich. „Echt gerissen", sagte sie leise.

„Angeboren", sagte Candace augenzwinkernd.

„Nicht du, ich meine John-Michael."

„Häh?"

Lucy fischte ihr Feuerzeug aus der Hosentasche. „Er hat mich in dem Glauben gelassen, dass er sich auf HIV testen lässt. Wahrscheinlich ging es nicht mal um eine sexuell übertragbare Krankheit."

„Um was dann?"

„Was auch immer es ist, er wollte jedenfalls nicht, dass ich es erfahre."

„Was könnte denn noch schlimmer sein als Aids?"

„Krebs zum Beispiel", erwiderte Lucy. „Leukämie."

„Das wäre echt eine harte Nummer, Krebs in unserem Alter!"

„Aber Krebs kann es nicht sein."

„Warum nicht?", fragte Candace stirnrunzelnd.

„Mann, hörst du in Bio eigentlich nie zu?"

„Nein, das weißt du doch. Schlechte Schülerin, schon vergessen?"

„Krebs ist nicht übertragbar."

„Bist du sicher? Keine der Krebsarten?"

Lucy dachte nach.

„Vielleicht gibt es eine Krebsart, die erblich ist", spann Candace den Gedanken weiter. „Und John-Michael hat einen DNS-Test machen lassen."

Lucy zückte ihr Smartphone. Erblicher Krebs? Das wäre ihr

neu. Krebs bekam man doch davon, dass man zu viel rauchte, trank und ungesundes Zeug aß. Von Schadstoffen in der Umwelt, aber nicht von den Genen. Hastig tippte sie das Schlagwort in die Suchmaschine ihres Browsers. „Mich trifft der Schlag! Krebs ist tatsächlich übertragbar, und zwar alle möglichen Arten."

„Wirklich?" Candace klang überrascht, so als hätte sie an ihre Theorie selbst nicht geglaubt.

„Ja, zumindest kann man ein erhöhtes Risiko vererben. Das Gen allein bedeutet allerdings noch nicht, dass man wirklich krank wird."

„Trotzdem möchte ich das nicht in meiner DNS haben."

„Ich auch nicht. Aber irgendwas fehlt noch."

„Was meinst du?"

„John-Michael schien echt eine Riesenangst zu haben. So als würde er definitiv krank werden, wenn der Test positiv ausfällt. Deshalb habe ich an HIV gedacht. Ist ja naheliegend, wenn einer Drogen nimmt oder ungeschützten Sex hat."

„Hm, jedenfalls war er schon mit 'nem Haufen Männer zusammen."

„Ja, aber er hat doch gesagt – erinnerst du dich? –, dass er nie was gespritzt hat. Wissen wir denn, ob er wirklich Sex hatte?"

„Stimmt, aber von Oralsex kriegt man auch HIV."

Lucy zündete die Bong an und nahm einen tiefen Zug. Ihre Augen wurden glasig. „Vielleicht, aber das ist unwahrscheinlich. HIV war es nicht, Candace. Es scheint nichts mit dem zu tun haben, was er gemacht hat, sondern mit dem, was sein Dad gemacht hat."

Selig grinsend reichte sie die Bong an Candace weiter, die nur einen kurzen Zug nahm und grübelnd die Stirn krauste. „Sein Dad? Wie kommst du darauf?"

„Weil diese Polizistin das Ganze ins Rollen gebracht hat. Da bin ich sicher. Sie hat irgendwas gesagt, das ihn völlig verstört hat. Ab da fing das mit der Angst an, krank zu sein. Vielleicht …

vielleicht ist er mit dem Auto rumgefahren, um den Kopf klar zu kriegen. Vielleicht konnte er es nicht länger hinausschieben, also hat er den Test machen lassen."

Candace zog ein zweites Mal an der Bong, diesmal länger. Lucys Theorie klang durchaus plausibel, denn John-Michael schien tatsächlich etwas zu verbergen. Andererseits, was spielte es für eine Rolle? Ihre Gedanken wanderten bereits zu den Resten dieser göttlichen Erdbeertorte unten im Kühlschrank. Schläfrig murmelte sie: „Auf jeden Fall schön, dass er gesund ist."

„Mhm."

„Ich hole mir was von dem Kuchen. Willst du auch was?"

1. Stock – Dienstag, 12. April

„Ich hab Mom von meinen Legasthenie-Problemen erzählt, und sie hat vorgeschlagen, dass ich Nachhilfe nehme."

Grace schien einen Moment zu brauchen, um sich nach der alkoholschwangeren Diskussion über Sex auf dieses angstbesetzte Thema einzustellen.

„Ja und?" Sie wedelte mit der Hand durch die Luft. „Dann nimm Nachhilfe, und das war's."

„Aber ich hab keine Zeit dafür, Gracie."

„Wegen deiner Programmiererei?"

„Wegen meiner App, genau."

„Ich dachte, du wärst inzwischen fertig damit", sagte Grace.

„Mit so was ist man nie fertig", antwortete Maya. „Ich hab nur die Erstversion veröffentlicht, und die muss ständig überarbeitet und verbessert werden, weil sich die Software immer ändert. Wenn man da nicht mitzieht, kann man es gleich vergessen."

„Hast du das deiner Mom erklärt?"

„Tickst du noch ganz sauber? Natürlich nicht. Sie dreht durch, wenn sie den Eindruck hat, dass die Lernerei darunter leidet."

Grace dachte nach. „Wo wohnt deine Mom eigentlich im Moment?"

„Wieder in Mexico City bei meinem Vater. Sie … ähm … sie kommt mich in ein paar Monaten besuchen. Blöderweise muss sie immer eine Weile außer Landes, bevor sie wieder einreisen darf. Trotz des Touristenvisums. Aber wenn sie kommt, fahren wir zusammen nach Disneyland. Wir haben so lange hier gewohnt und waren trotzdem nie dort. Unglaublich, oder?"

„Deine Mutter hofft, dass du den amerikanischen Traum für sie lebst, stimmt's?", fragte Grace.

„Schön wär's. Schließlich würde es doch super zum amerikanischen Traum passen, mit einer selbst geschriebenen App reich zu werden. Aber sie hat ziemlich konservative Vorstellungen."

„Und die wären? Heirat und Kinder?"

„Sie stammt nicht aus der Steinzeit, Grace! Nein, ihr schwebt vor, dass ich einen College-Abschluss mache und einen respektablen Beruf ergreife, am liebsten was mit Medizin oder Jura. Zur Not BWL."

„Hast du denn Bock darauf?"

„Rate mal. BWL könnte mir vielleicht langfristig nützen. Aber eigentlich nicht, nein. Ich will was mit Informatik machen. Das Ganze von Grund auf lernen."

„Ernsthaft? Ist das nicht was für Männer und absolute Nerds?"

Maya lächelte nachsichtig. „Überleg mal, wie gut dann meine Chancen bei der Zulassungsbehörde stehen."

„Stimmt, da kriegst du die volle Punktzahl."

Maya durchwühlte das Bett nach ihrem Schlafanzug, während Grace sich auszog und ihre Klamotten ordentlich zusammenfaltete. Mit einem wohligen Seufzer schlüpfte sie unter die Decke. „Oh Mann. Woran liegt es, dass man von Wein so schnell so saumäßig betrunken wird? Ich hab ja höchstens vier Gläser getrunken, aber ich fürchte, ich habe morgen einen Riesenkater."

„Trink Wasser", riet Maya. „Das hat meine Mutter mir immer geraten. Ein Glas Wasser für jedes Glas Alkohol, das füllt die Flüssigkeitsspeicher."

„Damit ich die ganze Nacht zum Pinkeln rausmuss?"

„Ich wollte dir nur einen Tipp geben, wie du um den Kater herumkommst", sagte Maya achselzuckend.

Grace streckte sich, bis sie mit den Händen am Kopfteil anstieß. „Ich habe gehört, die beste Methode sind Eier mit Speck zum Frühstück. Hauptsache Fett und Eiweiß!"

„Kling gut. Wer zuerst wach ist, kocht für alle."

„Von mir aus. Aber nur, wenn ich als Erste ins Bad kann", antwortete Grace schläfrig.

Maya zog die Decke bis zum Kinn und hing ihren Gedanken nach. Als sie hochgegangen war, hatten Paolo und John-Michael im Wohnzimmer gesessen und sich irgendeinen Horrorfilm angeschaut. Der dauerte sicher noch eine Stunde. Grace schlief und Lucy und Candace rauchten oben eine Bong.

Sie hatte also mindestens eine halbe Stunde Zeit. Mit ihrem Kulturbeutel in der Hand schlüpfte sie aus dem Zimmer. Als sie zurückkam, lag Grace auf der Seite und rührte sich nicht. Maya flüsterte vorsichtshalber ihren Namen und setzte sich dann beruhigt mit ihrem Laptop an den Schreibtisch. Nach dem schönen Abend fühlte sie sich noch schlechter dabei, die anderen Hausbewohner auszuspionieren.

Ihr blieb keine Wahl, sie konnte den Auftrag nicht ablehnen. Zu viel stand auf dem Spiel, selbst jetzt noch nach ihrem Einzug in das Strandhaus. Sie hatte keine Lust, aus diesem Paradies vertrieben zu werden und wieder ganz von vorne anzufangen.

Außerdem ging es hier nicht nur um ihre Zukunft.

Endlose Minuten starrte sie auf den Bildschirm, ehe sie sich durchringen konnte, die ersten Worte zu tippen. Sie hatte ein flaues Gefühl in der Magengrube, so wie jedes Mal. Ihr graute vor sich selbst, das war der Grund.

Lucy scheint es mit der Musik wirklich ernst zu meinen. Spricht über nichts anderes mehr. Kaum Infos zu ihrem Leben vor L.A. Hat John-Michael dazu gebracht, seine Gitarre auszupacken. Die beiden waren vor Jahren befreundet, auf dem Rockcamp, und jetzt will sie ihn zum Spielen motivieren. Ich glaube, sie macht sich Sorgen um ihn. In der Schule kriegt sie öfters Ärger. Die sind ziemlich streng auf der Our Lady. Sie musste schon ein paarmal nachsitzen. Für Grace scheint sie sich gar nicht zu interessieren.

Grace.

Maya zögerte. Aus diesem Mädchen wurde sie nicht schlau. Sie schien den ganzen Tag nur Bücher zu lesen, fernzusehen und Hausaufgaben zu machen. Ach ja, und Briefe an Verurteilte zu schreiben. Wenn Maya die Briefe in die Finger bekommen könnte, hätte sie sicher einiges zu erzählen. Aber Grace schwieg eisern zu diesem Thema. Ihren Computer hatte Maya nicht knacken können, und die Kiste mit den handgeschriebenen Briefen war mit einem Zahlenschloss gesichert.

Grace ist in Paolo verknallt, sagt es ihm aber nicht. Falscher Stolz. Sie tut lieber so, als findet sie andere Jungs gut, zum Beispiel irgendwelche Typen aus dem Fernsehen. Oder sie redet über die Jungs aus der Schule. Ich habe den Namen von dem Mann aus der Todeszelle aus ihr rausquetschen können: Alan Vernon heißt er. Im Internet hab ich nichts über ihn gefunden. Kein Mörder mit diesem Namen bekannt. Vielleicht ist er schon so alt, dass er vor dem Internet in der Todeszelle gelandet ist, was weiß ich. Meiner Einschätzung nach versteht sie sich mit Lucy von allen am wenigsten. Das liegt wahrscheinlich daran, dass Paolo total in Lucy verschossen ist. Außerdem haben sie nicht viel gemeinsam. Lucy ist total kreativ und eher der Hippie-Typ mit Kiffen und allem Drum und Dran. Grace dagegen nachdenklich und still und oberbrav bis auf die Tatsache, dass sie (angeblich) keine Jungfrau mehr ist.

Maya nahm die Finger von der Tastatur und überflog den letzten Absatz. Mit Alkohol im Blut fiel es ihr schwerer, sich zu konzentrieren. Sie fühlte sich schlecht dabei, das über Graces Jungfräulichkeit zu schreiben. Es klang irgendwie gehässig, und diese Seite mochte Maya an sich nicht. Wer gab ihr das Recht, das Sexleben ihrer Freunde zu kommentieren oder ihre Bekenntnisse infrage zu stellen? Wer das las, musste sich fragen, wie genau sie selbst es mit der Wahrheit nahm. Und dieses Fass wollte sie gar nicht erst aufmachen.

Schließlich wusste sie, wer diesen Bericht lesen würde.

LUCY

Katholische Mädchenschule „Our Lady of Mercy" – Donnerstag, 23. April

Die Minuten zogen sich wie Kaugummi. Lucy saß auf dem Gang vor dem Zimmer der Konrektorin und scharrte unruhig mit den Füßen. Sie wich den Blicken der anderen Schüler, die auf dem Weg zur Bibliothek an ihr vorbeiliefen, so gut es ging aus. Was machte Guzman da drin nur so lange? Wahrscheinlich ließ sie Lucy absichtlich warten, um sie einzuschüchtern.

Nach geschlagenen zwanzig Minuten öffnete Guzman endlich die Tür und winkte Lucy ohne ein Wort der Entschuldigung herein. Sie bot ihr einen Platz an und studierte minutenlang schweigend ihre Akte.

„Jetzt ist das Maß voll, Miss Long", sagte sie schließlich.

„Wie bitte?"

„Seit unserem letzten Gespräch mussten Sie drei Mal nachsitzen! Es war durchaus ernst gemeint, als ich Ihnen sagte, dass ich ein Auge auf Ihre Leistungen habe. Die Einträge Ihrer Lehrer machen mir unmissverständlich deutlich, dass Ihnen das Wasser bis zum Hals steht. Und wie ich Sie einschätze, ist es nicht bloß Wasser."

Lucy biss sich auf die Lippe. Wie sie es hasste, wenn dumme Lehrer einen auf oberschlau machten. „Ich hab noch nie was Illegales getan", erwiderte sie.

„In der Schule vielleicht nicht. Dazu sind Sie zu clever. Aber privat? Da habe ich so meine Zweifel, Lucy."

„Ich bin noch nie verhaftet worden. Kein einziges Mal!"

„Nie erwischt worden? Reife Leistung. Ihre Eltern müssen furchtbar stolz auf Sie sein."

Wut kochte in Lucy hoch. Guzman hatte keinerlei Beweise für ihre Anschuldigungen! Wenn sie irgendjemandem davon erzählte, grenzte das an Verleumdung. Aber Lucy waren die Hände gebunden. Was sollte sie machen? Wahrscheinlich würde sich sogar ihre eigene Mutter auf Guzmans Seite schlagen.

„Was hab ich diesmal angestellt?“, fragte sie beleidigt.

„Wie Sie sicher wissen, haben Ihre Eltern darum gebeten, regelmäßig über Ihre Fortschritte an der Schule informiert zu werden. Nach dem letzten Bericht haben sie ein Ultimatum gestellt.“

Lucy biss die Zähne zusammen. Was kam jetzt wieder?

„Für einen zufriedenstellenden Notendurchschnitt müssen Sie in den nächsten drei Arbeiten einen Schnitt von Eins minus erreichen. Dazu brauchen Sie eine Eins, eine Eins minus und eine Zwei plus oder dreimal eine Eins minus. Minimum! Ich würde Ihnen raten, sich anzustrengen.“

Lucy schnappte erschrocken nach Luft. Ihre beste Note in diesem Schuljahr war eine glatte Zwei gewesen. Was Guzman da verlangte, war praktisch unmöglich!

„Können wir uns nicht auf drei Zweien einigen? Das Lernen fällt mir wirklich schwer. An dieser Schule ist der Anspruch viel höher, als ich es gewohnt bin.“

„Das ist Unsinn, und das wissen Sie auch.“ Guzman lächelte milde. „Ihr Aufsatz über Strawinsky war nicht gerade die Arbeit einer überlasteten Schülerin. Ich habe mir Ihre Noten aus der Mittelstufe angesehen. Nur Einser, bis zur neunten Klasse. Es gibt nur drei Gründe, warum aus Einserschülern Dreierschüler werden: Sie werden krank, sie nehmen Drogen oder sie verlieren die Lust. Bei Ihnen treffen die letzten beiden Punkte zu, Kindchen. Das mit der Motivation ist Aufgabe der Schule, das sehe ich ein. Anscheinend haben wir es nicht geschafft, Sie hinreichend zu motivieren.“

Es schmeckte Lucy gar nicht, dass Guzman sie verdächtigte, Drogen zu nehmen. Gut, sie rauchte ab und an mal Gras oder zog eine Nase Koks, wenn jemand anderes bezahlte. Aber woher wusste Guzman das? Es gab nur eine Erklärung: Ihre Eltern hatten aus dem Nähkästchen geplaudert. Der Gedanke machte Lucy so wütend, dass sie am liebsten sofort aus dem Zimmer gestürmt wäre.

Doch sie riss sich zusammen und dachte an die WG in Venice. Sie wollte unter keinen Umständen dort weg! Sie hatte Freunde gefunden: John-Michael und Maya waren wie Geschwister, und die beiden Mädels aus Texas waren eigentlich ganz okay, besonders Candace.

Lucy wusste genau, dass ihre Eltern dem Ganzen jederzeit ein Ende machen konnten. Also schluckte sie ihren Ärger über Guzmans arroganten Ton und ihre Anschuldigungen hinunter.

Letztendlich hatte sie ja nicht ganz unrecht.

„Ihre Eltern haben unmissverständlich klargemacht, dass die Schule sich mehr Mühe geben soll, Sie zu motivieren. Also, es bleibt bei der Eins minus. Wenn Sie das nicht schaffen, werden Ihre Eltern Sie von der Schule nehmen."

Eher unwahrscheinlich, dachte Lucy. Ihre Eltern achteten nämlich sehr genau aufs Geld. Da die Schulgebühren ein Jahr im Voraus fällig wurden, würden sie für ihr Geld Resultate sehen wollen.

Die Konrektorin schien ihre Gedanken zu erraten.

„Finanziell können wir Ihnen und Ihren Eltern eine Alternative anbieten. Die Stiftung, zu der *Our Lady* gehört, betreibt auch ein kleines Mädcheninternat in Santa Barbara. Wunderschön gelegen! Sie wohnen doch am Strand, habe ich recht?"

„Ich wohne in Venice Beach", antwortete Lucy mürrisch.

„Ganz in der Nähe des Strands liegt das Kloster der Sisters of Mercy. Unsere Schule befindet sich auf diesem Gelände."

„Ein Internat? Nein danke."

„Das wäre die beste Lösung für beide Seiten: Sie müssen nicht wieder zu Hause wohnen, und Ihre Eltern müssen sich keine Sorgen um Ihre Ausbildung machen."

Wütend sprang Lucy auf. Es reichte! „Warum werfen Sie mich nicht einfach raus? Ich bin mündig und kann selber entscheiden, auf welche Schule ich gehe!"

Guzman lächelte angestrengt. „Das klappt aber nur, wenn Ihre Eltern Sie weiterhin finanziell unterstützen. Wenn nicht, landen Sie wahrscheinlich auf der Straße."

„Das würden sie nie zulassen", erwiderte Lucy, glaubte jedoch selbst nicht so recht daran.

„Lucy, glauben Sie mir, Eltern können ihre Kinder nicht ein Leben lang unterstützen. Irgendwann sind sie alt genug, dass man sie loslassen muss. Und Sie sind siebzehn! Vor zehn Monaten standen Sie kurz davor, sich für eine Eliteuni oder das Musikkonservatorium zu qualifizieren. Zumindest hat Ihre Mutter das behauptet. Aus diesem Grund haben wir Sie an der *Our Lady* aufgenommen."

„Ich wollte nie an eine Nobeluni."

„Das mag sein", antwortete Guzman säuerlich. „Aber Sie legen doch sicher Wert auf irgendeine Art von Ausbildung, oder nicht?"

„Ich kann darauf verzichten."

Mit einem resignierten Seufzer reichte Guzman ihr eine Mappe über den Schreibtisch. „Ich streite mich nicht gerne mit meinen Schülern. Das gehört sich nicht. In dieser Mappe finden Sie die Beurteilungen der Lehrer, die mit Ihren Leistungen unzufrieden sind. Außerdem die Deadline für die drei Arbeiten und die geforderten Noten. Alles, was Sie dafür an Lernmaterial benötigen, finden Sie auf der E-Learning-Plattform der Schule." Sie stand auf und deutete unmissverständlich zur Tür. „Jetzt entschuldigen Sie mich bitte, ich muss ein paar Telefonate führen."

Auf dem Heimweg brütete Lucy still vor sich hin. Zu Hause warf sie die Tasche aufs Sofa, wo Grace und John-Michael fernsahen, und streunte lustlos durchs Haus. Ein Joint wäre jetzt genau das Richtige, aber nach diesem Gespräch wollte sie der Versuchung nicht gleich nachgeben. Sie schlenderte in die Küche, wo sich Paolo gerade einen Protein-Shake mit Erdbeergeschmack mixte. Als er sie sah, strahlte er übers ganze Gesicht. Lucy öffnete den Kühlschrank und holte die Zutaten für ein überbackenes

Käsesandwich heraus. Während sie den Toast belegte, erzählte sie Paolo, was passiert war.

„Ziemlicher Mist", kommentierte er.

„Allerdings."

„Schaffst du die Noten?"

„Ich glaube kaum. Ehrlich gesagt passe ich im Unterricht ziemlich selten auf."

„Bist du so mit dem Schreiben deiner Songs beschäftigt oder denkst du ständig an mich?", fragte er todernst.

„Nur an dich, Süßer!" Sie konnte sich ein Lächeln nicht verkneifen.

Paolo stellte sich so vor sie, dass er die Sicht Richtung Wohnzimmer blockierte, und überzeugte sich mit einem kurzen Blick über die Schulter, dass niemand zuhörte.

„Es gibt noch eine andere Möglichkeit", sagte er leise.

„Ach ja?"

„Wenn du den Schnitt nicht schaffst, dann schmeiß einfach hin und schreib dich an einer öffentlichen Schule ein. Eine Klassenstufe weiter unten."

„Ich soll wiederholen?"

„Ja, warum nicht? Das, was sich deine Eltern dann an Schulgebühren sparen, reicht locker für ein Jahr Miete. Du verlierst ein Jahr, na und? John-Michael macht's genauso."

Ein Lächeln stahl sich auf Lucys Gesicht. „Ein Jahr länger hier wohnen? Nicht schlecht. Hast du eine Idee, auf welche Schule ich gehen könnte?"

„Die Van Buren soll ganz okay sein, hab ich gehört."

„Die Van Buren, ja? Ist das nicht deine Schule?"

„Ja, und die von John-Michael." Er grinste frech. „Mitfahrservice inklusive!"

„Und ab August mache ich dann das ganze Jahr noch mal neu?" Sie schüttelte belustigt den Kopf. „In der gleichen Jahrgangsstufe wie du?"

„Und wie John-Michael", fügte er sanft hinzu.

Lucy dachte nach. „Keine schlechte Idee …“

„Finde ich auch.“

„Und wie überzeuge ich jetzt meine Eltern davon, weiterhin die Miete zu bezahlen, obwohl ich die Schule schmeiße, die sie für mich auserkoren haben?“

Paolo sah ihr in die Augen, beugte sich vor und küsste sie sanft auf die Lippen. Lucy zuckte nicht zurück, erwiderte den Kuss aber auch nicht. Als sich Paolo aufrichtete, schüttelte sie den Kopf.

„Gar nicht cool, Bro“, sagte sie tadelnd.

Paolo versuchte, die Situation mit einem Achselzucken zu überspielen, wurde jedoch knallrot.

„Das Angebot steht“, sagte er. „Zumindest jetzt.“

PAOLO

Venice Beach – Freitag, 24. April

„Du siehst gar nicht glücklich aus, Alter."

Candaces Stimme riss Paolo aus seinen Gedanken, die mal wieder um Lucy kreisten. Candace stand neben ihrem Prius an der offenen Fahrertür und musterte ihn schweigend. Er versuchte zu lächeln, doch als es misslang, wechselte er schnell das Thema.

„Dreht ihr heute Abend?"

„Leider ja."

„Hast du ausnahmsweise mal eine Textzeile?", stichelte er.

Candace streckte ihm die Zunge raus. „Heute nicht. Und du, prostituierst du dich mal wieder im Tennisclub?"

„Aber hallo!", erwiderte Paolo feixend. „Zwei Schülerinnen, macht hundert Dollar zusätzlich."

Das war eine glatte Lüge, er gab heute gar keinen Tennisunterricht. Schon seit Monaten war er nicht mehr mit einer Schülerin nach Hause gegangen. Alles wegen Lucy. Und jetzt ließ sie ihn knallhart abblitzen. Dabei hatte er sich so um sie bemüht und ihr gezeigt, wie gern er sie mochte. Na gut, sie erwiderte seine Gefühle nicht. Kein Grund, ihretwegen in eine Schockstarre zu verfallen und alles andere sausen zu lassen.

Hoffnung war das eine, sich von jemandem völlig vereinnahmen zu lassen das andere. Lucy ahnte gar nicht, welche Macht sie über ihn hatte!

Neunundvierzig Minuten später schlenderte Paolo in schneeweißen Tennisshorts durch die Bar des Tennisclubs Malibu Lawn. Hier hatte er damals seine erste Schülerin an Land gezogen. Eine Woche später landeten sie im Bett – auf ihren Wunsch hin. Eine aufregende Nacht, wenn auch nicht so aufregend wie die mit seiner ehemaligen Babysitterin; sie hatte ihn verführt, nachdem sie sich zufällig in einem Café über den Weg gelaufen waren. Das dritte Abenteuer fand er immer noch aufregend. Erst bei Allegra, der Nummer vier, fragte sich Paolo, ob das alles sein konnte: ein leises Prickeln im Bauch, miteinander lachen – und dann?

In seinem Herzen empfand er dabei nichts. War das normal? Er versuchte, mit seinen Kumpels darüber zu reden, doch sie verstanden das Problem überhaupt nicht. Einer fragte ihn doch tatsächlich, ob er überhaupt auf Frauen stehe?

Dieser Gedanke ließ Paolo keine Ruhe. Sechs Frauen, und für keine von ihnen hatte er etwas empfunden. Nicht bei einer einzigen! Was, wenn sich die Bemerkung seines Kumpels bewahrheitete?

Erst als er Lucy kennenlernte, lösten sich die Zweifel in Luft auf. Bei ihr war alles ganz anders: Ein Lächeln von ihr reichte, ihn anzuturnen. Sie zirkulierte wie ein Virus durch seine Blutbahn, schlich sich in seine Gedanken. Er konnte an nichts anderes denken als an sie.

Wie sollte er diese Anspannung noch länger aushalten?

Talia Kravic, mit achtzehn die zweitjüngste Trainerin im Club, lächelte ihm von Weitem zu. Sie saß auf der Terrasse mit einer anderen Frau am Tisch, die sich daraufhin zu Paolo umdrehte. Die Frau war deutlich älter als Talia, um die vierzig, mit der für blondierte Frauen typischen Solariumsbräune. Sie sah nicht aus wie eine von Talias Tennisschülerinnen; das waren meistens aggressive junge Bankerinnen, die heiß darauf waren, Talia im Match zu besiegen.

Darius würde sie alle fertigmachen!

Paolo erschrak selbst über diesen Gedanken. Anscheinend war es ihm doch noch nicht gelungen, diese Begegnung zu vergessen.

Unauffällig schielte er zu der Frau an Talias Tisch hinüber. Sie war gut einen Meter siebzig groß, schlank und durchtrainiert, mit strähnigen, vom Färben völlig kaputten Haaren und kalten grauen Augen. Irgendwie kam sie ihm bekannt vor. Eine ehemalige Schülerin vielleicht? Eine von denen, die sich nach der ersten

Stunde nie mehr blicken ließen? Er hasste es, eine von ihnen wiederzutreffen, weil er sich nie an die Namen erinnerte. Gab er es zu, erntete er immer enttäuschte Blicke. Vielleicht gab es einen Trick, den Namen herauszukriegen, ohne dass sie es bemerkten.

Als Talia ihm zuwinkte, schlängelte er sich durch die Tische auf die Terrasse. Wie lautete bloß der Name der Frau?

„Hallo“, sagte er, am Tisch angekommen. Die Frau machte keine Anstalten aufzustehen, sondern nippte an ihrem Gin Tonic, während sie ihn von oben bis unten musterte. Sie waren sich schon einmal begegnet, vor Kurzem erst, aber ihr Name fiel ihm beim besten Willen nicht ein.

„Hi“, sagte sie. „Wie heißt du noch mal?“

Sie kannte ihn doch nicht, zum Glück!

„Ich bin Paolo.“

Sie nickte, und Paolo setzte sich. Er musste sich beherrschen, sie nicht anzustarren. Sie kam ihm so bekannt vor! Aber woher bloß?

Talia erzählte gerade, dass sie sich für ein Tennisstipendium beworben und Zusagen von Universitäten in Los Angeles und Irvine bekommen hatte. Ihr Wunschtraum war jedoch die Duke University, weil ihr Freund dort promovierte. Paolo fragte sich, ob ihr Freund genauso scharf darauf war. Sie sah gut aus mit ihren dunkelblonden Haaren und den durchtrainierten Schenkeln und Oberarmen, aber sie redete wie ein Wasserfall und hatte null Humor. In den sieben oder acht Minuten bei ihr am Tisch hatte er nur ein Wort gesagt, und zwar seinen Namen. Die andere Frau ließ Talia einfach reden und lächelte Paolo stattdessen vielsagend an. Er vermied ihren Blick, soweit es ging, aber die Strategie zahlte sich nicht aus.

„Talia, meine Liebe, wärst du so nett und holst mir was von den Spare Ribs?“, flötete sie schließlich.

„Spare Ribs, bist du sicher?“

„Ja, ich brauche ein bisschen Fett zum Abtrainieren für die Stunde“, antwortete sie und lächelte Talia freundlich hinterher.

„Spare Ribs vor dem Tennis?“, fragte Paolo skeptisch.

„Nur ein Vorwand, um Talia loszuwerden“, antwortete sie. Ihr Lächeln war das einer Raubkatze.

Paolo bekam eine Gänsehaut. Er kannte dieses Lächeln irgendwoher.

„Blond hast du mir besser gefallen“, sagte sie mit zuckersüßer Stimme. „Ich hab dich fast nicht erkannt.“

Paolo starrte sie wortlos an.

Ganz sanft sagte sie: „Erinnerst du dich jetzt?“

Paolo blickte sich prüfend um, doch Talia unterhielt sich angeregt mit dem Barmann und machte keine Anstalten zurückzukommen.

„Du und dieser Darius habt meinen Sohn ganz schön verarscht.“

Vor Schreck hüpfte Paolo fast das Herz aus der Brust. „Sie sind Jimmys Mutter?“, fragte er tonlos.

„Erklär mir eins: Warum hast du den Boxster in der Nähe des Hauses abgestellt?“

Paolo stammelte eine Entschuldigung, doch sie unterbrach ihn rüde.

„Jimmy hat ihn gefunden. Aber glaubst du, er ist damit zur Polizei gegangen? Nein! Darius, oder wie auch immer er in Wahrheit heißt, war ja schon lange über alle Berge. Also hat Jimmy mir weisgemacht, dass ihr vor dem Spiel um den Tausch der Autos gewettet hattet. Zwei Wochen später ist er von der Polizei kontrolliert worden. Es hat mich eine Stange Geld für den Anwalt gekostet, ihn da rauszuholen.“

„Ich wusste nicht, dass der Wagen gestohlen war.“

„Ach so, dann hast du ihn aus reiner Großzügigkeit da stehen lassen?“

Paolo schlug stumm die Augen nieder, woraufhin sie nickte, als sähe sie ihre Vermutung bestätigt. Sie nippte an ihrem Drink. „Bist du sonst ein ehrlicher Typ?“

„Ich bemühe mich zumindest.“

„Außer an dem Tag."

„Darius hat mir keine Wahl gelassen."

„Das stimmt wohl. Jimmy hat schon gesagt, dass er ziemlich überzeugend sein kann." Sie sah ihn durchdringend an. „Wie steht's mit deiner Überzeugungskunst, Paolo?"

„Es tut mir wirklich leid, Ma'am."

„Deine Reue kannst du dir sparen. Ich will eine Antwort auf meine Frage: Wie überzeugend bist du?" Sie machte eine Pause, um ihren Worten mehr Gewicht zu verleihen. „Ich lass mich gerne von dir überzeugen, Paolo. Davon, dass ich ein wahnsinnig schlechtes Gedächtnis habe zum Beispiel. Vielleicht vergesse ich glatt die vierzigtausend Dollar, die wir für Jimmys Corvette ausgegeben haben, und die zusätzlichen zehn für den Anwalt. Vielleicht bringst du mich sogar dazu, die ganzen Fragen zu vergessen, die mir die Polizei über diesen geheimnisvollen Tennisspieler gestellt hat."

Ganz sacht legte sie ihm die Hand auf den Oberschenkel. Paolo zwang sich, ruhig zu bleiben und ihr in die Augen zu sehen. „Talia hat mir von deinem Ruf hier erzählt", fuhr sie fort.

Er antwortete nicht.

„Gibst du heute Abend Unterricht, Paolo?"

Sein Hals fühlte sich an wie Sandpapier. „Nein", krächzte er.

Das Raubkatzengrinsen war wieder da. „Ich warte draußen auf dem Parkplatz. Ein silberner BMW."

PAOLO

Clarion Inn Hotel – Freitag, 24. April

Paolo zog sich das T-Shirt über und fragte verlegen: „Sind wir jetzt quitt?“

Jimmys Mutter wickelte lasziv die Decke um ihre Finger. „Sind wir“, antwortete sie schließlich. „Nur eins noch: Hat es dir gefallen?“

„Und wie!“, erwiderte er knapp, und das war nicht einmal gelogen. Er musste sich nur vorstellen, mit Lucy im Bett zu liegen, und schon löste sich seine Befangenheit in Luft auf.

Auf dem Heimweg fuhr er extra langsam, um Zeit zum Nachdenken zu gewinnen. An den Tatsachen änderte es leider nichts, sodass er am Ende der Fahrt noch genauso aufgewühlt war wie vorher. Wie tief war er gesunken, dass er in einem Hotel Sex mit einer Fremden haben musste, um ein Verbrechen zu verschleiern? Ziemlich armselig die ganze Aktion. Im Vergleich zu ihm kam ihm John-Michael, der sich für Essen und Unterkunft prostituiert hatte, wie ein Musterknabe vor.

Und trotzdem fühlte Paolo sich erstaunlich ruhig. Er sah es als faires Geschäft zwischen ihm und Jimmys Mutter. Sie hatte ihren Spaß gehabt, und er konnte diese ganze Geschichte mit Montecito damit hoffentlich hinter sich lassen.

Sollten die Moralapostel ruhig mit dem Finger auf ihn zeigen, wen kümmerte das schon.

In Lucys und Candaces Zimmern brannte noch Licht, sonst lag das Haus im Dunklen. Paolo sprang kurz unter die Dusche, schlüpfte noch feucht in Jeans und T-Shirt und ging nach oben. Die Sache mit Lucy ließ ihm keine Ruhe.

Zu seiner Überraschung saß Lucy mit dem Laptop am Schreibtisch, einen Riesenstapel Schulbücher auf dem Schoß. Als sie ihn bemerkte, legte sie schnell einen Finger an die Lippen und deutete auf Candace, die im Bett lag und selig schlief.

„Nein, wie süß sie aussieht“, grinste Paolo. „Lernst du etwa noch?“

Lucy nickte gequält.

„Lust auf ’ne Pause?“

Sie zögerte einen Moment, ehe sie nickte. „Aber nur kurz.“

Leise schlichen sie sich nach unten in die Küche. Paolo knurrte der Magen, also schlug er sich zwei Eier in die Pfanne. Er freute sich darauf, mit Lucy zusammenzusitzen, zu essen und sich zu unterhalten. Lucy war nicht hungrig und beschränkte sich auf ein Glas Milch. Während er in der Pfanne rührte, erklärte sie ihm, dass sie das ganze Wochenende an ihren Hausarbeiten für Chemie, Spanisch und Literatur sitzen musste.

„Habt ihr dieses Wochenende nicht einen Auftritt?“, fragte Paolo ungläubig.

„Doch, unseren ersten“, erwiderte sie.

„Sagst du ab?“

„Was bleibt mir übrig? Es wird eh knapp mit der Eins minus, selbst wenn ich das ganze Wochenende lerne. Wenn ich die Noten nicht schaffe, kann ich das mit der Band sowieso vergessen.“

„Lucy, deine Eltern haben dich rausgeworfen. Sie haben kein Recht, dir vorzuschreiben, womit du deine Zeit verbringst!“

Sie warf ihm einen traurigen Blick zu. „Doch, das haben sie. Wer zahlt, schafft an.“

„Und was passiert, wenn du die Noten nicht bringst?“

„Sie schicken mich auf ein Internat in der Nähe von Santa Barbara. Mit Nonnen und allem Drum und Dran. Darauf hab ich keinen Bock! Ich will hier in Venice bleiben.“

„Oh Mann, das glaub ich jetzt nicht!“

„Glaub’s mal lieber. Jedenfalls muss ich das um jeden Preis vermeiden, selbst wenn ich dafür den Gig sausen lassen muss.“

„Und für die Jungs ist das in Ordnung?“

„Du meinst die Band? Ich hab sie noch nicht gefragt.“

„Lucy, du musst es ihnen sagen!“

Seufzend wandte sie sich zum Gehen. „Ich weiß“, murmelte sie und verschwand in ihrem Zimmer.

Paolo sah ihr nach. Es musste einen Weg geben, ihr zu helfen. In Spanisch war er ziemlich gut, in Literatur auch. So schwer konnte es doch nicht sein – einfach ein Buch lesen und ein paar Statements aufs Papier bringen. Nur in Chemie wäre er keine große Hilfe.

Er setzte sich mit seinem Teller auf die Couch und zappte durch die Kanäle, während er das Rührei hungrig in sich hineinschaufelte. Fünf Minuten später tauchte Grace im Türrahmen auf.

„Das ist echt laut, Paolo, kannst du bitte leiser machen?“

Er drückte auf stumm und rechnete mit einer Standpauke, doch Grace wirkte nicht sauer, nur verschlafen, wie sie da stand mit nichts als einem langen grünen T-Shirt am Leib. „Ich wünschte, John-Michael würde mit dem Backen aufhören. Du nicht?“, sagte sie mit einem Blick Richtung Küche.

„Wenn’s ihn glücklich macht.“

„Schon, aber ich kann nicht schlafen, wenn ich weiß, dass noch Cookies da sind.“

„Dann nimm dir einen!“

„Also wirklich, du Verführer“, sagte sie mit einem ironischen Lachen. Keine zwei Minuten später saß sie mit einem glücklichen Lächeln neben ihm auf dem Sofa, in der Hand einen Hafer-Cranberry-Cookie. Sie rutschte näher zu ihm, schlug die Beine unter und lehnte sich zurück. Wenn sie nicht befreundet wären, könnte man denken, sie flirtete mit ihm.

„Was hast du heute Abend so getrieben?“, fragte sie.

„Das Übliche: eine Stunde Fitnesstraining, dann eine Tennisstunde und ein paar Bier mit den anderen Trainern.“

„Wie sportlich. Ich hab den ganzen Tag nur auf meinem Hintern gesessen.“

„Das steht Lucy auch noch bevor.“

Ein Schatten huschte über Graces Gesicht, verschwand aber

so schnell, wie er gekommen war. „Ziemlicher Mist die Sache, würde ich sagen."

„Wir könnten ihr helfen", schlug Paolo vor.

Ihre Antwort überraschte ihn.

„Wieso sollten wir? Für meinen Notendurchschnitt hat sich Lucy noch nie interessiert."

„Wir wohnen schließlich zusammen. Wenn sie die Noten nicht schafft, muss sie ausziehen."

„Na und? Ihr geht's doch nicht anders als uns allen. Candace hat viel weniger Freizeit als Lucy und hält ihren Schnitt trotzdem."

„Ach ja? Was ist denn ihr Schnitt?"

„Eine gute Zwei."

„Aha. Na ja, Lucy muss eine Eins minus schaffen, wenn sie nicht von der Schule fliegen will."

„Ja, aber nur, weil sie vorher bloß Dreier geschrieben hat. Und wessen Schuld ist das?"

„Mann, ich hätte gar nicht gedacht, dass du so streng sein kannst."

„Wenn ich mich ständig nur rumtreibe und Spaß habe, schreibe ich auch keine guten Noten", erwiderte sie.

„Vielleicht, aber …"

„Du findest mich streng?", fragte sie scherzhaft. „Ich glaube eher, du hast ein erhöhtes Interesse daran, dass Lucy hier wohnen bleibt."

Er antwortete nicht.

„Deshalb wirst du ihr auch helfen", fügte sie hinzu.

„Ich fürchte nur, ich bin nicht so schlau wie sie."

„Das hast jetzt du gesagt", erwiderte Grace grinsend. „Vielleicht kannst du für sie das Tippen übernehmen?"

Paolo legte nachdenklich den Kopf schräg. „Ich hab dich anscheinend unterschätzt. Oder überschätzt."

„Was denn jetzt?"

„Ich hab gedacht, du wärst so eine ganz Liebe, du weißt schon."

„Du meinst ein Weichei.“

„Nein. Jemand, der immer und jederzeit nett und hilfsbereit sein will.“

„Sag ich ja, ein Weichei!“

Sie mussten beide lachen. „Na gut“, räumte er ein. „Stimmt schon. Vielleicht habe ich dich für einen Gutmenschen gehalten. Aber kein Wunder! Schließlich schreibst du Briefe an Menschen, die in der Todeszelle sitzen, und nimmst stundenlange Autofahrten auf dich, um sie zu besuchen. Deinetwegen denke ich ernsthaft darüber nach, Amnesty International beizutreten.“

„Du und John-Michael habt mich gefahren“, sagte sie leise. Das Thema schien ihr unangenehm zu sein. „Und du wolltest unbedingt mitkommen. Aber egal …“ Sie zögerte. „Ich schreibe übrigens nur einem Gefangenen in der Todeszelle.“

„Echt? Ich dachte, es sind mehrere.“

„Den Eindruck kann man bekommen, ja“, entgegnete sie vorsichtig.

„Und warum?“

„Ich hab vielleicht übertrieben.“

„Wieso?“

„Liegt das nicht auf der Hand?“

Es lag nicht auf der Hand, also antwortete er nicht darauf, sondern sagte stattdessen: „Candace denkt auch, dass du mehreren schreibst.“

Sie schlug die Augen nieder. „Was soll ich sagen? Ich hab’s ein bisschen ausgeschmückt, als ich es ihr erzählt habe. Du kannst dir denken, wieso. Und dann musste ich die Geschichte wohl oder übel durchziehen.“

Paolo ahnte, was sie damit meinte: Grace wollte ihm imponieren. Was eigentlich erstaunlich war, denn um ihn zu beeindrucken, reichte es völlig, *einem* Gefangenen zu schreiben. Wenn allerdings Candace mit ins Spiel kam, ergab ihr Verhalten durchaus Sinn.

Es musste schwer sein, eine so talentierte und schöne Stiefschwester zu haben. Candace war die Glamourösere der beiden, die Coole. Grace war mindestens genauso schön, wie er gerade feststellte; vielleicht nicht so sexy wie Candace, aber ohne Zweifel attraktiv. Ihre Augen hatten eine andere Ausstrahlung, eine Tiefe, die er bei Candace nicht fand.

Grace stand ihr Leben lang in Candaces Schatten. Sie musste sich irgendwie anderweitig abheben. Möglicherweise entstammte ihr Interesse für Menschenrechte und Aktivismus dem Wunsch, einen eigenen Bereich für sich zu haben. Etwas, das sie deutlich von Candace unterschied. Offenbar hatte sie unterschätzt, wie sehr sie der Kontakt mit einem Menschen, der sterben musste, berühren würde.

„Es gibt also nur einen Häftling?"

„Bitte sag es keinem."

„Stehst du auf ihn?"

Für einen kurzen Moment meinte er, Angst in ihren Augen aufblitzen zu sehen. „Nein, verdammt! Du bist ja schlimmer als Candace!"

„Das kannst du mir nicht verübeln. Du bist verdammt hübsch, und er wird über kurz oder lang sterben!"

Grace starrte ihn wortlos an. „Meinst du das ernst mit Amnesty?"

„Klar, warum nicht?"

„Willst du immer noch Rechtsanwalt werden?"

„Spinnst du jetzt komplett? Natürlich!"

Paolo klang überzeugter, als er sich fühlte. Doch er hatte für dieses Ziel gelogen, betrogen und Sex gehabt – so schnell würde er es nicht aufgeben!

MAYA

Küche – Samstag, 25. April

„Kaum zu glauben, dass du und ich mal als Erste wach sind."

Lucy machte ein langes Gesicht, das Maya mit einem Lächeln quittierte. Als der Toaster die Brotscheiben ausspuckte, strich sie dick Erdnussbutter und Marmelade darauf und setzte sich mit ihrem Teller an den Tisch. Lucy nahm ihr gegenüber Platz und löffelte stumm ihre Cornflakes in sich hinein. Es war erst kurz nach acht. Um die Uhrzeit war normalerweise noch niemand wach, schon gar nicht Lucy oder Maya.

„Die Welt gerät aus den Fugen, anders kann ich es mir nicht erklären, dass ich gestern Nacht tatsächlich sechs Stunden am Stück gelernt habe", sagte Lucy. „Und heute geht es direkt so weiter."

Maya wusste natürlich von dem Ultimatum, das man Lucy an ihrer Schule gestellt hatte. Das Kontrollsystem, mit dem sie alle Vorgänge im Haus überwachte, funktionierte einwandfrei. „Was für eine Riesenscheiße", erwiderte sie Mitgefühl heuchelnd.

„Auch wenn ich es nur ungern zugebe, aber … in gewisser Weise haben sie ja recht", gestand Lucy zögerlich.

„Die Schule meinst du?"

„Nein, meine Eltern. Ich war früher eine Einserschülerin und steh inzwischen auf einer Drei. Besonders gut fühlt sich das nicht gerade an."

„Das glaube ich. Obwohl … passen gute Noten zur Gitarristin einer Punkrockband?" Maya gab sich alle Mühe, ihre Schadenfreude zu überspielen. Aber es ärgerte sie, wenn ein Partygirl wie Lucy ständig Einser absahnte, während sie selbst sich für jede gute Note abrackern musste.

„Eigentlich nicht. Aber die Musik ist das eine, mein Leben das andere. Auch wenn ich das bisher nicht für möglich gehalten habe, aber es gibt neben der Musik noch andere Dinge, die wichtig sind, im Leben."

„Kein Scheiß?“, fragte Maya erstaunt.

„Ja wirklich. Mir gefällt das Leben hier.“ Auf ihrem Gesicht breitete sich ein warmes, freundliches Lächeln aus – ein seltener Anblick. „Ich mag euch alle sehr gern. Und ich will hier nicht weg! Das darfst du keinem erzählen, aber ich war gerne eine Einserschülerin. Es ist ein gutes Gefühl, wenn man was weiß und halbwegs schlau ist.“

„Du bist immer noch schlau.“

„Schon, aber nicht so wie du.“

Maya spürte, wie sie rot wurde. „So schlau bin ich auch wieder nicht.“

„Jetzt hör bloß auf. Du bist verdammt schlau! Wie viele Leute in deinem Alter entwickeln schon ihre eigene App?“

„Ein ganzer Haufen, glaub mir. Ich kann's dir zeigen.“

„Von mir aus, aber das ist was anderes. Deine wird Erfolg haben.“

„Cheetr? Na ja, für anständige Werbeeinnahmen brauche ich schon noch ein paar Downloads mehr.“

„Wart's ab! Wenn es mit dieser App nicht klappt, dann mit einer deiner nächsten. Du arbeitest hart dafür, das zahlt sich in deinem Business aus.“

Maya rang sich ein Lächeln ab und verkniff sich einen Kommentar. Es gab genügend gegenteilige Fälle, in denen sich die Leute für eine App zu Tode schufteten und rein gar nichts damit verdienten. Trotzdem fühlte es sich gut an, von jemand so Coolem wie Lucy bewundert zu werden.

„Dann mal ran an die Einser, Lucy. Du schaffst das!“

„Ja, aber ich muss dafür bluten“, seufzte Lucy. „Diese SMS hat mir Bailey gestern Abend geschickt.“ Sie zog das Handy aus der Tasche des Kapuzenpullis, entsperrte das Display und hielt es Maya vor die Nase.

Du hast eine Zusage gemacht, blöde Kuh. Gig ist Gig.
Wenn du nicht auftauchst, bist du raus!

„Was für ein A…rmleuchter!“

„Du sagst es.“

Maya musterte Lucy nachdenklich. Sie schien frustriert und traurig zu sein, aber nicht wütend. Vielleicht kam ihr der Rauswurf ja gelegen? Oder sie war einfach cooler als gedacht.

„Das war’s dann also?“

Lucy zuckte die Achseln.

„Und du willst das ganze Wochenende lernen?“

„Ich werde drei Eins-a-Hausarbeiten abgeben. Wenn Guzman ihr blödes Lächeln vergeht, ist das schon Belohnung genug. Sie wartet nur darauf, dass ich es verbocke, das spüre ich! In ihrer Fantasie sitze ich schon in Santa Barbara und bete den Rosenkranz.“

Maya musste lachen. „Ich glaube nicht, dass die in der Klosterschule den ganzen Tag beten.“

„Das sind solche Heuchler! Rat mal, wann meine Familie das letzte Mal in der Kirche war. Zu meiner Konfirmation! Da war ich vierzehn!“

„Klingt, als würden sie den Religionsunterricht outsourcen.“

„Vielleicht. Aber ich geh bestimmt nicht auf ein Internat. Und ich geh nicht zurück nach Claremont! Nicht jetzt, wo ich gerade die Freiheit gekostet habe.“

Einen Moment lang schwiegen beide. Zeit für einen Milchshake, entschied Maya. Sie warf Bananen, Erdbeeren und Blaubeeren in den Mixer, gab Milch und eine Kugel Erdbeereis dazu und goss das cremige Resultat in zwei Gläser.

„Mmh, lecker!“, sagte Lucy.

„Meine Mutter hat mir jeden Morgen einen gemacht, damit ich überhaupt aufstehe.“

„Wie nett von ihr. Das hat meine der Haushälterin überlassen.“

„Ihr hattet eine Haushälterin?“, fragte Maya. „Okay, ist ja eigentlich logo. Ich vergesse immer, dass ihr reich seid.“

„Zum Glück, sonst könnte ich hier nicht wohnen.“

Maya glaubte, in Lucys Blick eine unausgesprochene Frage zu lesen, die wahrscheinlich alle Bewohner hier im Haus beschäftigte: Wie konnte sich eine arme Einwanderertochter die Miete für so ein Haus leisten?

„Mein Vater hat einen guten Job in Mexico City", begann Maya.

Lucy sah sie erwartungsvoll an. „Was macht er denn?"

„Er arbeitet für die Pharmaindustrie."

„Hat er keine Arbeitserlaubnis?"

„Es wird immer schwieriger, eine zu kriegen."

In dem Moment brummte Mayas Telefon. *Tante Marilu* stand auf dem Display. Maya nahm ab. „Hi, Marilu", sagte sie und wechselte dann ins Spanische. Sie lächelte Lucy entschuldigend an und verzog sich nach nebenan.

„Hola, mi reina, wollte nur mal hören, wie es dir geht."

„Alles okay."

„Hör mal, Maya, wegen deinem letzten Bericht."

„Ja?", fragte Maya nervös.

„Du ... du hast nicht besonders viel über Lucy geschrieben. Ist alles okay bei ihr?"

„Lucy geht's gut. Sie hat einfach viel zu tun für die Schule. Es gab Gerüchte, dass sie auf ein Internat wechseln soll, aber das scheint nicht der Fall zu sein."

„Ach, das ist ja schade."

Da war Maya anderer Meinung, selbst wenn Lucys Auszug die Lage deutlich vereinfachen würde. Jetzt, wo sie wusste, dass sich unter Lucys cooler Schale eine verkappte Streberin verbarg, fühlte sie sich ihr irgendwie verbunden.

„Und was ist mit Grace? Sind deine Mitbewohner schon darauf gekommen, wer sie ist?"

„Du meinst, ob sie wissen, dass sie früher mal Grace Vesper hieß?" Maya seufzte. „Nein. Ich versteh eh nicht, was es damit auf sich hat."

„Meinst du ich? Es reicht zu wissen, dass du sofort darüber

berichten musst, falls es je auffliegt. Was ist mit Grace – ahnt sie, dass du es weißt?“

„Warum sollte sie? Ich hab es immer vermieden, über ihre Familie zu sprechen.“

„Sehr gut! Mach so weiter, dann sind alle glücklich. Adiós, mi amor.“

Maya starrte aus dem Fenster hinaus aufs Meer, das dieselbe blassgraue Farbe aufwies wie der Himmel. Am liebsten hätte sie das Handy einfach aus dem Fenster geworfen. Die Spioniererei ging ihr langsam an die Substanz. Sie kam sich schäbig vor, über ihre Mitbewohner Bericht zu erstatten; außerdem kostete es sie Zeit und Energie.

Lange hielt sie das nicht mehr aus. Es musste ein Ende haben.

ARIANA ruft an der Westküste an

Dienstag, 19. Mai

„Süße, es nervt langsam, dir ständig Nachrichten zu hinterlassen. Wie lange haben wir schon nicht mehr miteinander gesprochen, einen Monat? Anscheinend hast du keine Lust mehr auf deine alte Freundin Ariana. Wenn es dir schlecht geht, dann rede mit mir. Vielleicht kann ich dir ja helfen! Wie auch immer, wenn du keine Zeit zum Telefonieren hast, dann schick mir wenigstens eine SMS, okay?"

Ariana legte auf und überlegte, was zu tun war. Widerwillig wählte sie eine zweite Nummer mit derselben Vorwahl.

„Ich bin's. Sie geht nicht ran. Keine Ahnung, was mit ihr los ist."

Die Antwort am anderen Ende der Leitung fiel knapp aus. „Aha." Dann: „Keine Sorge, ich habe alles unter Kontrolle."

„Gut. Verrätst du mir, wie du das machst?"

„Lieber nicht", entgegnete die Frauenstimme. „Wir haben eine Abmachung, vergiss das nicht. Manchmal ist es von Vorteil, wenn die rechte Hand nicht weiß, was die linke tut."

„Na schön, aber ich mag es gar nicht, wenn man mich ignoriert, verstehst du? Was die Kleine da abzieht, ist ganz schön unverschämt. Wir waren gemeinsam auf Entzug, da gehört es dazu, dass man Kontakt hält und sich um den anderen kümmert. Ich könnte ja rückfällig geworden sein!"

„Das bist du doch nicht etwa, oder?", fragte die Frau streng.

„Natürlich nicht! Aber Lucy scheint das einen Dreck zu interessieren!"

„Vergiss nicht, woher ihr euch kennt. Es ist doch verständlich, dass sie Vorbehalte hat, mit dir befreundet zu bleiben."

Ariana schwieg verärgert. Sie hatte Lucy immer um die Aufmerksamkeit und den Rummel, den die Leute um die ach so süße Charlie machten, beneidet. Bis sich herausstellte, dass sie genau so ein verwirrter Teenager war wie Ariana, nur ein bisschen jünger.

„Ich bin seit fast zwei Jahren clean“, grummelte Ariana. „Nicht alle werden rückfällig.“

„Ja, da hast du wohl recht. Manche werden plötzlich religiös. Wie sieht’s da bei dir aus?“

Arianas Verärgerung steigerte sich zu waschechtem Zorn. Wenn sie nicht in dreißig Sekunden auflegte, würde sie explodieren.

Das Piepen ihres Smartphones entschärfte die Situation. „Ja sieh mal einer an, Lucy hat mir geschrieben!“

„Prima, das ist doch gut, oder? Was schreibt sie?“

„‚Mir geht’s gut, Ariana, entschuldige. Gibt ein paar Probleme, aber nichts Dramatisches. Lass uns nächstes Wochenende sprechen.‘“

„Ja, Lucy ist gerade mit den Gedanken woanders … das weiß ich zufällig.“

„Und wo genau?“

„Sorry, aber du weißt ja: rechte Hand – linke Hand! Wir hören uns, Ariana. Ciao!“

Küche – Mittwoch, 20. Mai

„Ach du Schande, das ist ja viel schwerer, als es bei John-Michael immer aussieht!"

Paolo schielte über Graces Schulter auf das ausgedruckte Rezept. „Apfeltaschen?"

„Ja. Aus Blätterteig ... Da hab ich mir ganz schön was vorgenommen."

„Die machen sogar die Füllung selber!"

„Tja, den Teil lass ich wohl lieber aus."

Spöttisch deutete Paolo auf die Ein-Liter-Packung Apfelmus. „Wenn du fertige Apfelfüllung nimmst, warum backst du dann überhaupt den Teig selbst, statt ihn gleich fertig zu kaufen?"

„Kann man Blätterteig fertig kaufen?", fragte Grace ehrfürchtig.

„Man kann sogar fertige Apfeltaschen kaufen!"

„Ich organisiere den Kuchenbasar an der Schule, Paolo. Da muss ich was Selbstgebackenes mitbringen!"

Paolo nahm die angebrannten Teigtaschen ins Visier, die teils schwarz, teils zuckrig glänzend in kleinen Soßenpfützen auf den Blechen lagen. Er suchte sich eine halbwegs helle aus und biss hinein. Der karamellisierte Zucker knirschte ihm zwischen den Zähnen.

„Schmeckt gut."

„Jungs essen eh alles", sagte Grace abfällig. „So kann ich die Dinger nicht verkaufen!"

Er nahm einen größeren Bissen. „Mmh, echt lecker!"

Grace sah ihn stirnrunzelnd an. „Könntest du mir bitte helfen, anstatt Witze zu machen?"

„Ich sag dir was: Wir fahren in den Supermarkt, kaufen Fertigteig und starten einen neuen Versuch."

Er schnappte sich zwei weitere Apfeltaschen und kramte mit der anderen Hand den Autoschlüssel aus der Tasche.

„Ich hab zu viel Füllung reingemacht, das war das Problem", murmelte Grace auf dem Weg zum Auto.

Der Himmel war grau und wolkenverhangen, aber die Luft war so heiß, dass es Grace im Auto sofort den Schweiß aus den Poren trieb. Sie öffnete das Fenster und genoss den kühlen Fahrtwind auf der Haut.

„Ich finde es echt klasse, dass du diese Spendenaktion für Amnesty auf die Beine gestellt hast", sagte Paolo ernst. „Inzwischen bin ich sogar Mitglied!"

Grace strahlte ihn an. „Eines Tages arbeitest du dort vielleicht als Anwalt!"

„Das wäre echt cool. Ich könnte die ganze Welt bereisen und Menschen unterstützen, die gegen korrupte Regierungen mobilmachen."

„Wie läuft es mit dem Briefeschreiben?", fragte Grace munter.

„Ich habe nach einer Frau gefragt. Aktuell suchen aber nur Männer nach einem Briefpartner. Ich habe einen sechsundzwanzigjährigen Schwarzen zugeteilt bekommen. Harrison Coyle, verurteilt wegen Doppelmordes, eines der Opfer war ein Polizist. Ich hab ihm so geschrieben, wie du es mir geraten hast, ganz freundlich, eine Mischung aus Fragen und aufmunternden Worten. Aber …" Er schnitt eine Grimasse.

„Aber was?"

„Schlechte Nachrichten: Seine Berufung ist abgelehnt worden. Sieht also nicht gut aus."

Grace bemerkte seinen ängstlichen Gesichtsausdruck nicht gleich, weil sie nach einem guten Song im Autoradio suchte. Aufmunternd tätschelte sie ihm den Arm. „Keine Sorge, das gehört dazu. So geht es allen am Anfang."

„Wirklich?" Er starrte angestrengt auf die Straße. „Es macht mir eine Höllenangst, dass ich vielleicht bei seiner Exekution anwesend sein werde."

Grace musste unwillkürlich lächeln und drückte wieder seinen Arm. Mit diesem verwirrten, ängstlichen Blick sah er noch bezaubernder aus als sonst. Wie ein kleiner Junge irgendwie. Sie verspürte ein Ziehen in der Brust.

Paolo hatte Angst.

Grace erinnerte sich noch genau, wie sich diese Angst anfühlte. An das flaue Gefühl in der Magengrube, als sie ihren ersten Brief schrieb. Minutenlang saß sie vor dem leeren Blatt, sah in Gedanken den Hinrichtungsraum vor sich: die Liege in der Mitte, ein Mann, der darauf festgeschnallt wurde, um vor den Augen der Presse, seiner Familie und den Angehörigen der Opfer zu sterben. Und irgendwo im Zuschauerraum sie selbst.

Grace kannte die Abläufe in San Quentin. Sie hatte sie sich genau eingeprägt. Und wenn sie es nicht verhindern konnte, würde dieses schreckliche Gedankenspiel eines Tages Wirklichkeit werden.

Hoffentlich blieb Paolo das erspart. Aber wenn sein Brieffreund einen Polizisten auf dem Gewissen hatte, dann standen die Chancen dafür schlecht.

Es imponierte ihr, dass Paolo sich ihr gegenüber verletzlich zeigte. Die meisten Jungs hatten so eine Angst davor, sich vor einem Mädchen eine Blöße zu geben, dass sie sich wie die letzten Idioten aufführten. Ob Paolo eine Ahnung hatte, wie anziehend das auf Frauen wirkte? Und zwar nicht nur auf diese Flittchen vom Countryclub. Ein Mann wie er wusste das wahrscheinlich ganz genau. Umso wichtiger, dass sie ihre Gefühle im Zaum hielt.

„Versuch, optimistisch zu bleiben, Paolo. Wie lange sitzt er jetzt in der Todeszelle, ein Jahr? Das ist wahrscheinlich sein erstes Berufungsverfahren. Es scheint ja Gründe für eine Berufung zu geben. Wenn sein Anwalt gut ist, wird er dranbleiben. Vielleicht verbieten sie die Todesstrafe ja doch irgendwann."

„Meinst du echt?"

„Vergiss nicht, du könntest einer seiner Verteidiger werden!"

„Na ich hoffe mal, bis zu meinem Abschluss ist Harrison aus dem Gefängnis raus. Ich habe ein paar Artikel über ihn gelesen. Im Zeugenstand hat er ausgesagt, dass er das eine Opfer nicht umbringen wollte, es ist aus Versehen passiert. Und den Polizisten hat er aus Notwehr erschossen."

Grace bezweifelte, dass es unter Notwehr fiel, sich mit einem Polizisten einen Schusswechsel zu liefern, aber das sagte sie nicht. „Ich meine ja nur, dass du einen langen Atem brauchst. Und ein dickes Fell. Mein Brieffreund hat schon drei Berufungsverfahren hinter sich, alle abgelehnt. Aber sein Anwalt lässt nicht locker."

„Das stelle ich mir schlimm vor. Manche von denen sind bestimmt froh, wenn's irgendwann einfach vorbei ist."

„Ich schätze mal, die meisten würden gerne weiterleben", entgegnete Grace skeptisch.

„Anstatt vom Staat umgebracht zu werden? Logo! Aber mich würde es depressiv machen."

„Viele haben auch Depressionen."

„Dachte ich mir. Ist aber schwer zu beurteilen – Harrison ist kein besonders guter Schreiber."

„Das Problem kenne ich", bestätigte Grace. „Wer eine bessere Schulbildung hat, ist einfach redegewandter und tut sich leichter, Kontakte zu knüpfen. Deshalb kriegen diese Straftäter oft kürzere Haftstrafen oder kommen auf freien Fuß, wenn sie auf Notwehr plädieren."

„Wie ist deiner so, wie heißt er?"

„Hab ich dir das nicht gesagt, als wir nach San Quentin gefahren sind?", fragte Grace misstrauisch.

Paolo überlegte kurz. „Nein, glaube nicht."

„Alan Vernon."

„Und er sitzt wegen Mordes?"

„Ja. Aber er hat's nicht getan."

„Glaubst du ihm?"

„Ich bin mir sicher!"

„Echt? Mir haben sie bei der Anmeldung geraten, Zweifel zuzulassen, weil sie oft begründet sind. Mitfühlenden Zweifel sozusagen."

Grace schwieg. Je weniger sie ihm erzählte, umso besser. So ließen sich die Lügen auf ein Minimum reduzieren. Und Paolo anzulügen würde ihr verdammt schwerfallen.

„Wir haben in San Francisco schon genug über Alan und mich gesprochen. Das, was du gerade erlebst, ist genauso interessant. Lass uns darüber reden."

„He, mach dir mal keine Sorgen um mich", lachte Paolo. „Mir geht's schon besser, nachdem ich weiß, dass Harrison noch mal in Berufung gehen kann. Ich bin noch nicht bereit dafür, ihm beim Sterben zuzusehen."

„Das musst du auch nicht, das ist dir schon klar, oder?"

Er schüttelte den Kopf. „Wenn ich mich drauf einlasse, dann ganz oder gar nicht. Genauso würde ich es mir jedenfalls wünschen, wenn ich hinter Gittern säße."

Eine Weile schwiegen beide, bis sich Paolo mit einem fetten Grinsen zu ihr beugte. „Lass uns mindestens die doppelte Menge Blätterteig kaufen!"

JOHN-MICHAEL

Van Buren-Highschool – Donnerstag, 21. Mai

John-Michael lehnte gerade an seinem Auto und zündete sich eine Zigarette an, als er sie sah.

Sie kam über die Strandpromenade auf ihn zu, wobei sie sich ziemlich grob durch einen Pulk von Schüler hindurchquetschte, die am Rand des Schulgeländes standen und rauchten. In anderen Gegenden von Los Angeles hätte sie für diese Aktion ein Messer zwischen die Rippen kassiert. Doch hier waren die Jugendlichen zu sehr damit beschäftigt, cool auszusehen, und beschränkten sich auf vereinzelte obszöne Gesten hinter ihrem Rücken.

John-Michael zog an der Zigarette und wartete. Der Nikotinkick in seinen Adern kam ihm sehr gelegen. Er war noch nie gut mit Judy klargekommen und hatte sich diebisch gefreut, als sie aus dem Leben seines Vaters verschwand.

Und trotzdem überraschte es ihn nicht, sie zu sehen; er wunderte sich vielmehr, warum sie jetzt erst kam.

„Da bist du ja, du kleiner Scheißer", sagte sie, als sie vor ihm stand. Sie war außer Atem, auf der Oberlippe perlte ein dünner Schweißfilm. John-Michael war gut fünf Zentimeter gewachsen, seit er sie das letzte Mal gesehen hatte; groß genug, die grauen Ansätze ihrer rot getönten Haare zu bemerken. Sie war noch dürrer, als er sie in Erinnerung hatte.

„Hi, Judy."

„Du wärst froh gewesen, wenn du meinen Arsch nie mehr zu Gesicht bekommen hättest, stimmt's?"

„Mensch, Judy, spar dir die Anzüglichkeiten. Als Schwuler bin ich da ziemlich empfindlich."

„Halts Maul, du elender Vatertöter!"

„Korrekt heißt das Vatermörder. Und ich muss dich leider enttäuschen, das war ich nicht!"

Judy fuhr mit einer Hand zärtlich über den Kotflügel des Mercedes. Sie lächelte boshaft. „Du hast dir also sein Auto geschnappt."

„Sein Ein und Alles."

„Gefällt dir bestimmt, damit rumzufahren. Freust dich diebisch, dass du es geschafft hast, ihn loszuwerden. Musst dich nicht mehr mit ihm rumschlagen und sahnst stattdessen fett die Kohle ab. Netter Schachzug, Kiddo."

„Pass auf, was du sagst", sagte John-Michael warnend.

„Wenn du wüsstest, was Chuck und ich da drin getrieben haben, würde dir der Spaß vergehen", fauchte Judy. Sie schien sich an dem Anflug von Ekel, der über sein Gesicht huschte, regelrecht zu ergötzen. Grinsend entblößte sie eine Reihe makelloser Keramikkronen, die ihr sein Vater bezahlt hatte. Im selben Jahr hatte John-Michael ihn um Geld für ein Auto gebeten, aber der Alte hatte ihn ausgelacht und ihm geraten, sich einen verdammten Job zu suchen.

Jetzt war Schluss mit dem freundlichen Getue.

„Spuck's aus, was willst du, Judy?"

„Das, was mir zusteht! Die Hälfte von Chucks Vermögen. Das hat er mir vererbt."

John-Michael schnaubte höhnisch, aber Judy funkelte ihn triumphierend an. Sie schien sich eindeutig im Recht zu fühlen.

„So steht es nicht im Testament."

„Ja, weil du eine alte Version vorgelegt hast, du dreckiger Dieb", stieß sie zwischen zusammengebissenen Zähnen hervor.

„Das Testament ist rechtlich gültig. Ist doch nicht meine Schuld, wenn er es zehn Jahre lang nicht aktualisiert hat."

„Als wir ein Paar waren, hat er ein neues Testament gemacht. Ich weiß es, weil ich es gesehen habe."

„Ach ja? Und wo ist dann dieses mysteriöse Testament?"

„Woher zum Teufel soll ich das wissen? Ich habe es trotzdem gesehen."

„Keine Ahnung, was er dir da gezeigt hat. Schon mal überlegt, ob er dich angeschwindelt hat, damit du schön brav bei ihm bleibst? Damit du …"

John-Michael brachte es nicht über sich, es laut auszusprechen. Allein der Gedanke an seinen Vater und diese Frau verursachte ihm Übelkeit. Früher hatte sie zwar besser ausgesehen, seinen Vater aber auch den letzten Nerv gekostet. Heute war sie sicher fünf Kilo leichter und völlig ohne jede Rundung; von ihren weichen, engelhaften Zügen war nichts geblieben. Im Gegenteil, sie sah mürrisch aus, knochig und verwahrlost.

„Ich hab das Testament gesehen, verdammt! Fünfzig Prozent für dich. Immer noch mehr, als du verdient hast, du faule Schwuchtel! Und die anderen fünfzig für mich. Als Dank für all die Jahre, in denen ich mich um ihn gekümmert habe."

John-Michael stieß ein trockenes Lachen aus. Sollte sie ihn ruhig beleidigen, es machte ihm nichts mehr aus. „Von wegen gekümmert. Unglücklich gemacht hast du ihn! Im ersten Jahr hast du genüsslich die Krallen in ihn geschlagen – von da an wollte er dich nur noch loswerden!"

„Hat Chuck dir das erzählt, Mamasöhnchen?"

John-Michael antwortete nicht. Heißer Zorn stieg in ihm auf. Judy deutete sein Schweigen als Angst und fügte höhnisch hinzu: „Aus meiner Perspektive stellt sich das alles ganz anders dar."

John-Michael musste sich beherrschen, ihr nicht mit der Faust ins Gesicht zu schlagen, so wütend war er. Mit zitternden Fingern kramte er den Autoschlüssel aus der Tasche. Er musste hier weg, sofort!

Judy blockierte die Fahrertür und lehnte sich ganz dicht zu ihm. „Du hast vielleicht das Originaltestament, aber ich habe den Entwurf", flüsterte sie. „Mein Anwalt sagt, das reicht als Motiv. Du warst vor Ort und du hast kein Alibi. Er ist an einer Überdosis Heroin gestorben, und wir wissen doch beide, wie dick du mit den Junkies bist. Sieh's ein – wenn ich mit dem Entwurf zu den Bullen gehe, stecken die dich bis zur Volljährigkeit ins Jugendgefängnis. Und dann – gute Nacht …" Sie tat so, als wische sie sich eine Träne von der Wange. „Wie willst du mit den ganzen Kerlen im Knast fertigwerden? Am besten suchst du dir einen Sugardaddy, der dich beschützt."

Das reichte! John-Michael packte Judy an den Schultern und schubste sie zur Seite. Sie fing sich, doch er schubste sie noch einmal.

„Glaubst du wirklich, ich bringe meinen eigenen Vater um?", schrie er.

„Wenn du mich noch mal anfasst, zeige ich dich an!", zischte sie.

Er verschränkte die Arme vor der Brust, damit ihm nicht doch noch die Faust ausrutschte. „Ach, und du meinst, dir glaubt jemand? Warum sollte mein Vater einer Schlampe wie dir einen einzigen Cent hinterlassen? Schau dich doch an!"

„Du mieser kleiner …"

Wortlos drehte sich John-Michael um, setzte sich ins Auto und schlug die Tür zu. Im selben Moment steckte Judy den Kopf durchs Fenster.

„Wir machen halbe-halbe, und ich vergesse, dass du mich Schlampe genannt hast."

„Ich hab in meiner Zeit auf der Straße ein paar echt fertige Leute getroffen", erwiderte John-Michael bedächtig. „Aber du, du bist Abschaum! Keine Ahnung, warum sich Dad mit dir eingelassen hat. Wahrscheinlich hat er sich umgebracht, um dich endlich loszuwerden!" Damit startete er den Motor.

Judy kniff die Augen zu Schlitzen zusammen. Sie erinnerte ihn an eine Schlange kurz vor dem Zubeißen. „Fünfzig Prozent. Mein letztes Angebot! Nächste Woche erhöhe ich auf sechzig." Mit einem unmissverständlichen Blick auf den Mercedes fügte sie hinzu: „Genieß es, solange du noch kannst, du Armleuchter."

2. Stock – Donnerstag, 21. Mai

Candace stand barfuß auf dem Balkon vor ihrem Zimmer und genoss die Wärme des Holzes unter ihren Füßen. Andächtig lauschte sie der Musik, die aus dem Haus drang. Sie hatte Lucy noch nie auf der akustischen Gitarre spielen hören, und es klang einfach grandios.

Auch Maya und Paolo waren am Fuß der Wendeltreppe stehen geblieben, um zu lauschen. Als sie Candace bemerkten, formten sie mit den Lippen ein stummes „Wow".

Lucy schaffte es, in einem Lied die unterschiedlichsten Stimmungen zu erzeugen. Gebrochene Akkorde wechselten dabei mit sanften Melodien. Candace blieb mit der Hand auf dem Türgriff stehen. Es widerstrebte ihr, Lucy mitten in diesem wunderbaren Zwiegespräch mit ihrer Gitarre zu unterbrechen. So leise sie konnte, schob sie die Tür auf und schlüpfte mit einem entschuldigenden Lächeln ins Zimmer.

Lucy nickte ihr kurz zu, hörte aber nicht auf zu spielen. Ihre Miene war ernst, hoch konzentriert. Als der letzte Akkord verklungen war, applaudierte Candace begeistert. Lucy lächelte zaghaft, es schien ihr fast ein wenig peinlich zu sein.

„Sorry, ich wollte dich nicht da draußen warten lassen", sagte sie.

„Machst du Witze? Mann, du kannst vielleicht spielen, Lucy!"

„Weiß ich", erwiderte Lucy spöttisch. „Deshalb bin ich ja auch Leadgitarristin in einer vielversprechenden Nachwuchsband."

„Nein, ich meine so richtig klassisch und so."

„Darin bin ich jahrelang unterrichtet worden. Hab erst vor drei Jahren mit dem Rock angefangen."

„Haben dich deine Eltern deshalb rausgeworfen?"

„Das war mit ein Grund, ja", antwortete Lucy ausweichend.

„Ich steh total auf Rockmusik, aber das? Wow, das war stark, Lucy."

Lucy zuckte die Achseln. „Findest du?", fragte sie skeptisch. „Mit dem Stück wollte ich mich am Musikkonservatorium Juilliard in New York bewerben."

„Dann tu das. Du bist verdammt gut!"

„Geht so. Bei den Arpeggios muss ich noch schneller werden."

„Willst du nicht an die Juilliard?"

„Nein", sagte Lucy nach kurzem Zögern.

„Aber warum denn nicht?"

„Weil … weil es nicht das ist, was ich will. Du findest mich vielleicht gut, aber gut genug bin ich nicht. Hast du eine Ahnung, was für Talente heutzutage aus China und Fernost zu uns kommen? Zwölfjährige Kinder können Bachs Chaconne tausendmal besser spielen als ich. Als Gitarristin hat man in der Musikwelt nur Chancen, wenn man solo spielt. Im Orchester findet man nicht viele Gitarristen. Und für eine Solokarriere bin ich zu schlecht."

Candace zögerte. In Lucys Stimme lag eine Spur Traurigkeit. Vielleicht war die Rockmusik doch nicht ihre erste Wahl. „Das ist doch Mist, die eigene Tochter rauswerfen, nur weil sie nicht auf eine bestimmte Schule gehen will", sagte sie kopfschüttelnd.

„Das war ja nicht der einzige Grund. Genau genommen ging es gar nicht darum. Aber mein Entschluss, mich nicht in New York zu bewerben, hatte diverse … Auswirkungen. Die Rockmusik war eine davon. Und ich habe wieder mit ein paar Sachen angefangen, die … Ach, das bringt doch alles nichts. Vorbei ist vorbei!"

„Du klingst traurig."

Lucy schüttelte den Kopf. „Nein, das bin ich nicht, ehrlich", sagte sie entschlossen. „War ich vielleicht mal, aber jetzt nicht mehr." Sie bückte sich nach dem Gitarrenkoffer, der auf dem Boden lag.

Candace schlenderte zum Notenständer und betrachtete das

Notenblatt. Als Kind hatte sie Klavierstunden genommen, aber nie besonders gut gespielt. Auf diesem Blatt konnte sie nicht einmal die Noten lesen, so viele waren es. Aus eigener Erfahrung wusste sie, dass man viel üben musste, um richtig gut zu spielen. Das erforderte Einsatz und Disziplin. Wenn Lucy das Stück vom Blatt spielen konnte, ohne vorher geübt zu haben, musste sie ungeheuer begabt sein. Candace war der festen Überzeugung, dass Lucy musikalisch alle Türen offen standen.

Irgendwas verheimlichte sie also.

„Du bist halt doch eher die Rock-Göre, oder?“, begann Candace.

Ein Lächeln spielte um Lucys Mundwinkel. „Du sagst es.“

„Und wie kam es dazu? Nachdem du vorher so ein braves Klassik-Mäuschen gewesen bist?“

„Mein großer Bruder Lloyd hat mich auf ein Green-Day-Konzert mitgenommen, als ich vierzehn war. Er hat behauptet, dass Billie Joe mich auf die Bühne holt und mitspielen lässt, wenn ich sage, dass ich Gitarre spielen kann.“

„Kein Scheiß?“

„Ich hab’s im Internet nachgeschaut und es stimmte. Bei jedem Konzert haben sie ein Kind auf die Bühne geholt.“

„Unglaublich. Und hast du die Songs dann vorher geübt?“

„Ich bitte dich! Die bestehen ja nur aus drei Akkorden.“

Candace blieb der Mund offen stehen.

„Egal, wir sind jedenfalls hingefahren, extra früh, damit wir ganz vorne stehen.“

„Und?“

„Ob er mich ausgesucht hat? Das einzige schwarze Mädchen zwischen den ganzen bleichen Jungengesichtern? Klar hat er mich genommen!“

„Verdammt! Das gibt’s ja nicht!“

„Er hat drei Kinder rausgeholt. Wir haben ‚Knowledge‘ von Operation Ivy gespielt. Nicht gerade das schwerste Stück aus meinem Repertoire, aber …“ Sie seufzte wehmütig. „Da oben zu stehen und auf die Menschenmenge runterzuschauen. Ein Meer von Gesichtern und alle gucken dich an! Alle warten nur darauf, dass du deine Show abziehst. Diese Energie! Ich kann's nicht erklären, aber es war so, als würde die Energie von den Zuschauern direkt zu mir fließen und dann wieder zurück. Wie eine krasse Rückkopplungsschleife."

Candace grinste anerkennend. „Ich kann mir ungefähr vorstellen, wie das sein muss. Mit der Jugendtheatergruppe sind wir manchmal vor fünfzehnhundert Leuten aufgetreten. Du hast recht, die Energie dieser Menschenmenge ist mit nichts vergleichbar."

„Dann stell dir das Gefühl vor – und multipliziere es mit zehn. Denn damals waren ungefähr siebzehntausend Leute im Stadion! Wochenlang war ich total drauf. Sogar im Schlaf dröhnte der Bass durch meine Adern."

„Beim ersten Mal süchtig geworden, würde ich sagen."

„Ja, komplett. Danach habe ich der klassischen Musik nie mehr so viel abgewinnen können. Wenn ich die Chaconne spiele, dann verliere ich mich in mir. Was gut ist, versteh mich nicht falsch, aber ich will auf andere Art mit der Musik verbunden sein. Auf der Bühne habe ich mich wie ein Blitzableiter gefühlt, der diese ganze Energie aufsaugt und dann weitergibt. Meinen Eltern hab ich's nicht gesagt, nicht mal Lloyd, aber seit dem Tag wusste ich es. So, nun weißt du, wie ich mit vierzehn zum dritten Mal versucht habe, eine Karriere zu starten."

„Meinst du nicht zum zweiten Mal?", fragte Candace erstaunt.

Lucy schüttelte nur ausweichend den Kopf und stellte die Gitarre zurück in die Halterung neben der Tür. Wortlos lümmelte sie sich aufs Bett, zog ihr Handy unter dem Kissen hervor und stöpselte die Kopfhörer in die Ohren. Für sie war das Gespräch offenbar beendet, aber so leicht gab Candace nicht auf.

Einer plötzlichen Eingebung folgend, klappte sie den Laptop auf. „Wo war das Konzert?"

„In Oakland."

Candace klickte sich durch ein paar YouTube-Seiten, bis sie einen Mitschnitt des Konzerts gefunden hatte. Sie drückte auf Play und lehnte sich zurück. Da war sie, jung und ein wenig pummelig, in Jeans und einem American-Idiot-T-Shirt, aber unverkennbar Lucy. Sie blickte direkt ins Publikum, während sie die Akkorde schlug und Billie Joe dazu sang.

„Mein Gott, es gibt ein Video davon!"

„Nicht nur eins", murmelte Lucy.

Candace hob den Kopf. „Die Nummer ist echt schwer zu toppen."

„Meine Eltern haben das anders gesehen."

„Und wieso war das deine dritte Karriere? Hast du vor der klassischen Gitarre noch was anderes gemacht?"

Lucy zögerte; misstrauisch beäugte sie Candace. „Wenn du's unbedingt wissen willst: Ich wollte immer schauspielern."

„Ehrlich?"

„Ja." Nach einer Pause fügte sie hinzu: „Im Fernsehen, um genau zu sein. So wie du."

„Du wolltest ins Fernsehen?"

Diesmal dauerte die Pause länger. „Ich *war* im Fernsehen."

„Meinst du das jetzt ernst?"

Als Lucy gerade antworten wollte, steckte John-Michael den Kopf ins Zimmer, um Lucy zu fragen, ob sie Lust auf einen Burger im In-N-Out hätte. Candace ignorierte er geflissentlich, was sie nicht weiter überraschte, weil die beiden immer wieder mal auf dicke Freunde machten.

Als sie weg waren, startete Candace das Video erneut. Lucy mit vierzehn live auf der Bühne bei einem Konzert von Green Day.

Wenn das nicht inspirierend war.

GRACE

Balkon – Donnerstag, 21. Mai

„Das müsst ihr euch anschauen, es ist wunderschön!“, rief Grace vom Balkon ins Haus. Am Horizont versank die Sonne glutrot im Meer. Der Strand lag wie ausgestorben da, auf dem Wasser blinkten die Lichter der Boote, die im Wind leise auf und ab tanzten.

Die Strandpromenade füllte sich langsam. Es war Donnerstag, und so kurz vor dem Wochenende waren die Bars gut besucht. Candace tauchte an der Türschwelle auf, den Laptop in der Hand.

„Ich muss noch den Aufsatz über die Bürgerrechte zu Ende schreiben.“

„Bist du immer noch nicht fertig?“, fragte Grace.

„Hab mich zu lange bei YouTube aufgehalten.“

„Klavierspielende Katzen?“

„Nein, gitarrespielende Lucy, die mit Green Day auf der Bühne steht“, erwiderte Candace.

Sie stellte den Laptop auf dem Tisch ab und rief das Video auf. Grace schaute über ihre Schulter auf den Bildschirm, wo Lucy seelenruhig mit der Band Gitarre spielte.

„Ich werd verrückt.“

„Ich weiß! Die hat eine Bühnenpräsenz, die Kleine. Aber weißt du, was mich noch mehr überrascht hat?“, fragte Candace.

Grace zögerte. Ihr gefiel der Ausdruck in Candaces Augen nicht. Sie schien ein pikantes Detail auf Lager zu haben. Wollte Grace das wirklich wissen? „Noch überraschender als Lucy live mit Green Day?“, fragte sie.

„Oh ja. Man würde doch erwarten, dass sie so was Krasses mal erwähnt, oder? Das, was jetzt kommt, ist noch ’ne Nummer größer.“

Grace blickte sich verzweifelt nach etwas um, das Candace

ablenken würde. „Wow, schau dir den Sonnenuntergang an. An diesem Ausblick kann ich mich einfach nicht sattsehen."

„Furchtbar schön."

„Was für ein Glück, dass deiner Mutter dieses Haus gehört. Warum hat sie es sich eigentlich gekauft?", fragte Grace und beäugte Candace unauffällig. Die schien keinerlei Verdacht zu schöpfen, sondern stützte sich aufs Geländer und blickte verträumt übers Meer.

Die gute alte Candace, entspannt wie immer. Grace schaffte es nie, so locker zu bleiben, wenn es nötig war.

„Meine Mom wollte immer gerne mit Künstlern leben", antwortete Candace. „So eine richtige Möchtegernbohemien. Bis sie dick Geld in die Finger bekommen hat. Jetzt geht sie nur noch auf dem Rodeo Drive shoppen, wie es sich für Hipster-Kreise eben gehört."

„Umso besser für uns." Grace lächelte Candace zu. „Hast du Lust auf einen Spaziergang nach Santa Monica? Wir könnten uns an der Strandpromenade ein Bananasplit mit Karamellsoße kaufen. Das wär's jetzt! Und Karussell fahren."

„Bananasplit?" Candace runzelte die Stirn. „Hast du eine Vorstellung davon, wie lange ich joggen muss, um das zu verbrennen? Ich darf maximal ein Kilo zunehmen."

„Wir könnten ja die anderen mitnehmen, dann ist es lustiger."

„Gute Idee. Als wir hier eingezogen sind, bin ich davon ausgegangen, dass wir jedes zweite Wochenende dort sind."

Grace musste grinsen. „Stimmt, ich auch. Es ist so nah, dass wir jederzeit hingehen könnten."

„Eben, deshalb tun wir es nie."

Sie mussten beide lachen, doch Candace wurde schnell wieder ernst. „Gott, es ist so geil, hier zu wohnen! Ich weiß gar nicht, was ich mache, wenn wir hier je ausziehen müssen."

„Völlig deiner Meinung. Also lass uns dafür sorgen, dass es nie so weit kommt", stimmte Grace ihr zu. Das Ablenkungsmanöver schien aufgegangen zu sein, jedenfalls griff Candace das

Thema Lucy nicht mehr auf. Vielleicht dachte sie gerade ans Essen, sie war dauernd hungrig.

„Wir können ja einfach ein bisschen auf der Promenade flanieren“, schlug Candace vor. „Vielleicht ein paar Tacos essen oder einen Salat. Ich lade dich ein, kleine Schwester“, fügte sie hinzu und legte Grace einen Arm um die Schultern. „Und dann erzähl ich dir das von Lucy.“

„Meinst du, es ist Lucy recht, wenn du über sie redest?“

„Warum nicht? Ist ja nichts Schlimmes. Sie hat jedenfalls keine große Sache draus gemacht.“

Grace gab sich geschlagen. Wenn Candace so scharf darauf war zu tratschen, dann bitte.

„Also gut, was ist das große Geheimnis?“

„Unsere Gitarrengöttin Lucy war früher im Fernsehen!“

„Ernsthaft?“

„Ja, sie hat in irgendeiner Serie mitgespielt.“

„Länger?“

„Keine Ahnung.“

„Auf einem der großen Sender oder bei irgend so einem kleinen Spartenkanal?“

„Ach, Spartenkanal, ja? So wie ich etwa?“, feixte Candace.

„Deine Serie läuft doch nicht auf einem Spartensender, Candace“, grummelte Grace.

„Den Sender hat sie nicht verraten.“

„Vielleicht hat sie ja nur in einer Folge mitgespielt.“

Candace zuckte die Achseln. „Selbst dann. Im Fernsehen aufzutreten ist ja wohl das Größte, vor allem für Kinder.“

„Hm.“

„Warum bist du so negativ, findest du das gar nicht aufregend?“

„Ist doch keine große Sache.“

Auf der Treppe erklangen polternde Schritte, und im nächsten Moment stand Maya auf dem Balkon. Sie sah müde aus, Schatten lagen unter ihren Augen.

„Hab ich den Sonnenuntergang verpasst?"

„So gut wie", antwortete Candace.

„Verdammt! Dabei wollte ich mir diese Woche unbedingt einen anschauen."

„Darüber haben wir gerade gesprochen", warf Grace ein. „Über all die coolen Sachen, die wir immer machen wollen, aber nie machen."

Maya nickte zustimmend. „Ich hab so viel für die Schule zu tun. Dann noch einkaufen, kochen, waschen, programmieren ... in den letzten zwei Wochen hatte ich grad mal eine Stunde Zeit für mich."

Grace gab ihr im Stillen recht. Den Haushalt zu stemmen war sehr viel aufwendiger, als sie erwartet hatte. Aber sie würde es niemals zugeben, genauso wenig wie die anderen Mitbewohner. Sie alle wussten, worauf sie sich mit der Mündigkeit eingelassen hatten, und es gab so etwas wie einen stillen Pakt, niemals ein kritisches Wort darüber zu verlieren.

„Wie läuft's mit deinem Computerzeug?", fragte Grace.

Maya lehnte sich ans Geländer und ließ den Blick übers Meer schweifen. „Ziemlich gut, danke."

„Du errätst nie, was ich rausgefunden habe!", unterbrach Candace. „Lucy war früher mal im Fernsehen!"

Maya und Grace tauschten Blicke. „Echt? Welche Sendung?", fragte Maya unbeeindruckt.

„Wissen wir nicht", antwortete Grace genervt. „Kennst du eine Serie, in der Lucy mitgespielt hat?"

„Ich schau fast nie fern", antwortete Maya leicht gereizt.

„Wir könnten es googeln", rief Candace aufgeregt und trommelte auf die Leertaste, um den Ruhezustand des Laptops zu beenden. „Warum bin ich nicht früher draufgekommen?"

Grace erstarrte. Die Sache drohte aus dem Ruder zu laufen. Je mehr Details die Mitbewohner über Lucy erfuhren, umso unsicherer wurde die Situation.

„Ganz einfach: weil du keine verrückte Stalkerin bist!“, sagte Grace betont locker.

„Wir reden vom Fernsehen, nicht von einem Staatsgeheimnis“, erwiderte Candace. „Da geht’s ja wohl um Beliebtheit und Publikumswirksamkeit, oder?“

„Ist das der Grund, warum die Leute Schauspieler werden?“, fragte Grace schnippisch. „Wegen der Zuschauer?“

Candace zuckte die Achseln. „Größtenteils schon.“

„Aber im Fernsehen sieht man die Zuschauer doch gar nicht“, protestierte Grace.

„Man weiß trotzdem, dass sie da sind. Man stellt sie sich vor. Egal, Lucy hat mir jedenfalls erzählt, dass sie das auf der Bühne mit Green Day total umgehauen hat.“

Maya zuckte zusammen. „Lucy ist mit Green Day aufgetreten?“

„Sie haben sie mal auf die Bühne geholt, als sie vierzehn war“, sagte Candace nickend.

„Das wusste ich gar nicht.“

„Woher auch?“, fragte Grace erstaunt.

„Weil ich das an ihrer Stelle bestimmt jedem erzählen würde.“

„Ich frag mich, wie viele Geheimnisse die gute Lucy noch mit sich herumträgt“, grübelte Candace.

Grace und Maya tauschten einen stummen Blick.

„Na gut. Auf IMDB gibt es keinen Eintrag zu Lucy Long“, erklärte Candace. „Unter Lucille auch nicht. Wofür könnte Lucy noch stehen, für Lucinda?“

Maya unterbrach sie. „Candace, sei mir nicht böse, aber ich finde es grenzwertig, was du machst. Vielleicht hat sie dir den Titel der Serie absichtlich nicht gesagt. Du solltest ihre Privatsphäre respektieren!“

Verdutzt klappte Candace den Laptop zu. „Von mir aus. Ich dachte, ihr findet das genauso spannend wie ich, mehr nicht.“

Grace musterte Maya nachdenklich. Seit die Jüngere sie dabei ertappt hatte, wie sie Lucys Briefe las, war sie noch verschlossener als sonst. Sie erzählte nie etwas von sich, plauderte die Geheimnisse anderer aber auch nicht aus. Weder Graces Gefühle für Paolo noch Lucys Vergangenheit.

Ein ungutes Gefühl blieb: Was wusste sie eigentlich von Maya?

JOHN-MICHAEL

Venice Beach – Freitag, 22. Mai

Fünf Minuten nach Ende der Mathestunde saß John-Michael bereits hinter dem Steuer des Benz. Es war ein ziemlicher Schock gewesen, vor der Schule ausgerechnet von Judy abgefangen zu werden. Es mochte paranoid sein, aber er hatte keine Lust herauszufinden, ob sie heute wieder da war.

Normalerweise brauchte er nur fünf Minuten bis Venice, aber freitags wollten alle raus zum Strand, und so wurden aus den fünf Minuten fünfundzwanzig. Die Sonne brannte unbarmherzig herab. Er drehte die neueste Pop-Punk-Scheibe lauter, doch die Musik konnte die Erinnerung an Judy nicht vertreiben.

Dieser Hass in ihren Augen.

Vom Testamentsvollstrecker kannte er die ungefähre Summe der Erbmasse nach Verkauf des Hauses. Es war nicht gerade ein Vermögen, aber die Hälfte davon war definitiv mehr, als Judy je besessen hatte. Es tat ihm nicht leid, sie Schlampe genannt zu haben. Sie war ein geldgieriges Aas, eine ehemalige Stripperin ohne Schulbildung, die sich auf Kosten der Männer durchs Leben schlug, die dumm genug waren, das mitzumachen.

Nachdem die Polizei Zweifel am Selbstmord von Chuck Weller geäußert hatte, würde es schwer werden, das „Mordhaus" zu einem guten Preis zu verkaufen. John-Michael besaß nichts außer dieser Erbschaft. Auch das ererbte Geld seiner Mutter steckte in dem Haus – damit hatten sie damals die Anzahlung geleistet. Ihm wurde ganz schlecht bei dem Gedanken, dass er das Haus womöglich nicht losbekam. Einen Mieter zu finden würde sich genauso schwierig gestalten. Nicht gerade die typischen Probleme eines Highschool-Kids.

Er stellte das Auto auf dem Tiefgaragenstellplatz ab, den er für sündteures Geld angemietet hatte, und lief die paar Meter zum Strandhaus hinüber. Das Meer lag tiefblau vor ihm, die Sonne brannte unangenehm heiß auf der Haut. Während der kurzen Fahrt im Cabrio musste er sich einen Sonnenbrand geholt haben. Er ging zu selten in die Sonne. Mit Paolos gebräuntem Athletenkörper konnte er zwar nicht konkurrieren, aber so ein kleines Sonnenbad konnte nicht schaden.

Nachdem er eine halbe Stunde in Shorts am Strand gelegen hatte, tauchte plötzlich Candace neben ihm auf.

„Hier bist du! Ah, hinlegen, das wäre schön! Ich bin völlig fertig."

John-Michael schob die Sonnenbrille nach oben. „Wegen der Fernsehserie?"

Sie nickte und ließ sich in einen Stuhl fallen.

„Du bist hergezogen, um zu arbeiten, und jetzt arbeitest du."

Candace schüttelte bedächtig den Kopf. „Nicht wirklich."

„Wie jetzt? Ich dachte, du liebst den Job."

„Du warst damals nicht mit im Studio, sonst wüsstest du, was ich meine. Ich wurde nur fürs schöne Aussehen eingestellt."

„Ja und? Zumindest bist du im Fernsehen."

Sie streckte die Hand aus und zupfte an seinem Handtuch, einem großen grünen Strandtuch mit blauem Rand. Locker groß genug für zwei. „Das dachte ich anfangs auch, aber jetzt reicht mir das nicht mehr. Ach komm schon, lass mich mit aufs Handtuch!"

„Ja, ja, typisch Frauen, immer wollen sie mehr."

Grinsend legte sich Candace neben ihn. „Ist das so, ja? Wie auch immer, ich hab ein paar neue Castings arrangiert."

„Wart's nur ab, Candace, eines Tages kommst du ganz groß raus."

Sie boxte ihn liebevoll auf die Schulter. „Wenn das passiert … falls das passiert …"

„Dann was?"

Sie drehte sich auf den Rücken. „Ach, dann kann ich glücklich sterben."

„Ich fände es ja besser, am Leben zu bleiben und das Ganze auszukosten, aber wenn du meinst …"

Diesmal boxte Candace ihn so fest in die Seite, dass er vom Handtuch rollte. Genervt sprang er auf und klopfte sich den Sand von den Shorts.

„Hast du das von Lucy gehört, dass sie mal im Fernsehen war?“, fragte Candace.

„Ja, weiß ich. Na und?“

„Du wusstest das?“ Der Gedanke war Candace nie gekommen. „Du wusstest es und hast es niemandem erzählt?“ Sie stützte das Kinn in die Hand und blinzelte ihn an. „Weißt du, in welcher Serie sie mitgespielt hat?“

„Jelly and Pie.“

„Echt? Hm, die hab ich selber nie geschaut.“

„War nicht so toll. Wurde nach drei Staffeln abgesetzt.“

„Welche Rolle hat Lucy gespielt?“

„Ach, das Übliche. Das süße, picklige, freche schwarze Mädchen. Und jetzt hör auf, über Lucy zu reden, sie ist froh, dass es vorbei ist. Dreh dich um, Zeit für den Sunblocker.“

Candace drehte sich auf den Bauch und seufzte, als John-Michael ihr die Schultern und den Rücken eincremte. „Oh, JM, die Frauenwelt verpasst echt was …“

„Hör auf“, sagte er streng, doch sie konnte hören, dass er lächelte.

„Wie läuft es überhaupt mit den Männern. Triffst du dich gerade mit jemandem?“

„Nein“, antwortete er mit Nachdruck. „Es reicht für heute mit den intimen Details. Warum reden wir zur Abwechslung nicht mal über dich? Triffst du dich mit jemandem, den du magst?“

„Wer, ich? Wer interessiert sich denn dafür?“

„Ich kenne kein einziges Mädchen, das nicht gerne über sich spricht.“

Candace stützte sich auf die Ellbogen hoch und hielt ihm die Hand hin. „Hallo, ich heiße Candace Deering. So, jetzt kennst du eins.“

„Ernsthaft? Aber du bist doch im Showgeschäft!“

„Ich spiele viele Rollen“, sagte sie schüchtern lächelnd.

Er lachte. „Ja, das glaube ich dir sofort. Und jetzt spielst du gerade die introvertierte Künstlerin!“

„Ha! Erraten. Na gut, ich verrate dir, wer wirklich nicht gerne von sich spricht: meine Stiefschwester.“

„Stimmt, sie ist ziemlich schweigsam. Und Maya auch.“

„Das ist aber auch was anderes“, entgegnete Candace. „Sie ist ein Computer-Freak. Was ja okay ist“, fügte sie schnell hinzu. „Ich steh auf Freaks. Die denken sich immer alle möglichen hübschen Spielzeuge aus.“

„Hoffentlich kommt wenigstens was dabei rum.“

„Was meinst du?“

„Na ja, sie steckt viel Zeit rein, wenn man bedenkt, dass sie damit quasi nichts verdient.“

„Vielleicht hat es mit ihrer Legasthenie zu tun.“

„Sie ist Legasthenikerin?“

„Ja. Einmal kam ich um zwei Uhr nachts runter, und sie saß weinend da, weil sie irgendeinen Programmierfehler nicht beheben konnte. Da hat sie es mir erzählt. Wegen der Legasthenie macht sie einen Haufen Fehler und braucht dann Ewigkeiten, sie wieder zu korrigieren.“

„Wow“, erwiderte John-Michael fassungslos. „Respekt, dass sie es trotzdem durchzieht.“

„Schon, oder?“

„Und das alles für irgendein Computerspiel-Cheat?“

„Soweit ich weiß, ja.“

„Warum denkt sie sich nicht was Neues aus, das noch keiner hat? Es gibt schon ungefähr eine Million solcher Apps für Cheatcodes.“

„Ja, genau, sie könnte der neue Zuckerberg werden!“

John-Michael legte sich zurück aufs Handtuch, setzte die Sonnenbrille auf und schaute in den Himmel. „Stell dir vor, du bist mit Zuck befreundet. Cool!“

„Maya ist noch cooler.“

„*Viel* cooler." Sie schwiegen eine Weile, ehe John-Michael wieder das Wort ergriff. „Das ist dir ja ziemlich gut gelungen, mich abzulenken." Auf Candaces fragenden Blick hin ergänzte er: „Von der Frage, ob es zurzeit jemanden gibt, den du magst. Gibt es jemanden?"

„Kann ich dir was beichten?"

„Klar."

Candace zog eine Grimasse. „Die Jungs in meiner Schule turnen mich gar nicht an."

„Keiner von denen?"

„Nein. Jetzt, wo ich im Fernsehen mit richtigen Männern zusammenarbeite, kommen mir die Jungs in der Schule vor wie … na ja, wie Kinder."

„Oh, ach so!"

„Was soll das denn heißen?"

„Ältere Männer, verstehe."

„Das hab ich nicht gesagt."

„Aber gemeint. Und ich verstehe dich. Ich kenne viele Jungs, die sich für eine feste Beziehung mit einem älteren Mann entschieden haben. Das ist oft sehr verlockend. Die haben ein eigenes Haus, einen Job, schöne Klamotten."

„Ich stand schon immer auf Jungs, die ein paar Jahre älter sind als ich."

„Mir reicht es, wenn sie hübsch, ehrlich und freundlich sind."

Candace zerzauste ihm grinsend die Haare. „Oh, du bist so ein süßer Kerl! Und noch dazu backst du die besten Kuchen. Irgendjemand wird sich wegen deines Cheesecakes unsterblich in dich verlieben!"

John-Michael lächelte zaghaft. Mädchen waren manchmal gar nicht so übel. Vor allem die vier, mit denen er zusammenwohnte. Das ließ ihn fast die verhasste Begegnung mit Judy Aherne vergessen.

LUCY

Erdgeschoss – Freitag, 22. Mai

Die Polizisten saßen schon seit über einer Stunde im Wohnzimmer und warteten auf John-Michael. Lucy hatte versucht, ihn auf dem Handy anzurufen, doch wie sich herausstellte, lag das auf dem Küchentisch.

„Er ist unterwegs und hat das Handy hier vergessen."

Das rang den Bullen nur ein müdes Lächeln ab. „Wir warten."

Seitdem saßen sie auf dem Sofa und schauten fern. Paolo hatte sich sofort verdrückt, angeblich, weil er eine Tennisstunde hatte. Aber Lucy wusste genau, dass er freitags keine Stunden gab. Wollte er der Polizei etwa aus dem Weg gehen? Das sah ihm gar nicht ähnlich. Aber es half ihm nichts, denn als er nach einer Stunde zurückkam, saßen die beiden immer noch da. Lucy packte ihn am Arm und zerrte ihn in die Küche. „Lass mich ja nicht wieder mit den beiden Faschos alleine!"

Also blieb Paolo, sagte aber keinen Ton. Bald danach kam Grace nach Hause, gefolgt von Maya. Keiner wollte ins Wohnzimmer gehen, also fingen sie an, den Kühlschrank zu putzen und die Schränke auszuwischen. Entweder putzen oder essen, viel mehr Möglichkeiten gab es nicht.

Die Polizisten, ein Mann und eine Frau, sahen immer noch fern. Der Mann war ein hübscher Kerl Mitte dreißig mit asiatischem Einschlag und einem athletischen Körper; die Frau war im gleichen Alter, hatte kurze dunkle Haare und trug einen blauen Hosenanzug. Die beiden verhielten sich ruhig und zurückhaltend, strahlten aber trotzdem etwas Bedrohliches aus. Lucy hatte schon oft genug mit der Polizei zu tun gehabt, um zu spüren, dass etwas nicht stimmte.

Die Spannung war kaum auszuhalten. Irgendetwas würde heute Abend passieren, und dabei ging es nicht nur um einen neuen Hinweis im Todesfall Chuck Weller.

Gegen sechs schneite John-Michael endlich herein, Candace im Schlepptau. Sie kamen offenbar vom Strand, denn John-Michael hatte sich ein Badehandtuch über die Schulter geworfen. Als er die beiden Polizeibeamten sah, nickte er ihnen wortlos zu und steuerte Richtung Treppe. Ein Blinder hätte bemerkt, dass sie auf ihn warteten, sonst wären sie wohl kaum in der Sekunde aufgesprungen, als er zur Tür hereinkam.

Die Frau rief ihm nach: „John-Michael, ich bin Detective Winter. Ich war vor zwei Monaten schon mal hier. Ich muss Sie bitten, sich anzuziehen und uns aufs Revier zu begleiten."

John-Michael blieb mitten auf der Treppe stehen und drehte sich betont langsam zu ihr um. „Was haben Sie gesagt?"

„Ziehen Sie sich bitte eine Hose an."

„Bin ich verhaftet?"

Lucy konnte kurz einen Blick mit ihm wechseln, bevor er hochging und keine drei Minuten später in Jeans, Vans und T-Shirt wieder im Wohnzimmer stand.

Der Polizist richtete sich auf. „John-Michael Weller, ich verhafte Sie wegen des Mordes an Charles Durham Weller."

Als die Polizistin ihm seine Rechte vorlas, wurde Lucy schwindlig. Es war totenstill in der Küche. Zitternd starrte Lucy zu John-Michael hinüber, doch er würdigte sie keines Blickes. Er wirkte völlig distanziert, wie ein auf dem Meer treibendes Segelboot.

Detective Winter fuhr fort: „Haben Sie Ihre Rechte verstanden?"

John-Michael nickte mit versteinerter Miene.

„Wollen Sie eine Aussage machen?"

Er schüttelte den Kopf.

„Wir müssen Ihnen keine Handschellen anlegen, aber wir tun es, wenn es nötig ist."

Lucy trat nach vorne. „Ich komme mit."

„Tut mir leid, Miss", sagte der Polizist, „aber das ist eine ernste Angelegenheit. Es ist besser für Sie, wenn Sie sich da raushalten."

Lucy schob trotzig den Unterkiefer vor. „Er ist schließlich noch minderjährig, also hat er ein Recht auf einen Berater während der Befragung."

„Wir haben ihm ja gerade gesagt, dass er einen Anwalt hinzuziehen kann."

„Stimmt. Und bis der kommt, berate ich ihn. Verstanden?"

John-Michael legte ihr eine Hand auf den Arm. „Das musst du nicht tun."

„Wer ist dein Anwalt, John-Michael? Kennst du einen?"

„Ich muss telefonieren. Drei Anrufe sind erlaubt, oder?", fragte er Detective Winter, die zur Antwort nickte.

„Ich komme trotzdem mit", insistierte Lucy. „Ich lass dich bestimmt nicht mit denen allein."

„Wir fahren nach Carlsbad, Miss. Und wir fahren Sie sicher nicht zurück."

„Sehe ich so aus, als würde mich das jucken?", fragte Lucy ärgerlich.

Paolo zog sie am Arm. „Lucy, bist du sicher, dass das eine gute Idee ist?", zischte er.

Überrascht drehte sie sich zu ihm um. Sie hätte erwartet, dass er seine Hilfe anbietet. „Er ist unser Freund. Natürlich bin ich sicher!"

„Na gut, dann fahr ich mit und nehme dich später wieder mit nach Hause."

Lucy nickte und drückte ihm kurz den Arm. Erschrocken starrte sie John-Michael an. Seine Augen waren völlig leer, seine Miene verriet keine Regung. Was auch immer er fühlte – wenn er etwas fühlte –, er verschloss es anscheinend tief in seinem Inneren. Lucy hätte ihn am liebsten geschüttelt, um ihm irgendeine Reaktion zu entlocken.

Lucy kannte sich mit Cops aus. Nach außen hin taten sie immer ganz freundlich und professionell, aber in Wahrheit taxierten sie John-Michael genau. Sah er aus wie ein Mörder, benahm er sich wie einer, klang er so? Wie ein Junge, der seinen eigenen

Vater mit Heroin vollpumpt und ihm beim Sterben zusieht? Und was tat er? Setzte diese coole, unbeteiligte Miene auf. Da konnte er sich ja gleich „kaltblütiger Mörder“ auf die Stirn schreiben.

Sie fuhren los. Detective Winter saß neben John-Michael auf der Rückbank, Lucy durfte ausnahmsweise vorne mitfahren – normalerweise durfte niemand im Polizeiwagen mitfahren, was sie Lucy wortreich unter die Nase rieben. Die ganze Strecke bis Carlsbad sprach niemand ein Wort. Der Polizist hinterm Steuer – er hatte sich Lucy als Shawn Leung vorgestellt – stellte das Radio an und suchte einen Countrysender. Lucy lag ein ironischer Kommentar darüber auf der Zunge, warum sich jemand mit asiatischer Abstammung so ein Hinterwäldler-Gedudel anhörte, aber sie beherrschte sich. Auf gewisse Weise fand sie die Musik gar nicht mal so schlecht.

John-Michael hatte Lucy vor der Abfahrt gebeten, den Anwalt seines Vaters anzurufen. Nach einer Stunde Fahrt klingelte sein Handy, die Kriminalbeamtin hob für ihn ab. Sie antwortete einsilbig und sagte, nachdem sie aufgelegt hatte: „Der Anwalt Ihres Vaters kommt.“

John-Michael nickte, behielt aber sein Pokerface bei. Die Polizeibeamten tauschten im Rückspiegel einen kurzen Blick, woraufhin Detective Winter John-Michael von der Seite intensiv musterte.

„Hören Sie auf, ihn so anzustarren“, sagte Lucy.

„Halten Sie sich da raus, Miss Long.“

„Lass dich von denen nicht verrückt machen, JM.“

„Erklären Sie mir eins“, sagte Winter irritiert. „Warum hat der Anwalt Ihres Vaters zugestimmt, Sie zu beraten?“

Kurzes Schweigen. „Weil mein Vater ihn als Testamentsvollstrecker eingesetzt hat.“

Die Polizistin sparte sich jeden weiteren Kommentar, aber Lucy sann noch eine Weile über die Frage nach. Kein dummer Schachzug von John-Michael: Wenn Chuck Wellers Anwalt bereit war, ihn zu unterstützen, schwächte das die gegen ihn vorgebrachten Verdächtigungen.

Es beruhigte Lucy zu wissen, dass noch keine Anklage gegen John-Michael erhoben worden war. So eine Verhaftung an sich war noch nichts Besonderes, jeder ihrer Freunde in Claremont war schon mindestens einmal verhaftet worden. Andererseits gab es einen himmelweiten Unterschied, ob man wegen Hehlerei, Trinkens in der Öffentlichkeit oder Fahrens ohne Führerschein verhaftet wurde – oder wegen vorsätzlichen Mordes. Vielleicht doch keine schlechte Idee von John-Michael, den Coolen zu spielen.

Als sie in Carlsbad ankamen, wartete der Anwalt bereits auf sie: ein seriös wirkender Mann im eleganten Anzug.

Die Polizisten nahmen John-Michaels Fingerabdrücke und fotografierten ihn für die Akten; Lucy wartete in der Zwischenzeit im Empfangsbereich. Paolo trudelte ein paar Minuten später ein, zwei Dosen Cola Light in der Hand. Lucy nahm einen großen Schluck und dachte schuldbewusst an John-Michael, der sicher mit vor Angst trockener Kehle irgendwo saß und wartete.

In diesem trostlosen, schäbigen Polizeirevier wurde Lucy der Ernst der Lage erst so richtig bewusst. Sie fühlte sich schrecklich hilflos und wäre am liebsten auf der Stelle abgehauen. Bei dem Gedanken, was John-Michael bevorstand, wurde ihr schlecht: Untersuchungshaft. Gerichtsprozess. Gefängnis.

Nach einer schieren Ewigkeit durften sie endlich mit John-Michael und dem Anwalt alleine sprechen. „John-Michael, was zur Hölle ist hier los?“, sprudelte es aus ihr heraus. Bevor sie weitersprechen konnte, legte ihr Paolo warnend eine Hand auf den Arm.

John-Michael tauschte einen fragenden Blick mit dem Anwalt, bevor er antwortete. „Ich vermute, dass die Ex meines Vaters dahintersteckt.“

Der Anwalt blickte zwischen Lucy und Paolo hin und her, unschlüssig, ob er in ihrer Anwesenheit offen sprechen konnte.

Paolo verstand den Wink und verzog sich zum Getränkeautomaten.

„Das geht in Ordnung, Lucy ist meine beste Freundin", sagte John-Michael schließlich. „Ich vertraue ihr hundertprozentig."

Lucy wurde warm ums Herz. Sie würde John-Michael nicht von der Seite weichen, egal, wie lange es dauerte.

„Die Angelegenheit ist kompliziert", sagte der Anwalt. „Sie werden sicher eine Nacht hierbleiben müssen, vielleicht zwei. Die arbeiten gerade an einer Anklage gegen Sie."

John-Michael antwortete nicht.

„Haben die was in der Hand?", fragte Lucy.

„Es sind Fragmente eines Testamentsentwurfs aufgetaucht. Anscheinend neueren Datums als das, welches wir eröffnet haben. Angeblich lässt sich beweisen, dass John-Michaels Vater das Dokument auf seinem Computer erstellt hat."

John-Michael schloss die Augen und seufzte frustriert. Der erste Anflug einer Gefühlsreaktion seit seiner Verhaftung.

„Das heißt noch nichts", fuhr der Anwalt an ihn gewandt fort. „Es gibt kein unterschriebenes Exemplar und keine Beglaubigung. Selbst wenn Ihr Vater mit dem Gedanken gespielt hätte, sein komplettes Vermögen Sea Life zu vermachen – was zählt, ist das, was im offiziellen Testament steht."

„Heißt das, John-Michael ist aus dem Schneider?", fragte Lucy verunsichert. Wo lag das Problem mit diesem zweiten Testament?

„Es gibt Behauptungen, dass John-Michael die neuere Version des Testaments vernichtet hätte. Ich habe der Polizei versichert, dass wir von diesem Dokument keine Kenntnis haben, aber angeblich war Chuck damit bei einem anderen Anwalt."

„Bestimmt irgendein Kumpel von Judy", sagte John-Michael verbittert.

„Schon möglich", entgegnete der Anwalt vorsichtig. „Wir sehen uns mit dem Vorwurf konfrontiert, absichtlich eine alte Version des Testaments eröffnet zu haben. Und dass Sie, John-

Michael, Beweise aus dem Haus Ihres Vaters entwendet haben. Der Polizist hat Sie schließlich gesehen."

„Woher wissen Sie das alles?", fragte Lucy.

„Judy Aherne erzählt diese Geschichte jedem, der sie hören will. In ihren Augen ist John-Michael bereits verurteilt."

Verurteilt. Das Wort hallte in Lucys Ohren nach.

„John-Michael, die Anschuldigungen, die gegen Sie vorgebracht werden, sind reichlich dünn", fuhr der Anwalt fort. „Es wird nicht allzu lange dauern, sie zu entkräften. So wie ich die Lage einschätze, wird es nur zu einer Anklage kommen, wenn Sie denen etwas in die Hand geben. Also sagen Sie nichts, hören Sie? Keinen Ton!"

CANDACE

Erdgeschoss – Freitag, 22. Mai

„Kann mir jemand die Flasche aufmachen? Ich zittere viel zu arg …"

Candace drückte Grace die halb volle Literflasche Wodka in die Hand und schaute zu, wie ihre Schwester drei Wodka-Soda auf Eis mixte. „Danke." Candace nahm einen großen Schluck von ihrem Drink und ließ sich erschöpft aufs Sofa fallen. Grace und Maya gesellten sich zu ihr, jede mit einem Glas in der Hand.

„Unglaublich, dass sie ihn verhaftet haben! So was Schlimmes habe ich noch nie erlebt", sagte Maya.

Grace trank von dem Wodka. „Wart's ab, es kann noch schlimmer kommen."

Maya riss die Augen auf. „Glaubst du etwa … Glaubst du, dass John-Michael es getan hat?"

„Soweit ich weiß, hat er kein Alibi", sagte Candace. „Letztes Mal, als die Polizistin da war, hat er sich fast in die Hosen gemacht. Ihr hättet sein Gesicht sehen sollen." Sie schnippte mit den Fingern. „Zack! Gerade steht er noch in der Küche und backt, und im nächsten Moment sieht er aus wie ein verängstigtes kleines Kind. Von einer Sekunde auf die andere."

„Du warst doch heute noch mit John-Michael am Strand, Candace", sagte Grace. „Hattest du den Eindruck, dass ihn etwas bedrückt?"

„Nein, eigentlich nicht. Aber wir haben gar nicht über ihn gesprochen."

„Worüber habt ihr dann gesprochen?"

Candace überlegte. „Wir haben uns gesonnt, ein bisschen geredet, sind schwimmen gegangen. Es war lustig, es schien ihm gut zu gehen."

„Hm."

„Vielleicht weiß Lucy was", schlug Candace vor. „Die beiden

sind enger befreundet. Erst neulich hat sie mit mir über John-Michaels Blutuntersuchungen gesprochen.“

„Der HIV Test, ja. Aber das hat er uns doch selber erzählt“, entgegnete Grace.

„Schon, aber Lucy war sich nicht sicher, ob es überhaupt um HIV gegangen ist. Sie hat den Verdacht, dass es um etwas anderes geht. Irgendwas, das mit seinem Vater zu tun hat.“

„Und was? Eine Erbkrankheit?“

„Ja, genau! Vielleicht ging es darum. Kann es sein, dass John-Michael sich auf eine Erbkrankheit hat testen lassen? Und dass sein Vater vielleicht daran gestorben ist?“

„Ich dachte, der ist an einer Überdosis gestorben. Beziehungsweise erstickt“, sagte Grace skeptisch.

Jetzt mischte sich auch Maya ein. „Ich dachte, er ist *wegen* der Überdosis erstickt?“

Eine Weile nippten alle stumm an ihren Drinks. Der Alkohol entfaltete bei Candace seine beruhigende Wirkung. Sie schaltete den Fernseher an, doch Maya riss ihr die Fernbedienung aus der Hand und machte ihn wieder aus. „Können wir bitte einfach hier sitzen, ganz in Ruhe?“ Wütend warf sie die Fernbedienung aufs Sofa.

Candace und Grace tauschten einen überraschten Blick. Maya benahm sich sonst nie so, es sei denn, sie bastelte gerade an ihrer App.

„Ich finde, wir sollten uns zur Aufmunterung die Simpsons oder so was anschauen“, erklärte Candace. „Die ganze Sache zieht mich echt runter.“

„Wenn Maya das nicht will, lassen wir es.“ Grace schnappte sich vorsichtshalber die Fernbedienung.

„Danke, Grace“, sagte Maya triumphierend.

Das Thema ließ Candace keine Ruhe. Nach ein paar Minuten des Nachdenkens sagte sie: „Meint Ihr, sein Vater hat sich umgebracht, weil er krank war? Vielleicht ist es eine unheilbare Krankheit.“

„Manche von diesen Erbkrankheiten sind echt schlimm. Vielleicht wusste der Alte, dass er auf ganz schreckliche Weise sterben würde, und hat sich lieber vorher umgebracht. Überlegt mal, er könnte John-Michael gebeten haben, ihm H zu besorgen!"

„John-Michael hat doch gesagt, dass er nie Heroin genommen hat."

„Na und? Denk doch mal nach, Grace, er hat ein Jahr auf der Straße gelebt. Er kennt ganz sicher Leute, die damit dealen."

„Meint ihr, er war dabei, als sein Dad gestorben ist?"

„Wenn er ihm das H besorgt hat und wusste, was er damit vorhatte, dann ist das Beihilfe zu einem Verbrechen. Ich weiß nicht, wie man das genau nennt, aber es ist mit Sicherheit illegal."

Grace konnte ihren Ärger nur mit Mühe unterdrücken. „Natürlich ist das illegal! Es ist Sterbehilfe, und das ist verboten. Dafür gehst du ins Gefängnis!"

„Das ist doch verrückt", sagte Candace. „Für Sterbehilfe sollte man nicht in den Knast."

„Ach ja?", entgegnete Grace zornig. „Und was sagst du, wenn ich dir mal schnell bei deinem Tod ‚behilflich' bin, hm? Oder deiner lieben alten Omi? Findest du das okay?"

„Hey, Leute, regt euch ab. Egal, was wir davon halten: Wenn es illegal ist und John-Michael es getan hat, dann steckt er in der Klemme."

„Wir können nur hoffen, dass er brav den Mund hält", sagte Grace.

In dem Moment kam auf Candaces Handy ein Anruf von Lucy rein. Candace bedeutete den anderen, still zu sein, und hob ab. Sie sagte kaum etwas, nickte nur ab und zu und legte dann auf.

Mit tonloser Stimme informierte sie die anderen darüber, dass Lucy und Paolo auf dem Heimweg waren – ohne John-Michael. Maya und Grace wurden ganz blass.

„Sag bloß ... Hat er es etwa tatsächlich getan?", fragte Maya.

„Das würde zumindest einiges erklären", überlegte Candace. „John-Michaels Vater weiß, dass er krank ist. Vielleicht weiß er es schon länger, erzählt es seinem Sohn aber erst, als es zu Ende geht. Nachdem er die Entscheidung bereits gefällt hat."

Die anderen beiden nickten mit ernsten Gesichtern; es klang durchaus plausibel.

„Glaubt ihr wirklich, dass er es getan hat?", fragte Grace ungläubig. „Dass er seinem Vater geholfen hat zu sterben?"

„Die Tatsachen sprechen dafür", gestand Candace ein.

„Fändet ihr das denn so schlimm?", fragte Maya. „Angenommen, sein Vater hatte Angst davor, noch mehr zu leiden – dann hat er ihm doch einen Gefallen getan."

„Das meinst du doch nicht ernst!", entgegnete Grace. „Hoffentlich bist du nicht in meiner Nähe, wenn ich alt werde."

„Also ich würde dich vom Strom nehmen, wenn du mich darum bittest, Schwesterherz. Wenn du leidest jedenfalls. Was mir aber nicht in den Kopf will, ist, warum so ein netter Kerl wie John-Michael seinem Alten noch hilft, nachdem der ihn auf die Straße gesetzt hat."

„Wegen der Kohle", antwortete Maya leise. „Wie man es auch dreht und wendet, für JM war es ein Segen, dass sein Vater gestorben ist."

„Das wird ihm vor Gericht nicht helfen", sagte Candace.

„Lasst uns nicht weiter darüber reden", flehte Maya.

„Gut, dann mach endlich die Glotze an!"

Grace drückte Candace die Fernbedienung in die Hand und stand auf. „Ich bin nicht in der Stimmung. Ich gehe in mein Zimmer."

Maya und Candace blieben sitzen. Sie wollten warten, bis Lucy und Paolo nach Hause kamen.

Nach zwei endlosen Stunden war es endlich so weit. Als sich die Haustür öffnete, sprangen Candace und Maya auf und rannten auf die beiden zu. Sekunden später kam Grace die Treppe heruntergepoltert. Die Spannung war kaum auszuhalten.

„Und?“, fragte Candace ungeduldig.

Lucy ging in die Küche und setzte Teewasser auf. „Sieht nicht gut aus“, sagte sie mit gesenktem Blick.

Die anderen schwiegen entsetzt.

„Es ist alles ziemlich kompliziert“, erklärte Paolo schließlich. „John-Michael muss mindestens eine Nacht im Gefängnis bleiben. Sie sammeln gerade Beweise für eine Anklage gegen ihn.“

Lucy holte tief Luft. „Es gibt angeblich eine Zeugin, die beweisen kann, dass John-Michael ein Motiv hat“, fuhr sie mit tonloser Stimme fort. „Er hat kein Alibi. Und es gibt ein Überwachungsvideo, auf dem ein Mann seiner Statur zu sehen ist, der zum besagten Zeitpunkt das Haus verlässt. Außerdem wurde er ein paar Wochen nach dem Mord im Haus erwischt. Die Polizei vermutet, dass er Beweise entsorgt hat.“

Candace konnte das alles kaum glauben. „Und was sagt John-Michael dazu?“, fragte sie.

Lucy schaute auf. „Nichts. Kein Wort.“

GRACE

Küche – Freitag, 22. Mai

„Kann ich euch was zu essen machen?“ Grace holte Teller und Servietten aus dem Schrank. „Ihr seid bestimmt total fertig.“

„Gerne, danke“, sagte Lucy, die mit glasigen Augen vor sich hin starrte.

„Dürfen wir mit John-Michael sprechen? Also darf er uns kontaktieren?“, fragte Grace. Sie belegte vier Scheiben Brot mit Schinken und Putenbrust und bestrich alles dick mit Senf und Mayo.

Lucy nahm sich eines der Sandwiches. „Das reicht mir, danke, Grace. Ich habe keinen großen Hunger, ich will nur nicht mit leerem Magen ins Bett gehen.“

„Ich weiß ehrlich gesagt nicht, was John-Michael darf und was nicht“, erwiderte Lucy matt. „Ich weiß nur, dass er ziemlich in der Scheiße steckt.“

Mehr war aus Lucy an dem Abend nicht herauszukriegen. Völlig erschöpft verzog sie sich nach dem letzten Bissen vom Sandwich in ihr Zimmer. Paolo, der die ganze Strecke gefahren und mindestens genauso müde war, folgt ihr kurze Zeit später.

Grace lauschte Paolos Schritten. Ging er zu sich ins Zimmer oder zu Lucy? Vielleicht witterte er heute Nacht seine Chance. Nicht sonderlich einfühlsam, aber erfolgversprechend, fand Grace. Sie hatte Lucy selten so ruhig und verletzlich erlebt wie heute, und Paolo war niemand, der schnell aufgab. Vielleicht heizte der Gedanke an das drohende Ermittlungsverfahren ihn zusätzlich an.

Sie wollte sich die beiden nicht zusammen vorstellen, aber der Gedanke an John-Michael in seiner Zelle war auch nicht viel angenehmer.

Mayas Handy klingelte. Grace blickte alarmiert auf.

„Bueno“, antwortete Maya auf Spanisch und nickte ein paarmal, ehe sie das Handy wieder in die Hosentasche gleiten ließ.

„Meine … Tante Marilu ist hier. Sie hat mich gefragt, ob ich heute bei ihr übernachten will.“

„Wo ist sie?“, fragte Grace.

„Draußen.“

„Ziemlich spät für einen Besuch, findest du nicht?“, entgegnete Grace stirnrunzelnd.

„Ich … ich hab’s schlichtweg vergessen. Sie hatte vorgeschlagen vorbeizukommen, weil ich sie vorhin angerufen und ihr die Sache mit John-Michael erzählt habe. Ich war so durch den Wind“, sagte sie entschuldigend.

Als sie nach oben ging, um ihre Übernachtungssachen zu holen, drehte Candace sich zu Grace um. „Ha, von wegen! Das ist doch gelogen.“

„Meinst du?“

„Gracie, es ist fast Mitternacht!“

„Sie ist Mexikanerin, denen ist die Familie sehr wichtig.“

Candace zog vielsagend die Brauen hoch und warf einen prüfenden Blick aus dem Fenster. „Schau dir das Auto an, das muss mindestens fünfzigtausend gekostet haben!“

Grace spähte über ihre Schulter. „Der Cadillac? Wahrscheinlich. Darüber habe ich noch nie nachgedacht.“

„Wenn ihre Tante so viel Kohle hat, warum muss Maya dann bei uns wohnen?“

Bevor Grace antworten konnte, kam Maya die Treppe herunter.

„Eine heiße Kiste hat deine Tante da“, sagte Candace beiläufig.

„Ach so, nein, das ist nicht ihr Auto.“ Maya durchwühlte ihre Handtasche. „Habt ihr meine Schlüssel gesehen?“

„Da, auf dem Küchentisch.“ Grace deutete darauf. „Wessen Auto ist es dann?“

„Ein Geschäftswagen. Sie ist Chauffeurin.“ Maya steckte die Schlüssel ein und lief hinaus.

„Wusstest du, dass ihre Tante als Chauffeurin arbeitet?“, fragte Grace.

„Ich? Woher sollte ich das wissen?“

„Das hat sie nie erzählt. Chauffeurin … Wie findest du das? Ich frag mich, für wen sie fährt.“

Candace zuckte die Achseln. „Wir wissen eh nicht sehr viel über Maya, oder?“

„Ungefähr genauso viel oder wenig wie über die anderen hier im Haus“, antwortete Grace.

Verdammt richtig. Candace musste an das Gespräch denken, das sie mit Lucy am Abend nach John-Michaels Feier geführt hatte. „Lucy zweifelt sogar daran, ob es bei John-Michaels Test überhaupt um HIV gegangen ist. Schon verrückt die ganze Sache. Wir haben doch keinen Schimmer, was hier wirklich vor sich geht. Könnte alles Mögliche sein!“ Sie zog eine Grimasse. „Ich werde heute Nacht bestimmt kein Auge zumachen. Der arme John-Michael!“

Warum hatte Candace die Vermutung, Maya wisse mehr über die anderen, als sie zugab, gerade jetzt geäußert? Das war mit Sicherheit kein Zufall, vermutete Grace.

„Ich kann noch nicht ins Bett gehen“, stöhnte Candace. „Ich muss noch die Glotze anmachen, sonst dreh ich durch.“

LUCY

2. Stock – Freitag, 22. Mai

Ohne ein Wort zu verlieren, war Paolo Lucy in ihr Zimmer gefolgt. Sie nahm seine Hand und führte ihn zum Bett. Ein paar Sekunden lang saßen sie schweigend nebeneinander, dann hob Lucy den Blick und sah Paolo in die Augen. Sehnsüchtig erwiderte er ihren Blick.

„Okay", sagte sie leise.

Paolo reagierte nicht sofort. „Was ist okay?"

„Okay, Paolo, die Antwort lautet Ja. Aber nur heute Nacht."

„Warum?", murmelte er.

Überrascht senkte sie den Blick. „Warum? Weil ich nicht alleine sein will. Hier. In diesem Zimmer. Und an John-Michael im Gefängnis denken."

Er legte ihr einen Finger ans Kinn und hob es sanft an, bis sie ihm in die Augen sehen musste. „Ich meinte, warum nur heute Nacht?"

Lucy legte ihm eine Hand auf den Arm. „Jetzt ruinier nicht die Stimmung, du Anwaltsanwärter. Wir sind hier nicht in einer Gerichtsverhandlung!"

Wieder überraschte er sie mit seiner Reaktion. Er senkte den Kopf und grübelte eine Weile vor sich hin, als fechte er einen stillen Kampf aus.

„In Ordnung", sagte er schließlich. „Aber lass uns in mein Zimmer gehen. Ich will nicht, dass Candace überraschend hereinplatzt."

Lucy nickte und folgte ihm in sein Zimmer. Aus der Küche drangen die Stimmen der anderen Mädchen zu ihnen herauf. Paolo zog die Tür hinter sich zu und drehte den Schlüssel im Schloss. Dann streifte er nervös sein T-Shirt über den Kopf. Lucy betrachtete seinen nackten Oberkörper. Mit der weichen, glatten Haut wirkte er erstaunlich verletzlich und gar nicht so machomäßig durchtrainiert, wie sie erwartet hätte.

„Warum machst du das?“, fragte er.

„Hab ich dir doch schon gesagt. Brauchst du’s schriftlich?“

Sie hob die Hand und ließ die Fingerspitzen sanft über seine Schultern Richtung Brust gleiten. Paolo stöhnte leise.

„Lucy, wenn wir jetzt anfangen, dann will ich nicht so schnell wieder aufhören. Das geht nicht.“ Er schluckte angestrengt. Die Worte schienen ihm nicht leicht über die Lippen zu kommen. „Also bitte quäl mich nicht. So ein netter Kerl bin ich auch wieder nicht.“

„Wer sagt, dass wir aufhören müssen“, flüsterte Lucy dicht an seinem Ohr und hauchte einen zarten Kuss auf seinen Hals. Als ihre Lippen ihn berührten, bekam er eine Gänsehaut. Heiser fragte er: „Ist das wirklich … also, wäre das wirklich dein erstes Mal?“

„Was?“

Paolo griff nach ihrer Hand. „Willst du, dass dein erstes Mal so abläuft?“

„Klar.“

„Warum?“

„Weil ich es jetzt möchte“, sagte sie. „Und bisher hatte ich noch nie Lust darauf. Beziehungsweise es war in dem Moment dann nie der richtige Kerl verfügbar.“ Sie sah ihm in die Augen.

„Das kann ich kaum glauben“, entgegnete er.

Sie befreite die Hand aus seinem Griff und legte sie ihm in den Nacken. „Redest du dabei immer so viel?“

„Ich will es halt verstehen.“

„Was gibt’s da zu verstehen?“ Sie küsste ihn, doch er reagierte überhaupt nicht.

„Ich …“ Er rang nach Worten, offensichtlich war ihm das Thema unangenehm. „Aber warum? Du liebst mich doch nicht, das weiß ich.“

„Nein, das tue ich nicht …“ Sie hielt seinem Blick stand. „Aber vielleicht liebst du mich?“

Sein Adamsapfel hüpfte auf und ab, aber er stritt es nicht ab.

Im nächsten Moment legte er ihr die Hände auf die Schultern und drückte sie sanft, aber entschlossen aufs Bett. Er öffnete den Gürtel ihrer Jeans, dann die Knöpfe und ließ seine Hand zwischen den Stoff und ihre Haut gleiten. Er strich über ihre Hüfte zu ihrem Rücken und umfasste ihren Po, wobei er übertrieben laut stöhnte.

„Darauf habe ich gewartet, seit ich dich kennengelernt habe!"

Lucy musste feststellen, dass die plötzliche Nähe und die Hand in ihrer Jeans sich lange nicht so gut anfühlten, wie sie gehofft hatte. Im Gegenteil, ihr ganzer Körper verkrampfte sich. Sie schloss die Augen und versuchte, ruhig zu atmen. Als Paolo die Finger in ihrer Hose nach vorne wandern ließ, hielt sie seine Hand instinktiv fest. Paolo ließ die Hand, wo sie war, und küsste Lucy stattdessen wieder. Doch sie kam einfach nicht in Stimmung. Was war nur los mit ihr? Paolo war verrückt nach ihr. Und er sah umwerfend aus.

Sie versuchte es noch eine Minute, doch es half nichts. Paolo begriff nicht sofort, was los war. Erst als sie seine Hand am Weitertasten hinderte, suchte er ihren Blick. Er wirkte verwirrt und ein bisschen gekränkt.

„Bin ich zu schnell?", fragte er und zog die Hand vorsichtshalber zurück.

Das Ganze war Lucy so peinlich, dass sie seine Hand fast wieder in die Hose geschoben hätte. Aber eben nur fast.

Einen Moment lang lagen sie wortlos nebeneinander. Schließlich sagte Lucy das Einzige, was ihr einfiel: „Es tut mir leid."

Paolo lächelte matt. „Ich hab schon gemerkt, dass du nicht ganz bei der Sache bist."

Lucy probierte es mit einem Grinsen. „Mist, jetzt ist genau das passiert, was du nicht wolltest: dass ich dich anturne und dann einen Rückzieher mache."

Er antwortete nicht, doch Lucy ahnte, dass es hinter seiner coolen Miene brodelte.

„So was ist dir bei den Frauen aus dem Club nie passiert, wette ich."

„Nein", antwortete er bekümmert.

Lucy löste sich aus seiner Umarmung und setzte sich auf. „Das ist mir jetzt echt peinlich", murmelte sie verlegen.

„Du stehst einfach nicht auf mich", antwortete er sanft. „Das ist okay, ich hab's jetzt kapiert."

„Sag das nicht. Es ist komplizierter als das."

Er stand auf und hielt ihr die Hand hin. „Mach dir keinen Kopf. Das Leben ist lang, Lucy Long. Einigen wir uns darauf, dass es scheiße gelaufen ist."

Sie rang sich ein Lächeln ab, das mit Sicherheit genauso gequält aussah wie seines.

Als sie wenige Minuten später gemeinsam das Wohnzimmer betraten, saßen Grace und Candace vor dem Fernseher. Grace wirkte erleichtert, sie zu sehen, während Candace sich umdrehte und eine zerknüllte Serviette nach Paolo warf.

„Schau mal an: der Mann mit dem Schlafzimmerblick!"

Wortlos nahm Paolo die Serviette und warf sie in den Papierkorb. „Hey, Candace, du Ferkel. Du bist echt unausstehlich, wenn du müde bist. So findest du nie einen Typen, der bei dir einzieht."

„Du mich auch", sagte sie, ohne ihn eines Blickes zu würdigen.

Doch Paolo ließ nicht locker. „Woran liegt es, dass du dich immer davor drückst, die Küche aufzuräumen, wenn du dran bist? Alle anderen erledigen ihre Aufgaben und putzen sogar noch den Kühlschrank, nur du nicht."

„Willst du dich gerade jetzt darüber beschweren?", fragte Candace. „Dieses Haus gehört meiner Mutter. Warum sollte ich das Risiko eingehen, meine Pflichten zu vernachlässigen? Wenn jemand Ärger bekommt, weil es hier schweinisch aussieht, dann ja wohl ich!"

„Du gehst null Risiko ein, weil alle anderen für dich putzen und aufräumen", schoss er zurück.

„Jetzt beruhigt euch mal, ich hab keine Lust auf Stress“, sagte Lucy. Ob sie mit Paolo unter vier Augen reden sollte? Der Vorfall im Schlafzimmer war ein herber Rückschlag für ihre Freundschaft, so viel war klar. Aber er durfte auf keinen Fall die Stimmung im Haus gefährden.

„Warum rufst du deine Mutter nicht gleich an?“, fauchte Paolo. Seine Augen waren gerötet.

Geh doch bitte einfach in dein Zimmer, dachte Lucy.

„Ich und meine Mutter anrufen? Das sagt ja der Richtige. Wer telefoniert denn ständig mit seiner Mutter? Das bist doch du! Hältst du es überhaupt aus, mündig zu sein? Vielleicht ziehst du besser nach Mexiko!“

„Ich telefoniere ständig mit meiner Mutter, ja?“, schrie er zurück. „Ich habe sie ein *einziges* Mal angerufen, und das hast du zufällig gehört. Meine Mom ist einsam, verstehst du? Du hast ja keine Ahnung, wie langweilig das Leben in diesem armseligen Bergwerkskaff ist!“

Es war hoffnungslos. Lucy steuerte aufs Sofa zu und setzte sich neben Grace. „Was für ein Scheißdreck“, sagte sie. „Ich kriege noch graue Haare, wenn ich länger hier wohne.“

Grace nickte zustimmend. „Ich weiß. So habe ich mir das nicht vorgestellt. Manchmal fühle ich mich wie sechsundzwanzig und nicht wie sechzehn.“

Lucy lümmelte sich in die Kissen und ließ die Beine über die Sofalehne baumeln. „Ist immer noch tausendmal besser, als bei meinen Eltern zu wohnen.“

Mit einem unschlüssigen Achselzucken wandte sich Grace wieder dem Fernseher zu. Sie wirkte irgendwie zufriedener als noch vor ein paar Minuten, als Lucy und Paolo zusammen aufgetaucht waren.

Manche Streitereien hatten durchaus ihre positiven Seiten.

MAYA

Venice Beach – Samstag, 23. Mai

So sehr Maya sich auch bemühte, es zu verhindern: Am Tag nach John-Michaels Verhaftung geriet alles aus den Fugen.

Es war später Vormittag, und Marilu brachte Maya in ihrem Cadillac zurück nach Venice. Am Nachmittag fand die Benefizveranstaltung von Amnesty International an Graces und Candaces Schule statt, und Maya wollte unbedingt hingehen.

„Iss den Burrito bitte nicht im Auto. Die Engländerin riecht das sofort und flippt aus!"

Maya verdrehte genervt die Augen und packte den Burrito zurück in die Alufolie. „Wie geht es Lady Macbeth eigentlich", fragte sie grummelnd.

„Du sprichst ziemlich respektlos von Dana Alexander. Sie ist immer noch der Boss", lautete die knappe Antwort.

„Das war nicht so gemeint", entgegnete Maya mit Unschuldsmiene. „War Macbeth nicht ihre berühmteste Rolle?"

Marilu Soto trommelte ungehalten mit den Fingern auf dem Lenkrad. „Du darfst heute nichts verpassen, Süße! Lady Macbeth, wenn du sie so nennen willst, erwartet einen umfassenden Bericht. Es wird einiges passieren, verstehst du? John-Michaels Verhaftung ist keine Kleinigkeit. Wenn Gefühle im Spiel sind, gestehen die Menschen plötzlich alle möglichen Dinge, nur damit sie sich besser fühlen. Pass gut auf dich auf, hörst du? Und lass dich nicht mitreißen, wenn plötzlich alle mit der Wahrheit rausrücken. Es erleichtert dich vielleicht am Anfang, aber dann kann sich das Blatt ganz schnell wenden."

„Die Wahrheit?", fragte Maya betrübt. „Mamá, ich weiß schon gar nicht mehr, was das ist! Ich lüge alle an, ständig! Behaupte, dass du meine Tante wärst. Dass meine Mutter in Mexiko ist. Ich hab sogar erzählt, dass du mich bald besuchst und wir nach Disneyland fahren."

Marilu musste unwillkürlich lächeln. „Ach Süße, du willst nach Disneyland? Das machen wir. Aber du darfst mich nicht Mamá nennen, bleib lieber bei Ma. Das könnte immer noch als Abkürzung für Marilu durchgehen."

„Kann ich ihnen irgendwann die Wahrheit sagen?"

Ihre Mutter seufzte. „Wenn du zurück nach Mexiko gehst, kannst du sagen, was du willst. Aber solange die Engländerin meine Chefin ist, müssen wir tun, was sie sagt."

„Aber …" Maya zögerte. „Hast du dich noch nie gefragt, warum Dana das Haus beobachten lässt? Weißt du, worum es da geht?" Sie hatte Angst, dass die Frage wie ein Vorwurf klingen könnte, und genauso reagierte ihre Mutter darauf.

„Nein, tue ich nicht, und ich werde sie auch ganz bestimmt nicht fragen", erwiderte Marilu unwirsch. „Ich will's lieber gar nicht wissen. Diese Hollywood-Leute sind durchgeknallt, das weißt du doch. Das Einzige, was zählt, ist, dass wir im Land bleiben dürfen."

Als Maya das Haus betrat, saßen die anderen im Wohnzimmer zusammen. Es herrschte angespannte Stimmung, als hätte es in der Nacht einen Streit gegeben. Grace war bestimmt nervös wegen der bevorstehenden Benefizveranstaltung für Amnesty an ihrer Schule, auch wenn alle versprochen hatten zu helfen. Candace hätte am Morgen eigentlich drehen sollen, aber der Shoot war in letzter Minute abgesagt worden, und jetzt schmollte sie, weil sie extra aufgestanden war, obwohl sie kaum ein Auge zugetan hatte.

Überraschenderweise gab Lucy dazu einen Kommentar ab: „Das habe ich beim Fernsehen am meisten gehasst: die Drehs am Wochenende, frühmorgens. Am Anfang ist es noch aufregend, aber dann?"

Zum ersten Mal sprach Lucy vor den anderen über ihre Zeit beim Fernsehen. Wie oft hatte sie sich in den letzten Wochen wohl auf die Zunge gebissen, wenn das Gespräch sich darum drehte?

Maya fragte sich, ob sie hätte überraschter reagieren müssen, als Lucy mit dieser Neuigkeit herausrückte. Ob es jemandem aufgefallen war? Hatte sie irgendwelche Spuren hinterlassen beim Ausspionieren der anderen? Sie litt schon an Verfolgungswahn.

Nein. Wenn einer der Mitbewohner Wind davon bekommen hätte, dass sie heimlich Berichte schrieb, wäre hier längst die Hölle los. Außerdem war ihr Computer passwortgeschützt und die Berichte vor unbefugtem Zugriff sicher, solange sich keine FBI-Agenten unter den Mitbewohnern befanden ...

Es war mehr als unwahrscheinlich, dass sie aufflog. Doch das ungute Gefühl ließ sich nicht vertreiben.

Sie konnte immer noch versuchen, Lucys Fernsehvergangenheit zu einer großen Sache aufzublasen. Unten am Strand verkaufte ein Händler samstags immer gebrauchte CDs und DVDs. Vielleicht hatte er alte Folgen von *Jelly and Pie* im Angebot?

„Hey, wer hat Lust auf einen Latte an der Strandpromenade?“, rief sie in die Runde.

Candace, die sich gerade einen Toast gemacht hatte, reagierte als Einzige. Lucy und Paolo schauten auf dem Sofa fern und waren damit beschäftigt, so zu tun, als wären sie kein Paar: Sie saßen einen Tick zu weit auseinander, aber auch nicht weit genug, um es überzeugend wirken zu lassen.

„Ja, lass uns abhauen“, sagte Candace. Ihre Stimme klang gereizt, und sie nahm sich nicht einmal die Zeit, sich anzuziehen, sondern ging in Pyjamahose, Trägertop und Flip-Flops hinaus.

Kaum waren sie vor der Tür, fragte Candace: „Meinst du, zwischen den beiden ist gestern was gelaufen?“

Ihr Ton ließ keinen Zweifel daran, dass sie genau das dachte. Maya schob mit dem Zeigefinger ihre Sonnenbrille nach unten und betrachtete die stahlgraue Linie am Horizont, wo Meer und Himmel aufeinandertrafen. Der Tag versprach heiß zu werden. Sie ließ sich mit der Antwort Zeit. „Warum, haben sie was gesagt?“

„Sie sind zusammen in seinem Zimmer gewesen“, sagte Candace. „Und danach herrschte irgendwie komische Stimmung.“

„Und wenn?“, fragte Maya achselzuckend.

„Ich mach mir halt Sorgen.“

„Um den Countryclub-Casanova? Na viel Spaß dabei.“

„Um Grace mache ich mir Sorgen!“, entgegnete Candace.

„Oh, ach so, stimmt eigentlich. Ist zwar sonnenklar, warum es dazu kam. Aber trotzdem.“

Candace runzelte die Stirn. „Warum es dazu kam? Na weil er in sie verknallt ist!“

„Ich meine, warum es gerade letzte Nacht passiert ist“, verbesserte sie sich. „Das mit John-Michael nimmt Lucy ziemlich mit.“

„Es nimmt uns alle mit.“

„Ach, wirklich?“ Maya zog die Augenbrauen hoch.

Candace musterte sie scharf. „Glaubst du das vielleicht nicht?“

„Es ist nur … Ich bin mir nicht sicher, ob es Grace sonderlich mitnimmt.“ Maya wählte ihre Worte mit Bedacht. „Es klang so, als wäre sie der Meinung, dass er für Beihilfe zum Selbstmord eine Strafe verdient hätte.“

„Was? Sie wollte doch, dass wir ihn nicht gleich vorverurteilen!“

Maya zögerte. „Es kann aber sein, dass er es getan hat, Candace. Und wenn das so ist, dann sollten wir Verständnis zeigen.“

„Du kennst Grace. Jede Art des Tötens ist ihr zuwider.“

Maya verkniff sich den Kommentar, der ihr auf der Zunge lag.

„He, wir sind zu weit gelaufen, das Café ist da hinten.“ Candace blieb stehen und zeigte in die andere Richtung.

Maya deutete auf die Auslage des Straßenhändlers. „Ich will hier mal nach einer DVD von *Jelly and Pie* schauen.“

Gemeinsam machten sie sich daran, die Unmengen an DVDs, Videokassetten und CDs zu durchwühlen. Nach über zehn Minuten zog Candace ganz unten aus einer Kiste eine DVD-Box hervor. Auf dem Cover waren die Darsteller der Serie beim Rumblödeln abgebildet. Lucy war kaum wiederzuerkennen: ein pummeliges, neunjähriges Mädchen mit zimtfarbener Haut und zahnlückigem Lachen.

„Lucasta Jordan-Long“, las Maya vor. „*Lucasta* – kein Wunder, dass du sie im Internet nicht gefunden hast.“

„Ach du Schande, Lucasta! Der richtige Name für so einen kleinen Fernsehbalg. Gott, schau dir nur die Fotos an. Wie sie alle grinsen wie die Honigkuchenpferde. Das müssen wir uns ansehen!“

Ohne einen Gedanken an den Kaffee eilten sie zurück zum Haus, wo sie den anderen mit der DVD vor der Nase herumfuchtelten.

„Findet ihr das passend?“, fauchte Lucy. „John-Michael saß die ganze Nacht im Gefängnis und ihr wollt in Kindheitserinnerungen schwelgen?“

Paolo schien der Idee nicht abgeneigt. Entzückt betrachtete er das Foto mit der kleinen Lucy, während die erwachsene Lucy wutentbrannt in ihr Zimmer stürmte. Als die Titelmelodie erklang, setzte sich Paolo zu den Mädchen auf die Couch.

„Nur fünf Minuten“, erklärte er.

Grace streckte den Kopf zur Tür herein, blickte erstaunt auf den Bildschirm und sagte dann: „Leute, die Benefizveranstaltung fängt in vier Stunden an. Ihr müsst mir jetzt helfen, in der Schule alles vorzubereiten. Los, ihr habt es versprochen!“

Candaces Antwort bestand aus einem Gähnen. „Bleib mal locker. Es ist noch nicht mal Mittag, wir haben noch genug Zeit. Hast du nicht schon den ganzen Gefrierschrank voller Apfeltaschen?“

Grace holte wütend Luft, riss sich dann aber zusammen.

„Du glaubst nicht, was Maya und ich gerade gefunden haben, unten bei dem Secondhand-Heini“, fuhr Candace fort. „Zeig's ihr, Maya.“

Maya hielt die DVD-Hülle hoch. „Schau dir das an: Charlie aus *Jelly and Pie* lebt unerkannt unter unserem Dach!“

Grace stutzte. „Ihr habt eine DVD von der Serie gefunden?“

„Ja, deshalb ist Lucy ja so sauer“, sagte Maya.

„Sie will nicht, dass wir uns das ansehen“, erklärte Candace. „Aber mal ehrlich, das lass ich mir nicht entgehen!“

„Die kleine Lucy“, seufzte Maya. „Sie war schon ein Zuckerstück!“

„Ich denke, du hast die Sendung noch nie gesehen?“, fragte Grace misstrauisch.

„Das hab ich nicht gesagt“, erwiderte Maya ein wenig zu schnell. Schon wieder verplappert! „Ich hab nur gesagt, dass ich nicht oft fernsehe. Woher hätte ich wissen sollen, von welcher Sendung ihr redet? *Jelly and Pie* hab ich vielleicht zweimal gesehen, und so genau hab ich mir das nicht gemerkt. Außerdem hat die Lucy von heute mit der kleinen Charlie von damals nicht viel Ähnlichkeit.“

Die Folge begann, und Candace starrte ungläubig auf den Bildschirm. „*Das* soll diese legendäre Serie sein?“

LUCY

Küche – Samstag, 23. Mai

„Mein Anwalt hat mich rausgeholt."

Lucy schrie vor Freude auf. Sie presste das Telefon ans Ohr und versuchte durch hektisches Winken, die Aufmerksamkeit der anderen auf sich zu ziehen. Die saßen jedoch wie hypnotisiert vor dem Fernseher und zogen sich Lucys Serie rein.

„Die Bullen hatten nicht genügend Beweise, um mir was anzuhängen", sprach John-Michael weiter. „Versucht haben sie es schon. Haben mich die halbe Nacht wach gehalten."

„Das sind tolle Nachrichten, John-Michael!"

„Diese Kommissarin, Ellen Winter, hat meine Entlassungspapiere unterschrieben. Aber sie hat mir deutlich zu verstehen gegeben, dass sie damit rechnet, mich wiederzusehen."

„Sei nicht so pessimistisch!"

„Du hättest mal ihren Blick sehen sollen."

Nachdem sie das weitere Vorgehen besprochen hatten, legte Lucy auf und baute sich im Wohnzimmer direkt vor dem Fernseher auf. Somit war ihr die Aufmerksamkeit der anderen sicher.

„Ich hab gerade mit John-Michael gesprochen. Er ist raus! Sobald der ganze Papierkram erledigt ist, setzt er sich in den Bus und fährt los. Es dauert ein paar Stunden, zur Benefizgala wird er es leider nicht schaffen. In dem ganzen Chaos hat er natürlich vergessen, eine Mitfahrgelegenheit für seinen Kumpel zu arrangieren, der mich am Schlagzeug begleiten sollte. Ich werde wohl alleine spielen, nur ich und meine Gitarre."

Lucy verbarg ihre Enttäuschung darüber, dass sie alleine spielen musste. Blöd gelaufen, das Ganze, aber niemand konnte etwas dafür.

Nicht mal Paolo, denn er war nur für den Transport des Equipments zuständig.

„Das scheint dich nicht weiter zu stören", bemerkte Paolo.

Wortlos nahm Lucy ihre Akustikgitarre aus dem Koffer. „Ein Profi ist auf jede Situation vorbereitet. Ich könnte aus dem Stand einen Kindergeburtstag rocken, wenn ich Bock hätte!“

„Echt?“ Maya reckte den Hals. „Was würdest du singen?“

Plötzlich waren alle Augen auf Lucy gerichtet. Wie sie dieses Gefühl liebte! Sie schlug einen Akkord an und sang:

Der, die, das
Wer, wie, was
Wieso, weshalb, warum
Wer nicht fragt, bleibt dumm

Schallendes Gelächter brach aus, als sie sich verbeugte.

„Warum singst du das nicht heute auf dem Fest?“, fragte Paolo.

„John-Michael und ich dachten eher an Green Day, Rancid und Operation Ivy.“

„Noch besser“, nickte Candace. „Alles Lieder aus unserer Kindheit. Plus Sesamstraße!“

Paolo strahlte Lucy immer noch an, und ihr gefiel dieser Blick. Er war wirklich süß gewesen gestern Nacht, aber sie wollte ihm auf keinen Fall Hoffnungen machen, dass sich das Ganze wiederholen oder sie eine Beziehung mit ihm eingehen könnte.

Ob ihn ein paar oberflächliche Veränderungen unwiderstehlicher machen würden? Sie stellte ihn sich mit einem Piercing und tätowierten Oberarmen vor. Lässigere Klamotten. Ja, das könnte funktionieren.

Eine Stunde später machten sie sich auf den Weg zur Benefizveranstaltung, Paolo und Lucy mit dem Musikequipment, Candace, Grace und Maya mit dem Kofferraum voller Essen.

Die Hearst Academy in Malibu bestand aus einer Ansammlung stuckverzierter Gebäude mit roten Ziegeldächern rund um eine weitläufige, sonnige Grünanlage, umrahmt von bunten Blumen und blühenden Büschen.

Grace hatte die Schulleitung davon überzeugen können, das Benefiz für Amnesty im zentralen Innenhof stattfinden zu lassen. Dass Candaces Stiefvater die Schule mit Spenden kräftig unterstützte, spielte dabei sicher eine Rolle. Wahrscheinlich hätten sie die Deering-Mädchen sogar einen wilden Rave abhalten lassen, solange die Kasse klingelte.

Quer über dem Schulhof hing ein riesiges Banner von Amnesty, darunter stand eine Reihe von Tischen, auf denen sich bereits das Essen türmte: Kuchen, Pizza, Quiche, Hähnchenschenkel, daneben große Kühlboxen mit Getränken. An einem Ende des Innenhofs bauten zwei Jungs gerade Verstärker und Mikrofone auf. Lucy musste lachen: Schon verrückt, dass sie gleich ganz alleine zwischen dem ganzen Equipment stehen würde. Aber egal, sie konnte die Bude auch alleine rocken!

„Entschuldigung, findet hier Lucy Longs Solokonzert statt?“, fragte eine Männerstimme hinter ihr. Lucy drehte sich um.

„Ruben!“, grinste sie.

„Hi, Schatzi“, antwortete Ruben ironisch. „Komm ich zu spät oder kann ich dich noch unterstützen?“ Fragend hielt er eine Congatrommel hoch.

„Du willst trommeln?“

„Hab deine SMS gerade erst gelesen. War auf dem Heimweg vom Musikunterricht und hatte nichts anderes greifbar.“

Lucy umarmte ihn spontan. „Danke, Süßer. Ich schulde dir was!“

„Dafür nicht. Wenn, dann schulde ich dir was dafür, dass Bailey sich wie ein Vollidiot aufgeführt hat.“

„Lass mal. Mir war schon beim Vorspielen klar, dass er ein Problem mit mir hat. Ich habe ihm nur den Grund geliefert, mich abzuservieren.“

„Ich kenne ihn schon ewig. Er ist ein guter Musiker, und wir harmonieren ganz gut zusammen. Aber mit seiner bescheuerten Art habe ich nichts am Hut!“

Lächelnd deutete Lucy auf die Congatrommel. „Kannst du die spielen?“

„Aber hallo! Ich hab sogar noch eine zweite im Auto.“

„Passt das denn zu den Songs, die ich ausgesucht habe?"

„Bleib cool, Babe, wir improvisieren einfach."

Langsam füllte sich der Innenhof, und immer mehr Menschen drängten sich um die Bühne. Rubens Freunde begrüßten ihn johlend. Sie bauten alles auf und begannen mit dem Soundcheck.

Paolo drückte sich am Rand der Bühne herum und tat so, als überprüfe er die Verkabelung der Boxen, während er ständig zu ihr und Ruben herüberschielte. Lucy verglich die beiden unwillkürlich miteinander. Paolo war gut zwei Jahre jünger als Ruben, mit jungenhaften Gesichtszügen und einem athletischen Körperbau. Ruben dagegen hatte kohlschwarze Haare und dunkle Augen, ausgeprägte Wangenknochen, ein Piercing im Ohr und tätowierte Oberarme, die er bei jeder Gelegenheit präsentierte. Er sah eben genau so aus, wie man sich jemanden vorstellte, der die Schule geschmissen hatte, um in einer Punkband zu spielen.

Lucy wusste genau, dass sie ihm nur schwer widerstehen könnte.

PAOLO

Hearst Academy – Samstag, 23. Mai

„Glotz nicht so, du verdammter Stalker."

Paolo fuhr herum und blickte direkt in Candaces Gesicht. Sie grinste frech. „Hab's genau gesehen!"

Paolo tat betont gleichgültig. „Ich schaue nach dem Equipment. Hab's schließlich nur gemietet."

„Ach, hör doch auf. Wir wissen alle, dass du mit ihr geschlafen hast!"

Das tat weh. Paolo überspielte seine Verlegenheit mit einem Lächeln. Die Erinnerung an die armselige Begegnung mit Lucy schmerzte ihn mit jeder Stunde mehr.

„Kleines Haus, große Klappen, mein Lieber."

„Und ich dachte, alle wären so verschwiegen wie Lucy mit ihrer Kinderstarvergangenheit."

„Was meinst du?", fragte Candace irritiert.

„Ich finde es schon verwunderlich, dass Lucy dir gegenüber ihre Zeit beim Fernsehen nie erwähnt hat. In einer TV-Serie mitzuspielen ist ja nicht gerade eine Kleinigkeit."

„Stimmt schon. Ich hab angenommen, dass sie sich schämt, weil sie danach in die Entzugsklinik musste", antwortete Candace.

„Sie war auf Entzug?", wiederholte Paolo erschrocken.

Candace machte ein verdrießliches Gesicht. „Siehst du, genau diese Reaktion wollte sie sich wahrscheinlich ersparen. Das ist Jahre her, und es geht vielen Kinderstars ähnlich. Vergiss es einfach!"

„Vergiss du es doch", erwiderte Paolo barsch. Sein Gesicht wurde ganz heiß vor Zorn.

Eine Weile schwiegen beide.

Candaces Verhalten kam ihm komisch vor. Er dachte an seine eigenen Geheimnisse: Die Sache mit Darius hatte er bisher erfolgreich vor den anderen geheim gehalten. Ob Candace ihrerseits etwas vor ihm verbarg?

„Und was ist mit dir, Candace?“, fragte er forsch.

Sie deutete einen Knicks an. „Ich bin nur das nette Mädchen von nebenan.“

In dem Moment zerriss ein schriller Gitarrenakkord die Luft, und Lucys Stimme ertönte über die Lautsprecher.

„Hi! Schön, dass ihr alle gekommen seid, wir sind Lucy und Ruben“, sagte sie ins Mikrofon.

„Und wir spielen für euch ein paar unserer Lieblingssongs“, fügte Ruben hinzu.

Pfiffe und Jubel aus der Menge, als Ruben anfing, den Rhythmus zu trommeln. Lucy stimmte mit den ersten Tönen von Operation Ivys „Knowledge“ ein. Paolo lauschte gebannt. Man konnte hören, dass die beiden diesen Song noch nie zusammen gespielt hatten, doch sie genossen es offensichtlich. Die Zuschauer klatschten begeistert.

Paolo beugte sich zu Candace hinüber. „Meinst du, sie mag ihn?“

Candace grinste. „Jetzt schon? Oh Mann, dich hat’s echt erwischt.“ Sie wollte etwas hinzufügen, als Maya dazwischenplatzte. Strahlend hielt sie ihnen zwei goldbraune Gebäckstücke entgegen.

„Habt ihr Graces Apfeltaschen schon probiert? Die sind der Wahnsinn!“

Das Tempo auf der Bühne zog an, die Menge johlte.

„Die hat echt Talent, die Kleine“, sagte Maya staunend.

„*Seine* Kleine“, erwiderte Candace und nickte Paolo zu. „Jetzt sag schon, habt ihr …?“

Paolo rang nach Worten. Die Wahrheit war ihm viel zu peinlich. Lügen kam auch nicht infrage – wenn Lucy es herausfand, war er ein für alle Mal unten durch.

„Sie ist nicht *meine* Kleine“, sagte er mutig. „Hör auf, das überall herumzutratschen.“

Candace hob ihre Flasche und prostete ihm zu. „Darauf trinken wir."

„Lucy wird sicher noch berühmt", seufzte Maya.

„Da würde ich nicht drauf wetten", murmelte Candace.

„Klar wird sie das. Schau sie dir doch an!", erwiderte Paolo. „Sie ist sexy, hat eine unglaubliche Stimme und ein Riesentalent an der Gitarre."

„Schau dir mal die Mädels bei meinen Castings an", entgegnete Candace. „Die haben massenweise Talent!"

„Und wer hat die Rolle bekommen? Du!", warf Maya ein.

„Eine Rolle fast ohne Text!", lachte Candace bitter. „Mein Aussehen passt einfach ins Schema, das ist alles."

„Trotzdem. Du hast einen Fuß in der Tür", sagte Maya. „Wer weiß, was sich daraus entwickelt? Es liegt was in der Luft, ich kann's fühlen."

„Was denn, könnt ihr in Mexiko etwa hellsehen?"

„Meine Familie stammt aus Mexiko City, du Pappnase. Wir glauben nicht an so einen Voodoo-Kram."

Das wurde ja noch richtig lustig mit den beiden.

„He, ich mach doch nur Spaß", sagte Candace und drückte Mayas Arm. „Echt nett, dass du an mich glaubst."

Maya erwiderte das Lächeln. „Warte nur ab, du kommst noch ganz groß raus. Und Lucy auch!"

„Weck mich, wenn's so weit ist, okay?", scherzte Candace. „Nicht, dass ich es verpasse."

Paolo war hin und her gerissen. Einerseits hoffte er für Lucy, dass Maya recht behielt. Denn ihre Bühnenpräsenz war unglaublich! Andererseits begehrte er sie da oben nur noch mehr, und je berühmter sie wurde, desto uninteressanter würde er für sie werden.

Als die letzten Töne des Songs verklangen, tauchte am Bühnenrand ein Schatten auf, der sich, eine Gitarre in der Hand, am Verstärker zu schaffen machte. Es war John-Michael!

„Darf ich das neueste Bandmitglied vorstellen", raunte Ruben ins Mikrofon. „Auf der Rhythmusgitarre, direkt aus der Polizeiwache in Carlsbad, wo er von einem Mordvorwurf freigesprochen wurde: John-Michael Weller!"

Paolo und die Mädels tauschten erschrockene Blicke angesichts dieses gewagten Kommentars. John-Michael stand mit dem Rücken zum Publikum, sodass sie sein Gesicht nicht sehen konnten. Lucy zog eine Grimasse, lächelte ihm aber aufmunternd zu.

„Jetzt spielen wir für euch ein bisschen guten alten Punk", rief Ruben fröhlich. „Applaus für Lucy Long und Rancid!"

Paolo konnte die Augen nicht von Lucy wenden.

Good morning heartache, you're like an old friend, sang sie.

Jedes Wort traf ihn mitten ins Herz. Ihre Lippen, der Schwung ihrer geschlossenen Augenlider ... Paolo saugte den Anblick regelrecht in sich auf, dachte an die Nacht, als sie sich so nahe gewesen waren. Ein dumpfer Schmerz stieg in seiner Brust auf, und er bekam weiche Knie bei dem Gedanken, dass er nie mit ihr zusammen sein würde.

Was war nur los mit ihm?

Er hätte es nicht darauf anlegen sollen, so früh mit ihr zu schlafen. Oder war er zu spät dran gewesen? Egal, woran es lag, er fühlte sich mies, verdammt mies. Und es wurde von Sekunde zu Sekunde schlimmer.

GRACE

Hearst Academy – Samstag, 23. Mai

Aus dem Schutz der Büsche heraus beobachtete Grace, wie Lucy sich von John-Michael entfernte. Ihrer Körpersprache nach zu urteilen, hatten sie sich gestritten, aber John-Michael machte keinerlei Anstalten, seiner Freundin nachzugehen. Grace wartete, bis Lucy sich zu ihren anderen Freunden gesellt hatte, bevor sie John-Michael heranwinkte.

Schon ein verrückter Zufall, dass sie ausgerechnet in einer WG mit Lucasta Jordan-Long gelandet war!

Als ihre Mutter den Namen das erste Mal fallen ließ, dachte Grace an ein Missverständnis.

Lucy Long aus Claremont.

Doch es stimmte tatsächlich. Noch heute verspürte sie bei dem Klang des Namens eine Gänsehaut am Körper.

Lucasta Jordan-Long.

Ein Name, den sie lange nicht gehört hatte. Ein Name mit einem düsteren Vermächtnis.

Als Grace hörte, dass Lucy die Tochter des stellvertretenden Außenministers Robert Long und seiner Frau Anne-Marie Jordan war, bestätigte sich ihr Verdacht. Der Name des ehemaligen Kinderstars war eines der „Geheimnisse“, die in den Fan-Foren von *Jelly and Pie* liebevoll gehütet wurden. Grace hatte das Forum auf der Suche nach Neuigkeiten angeklickt, und siehe da, es stimmte: Ihre geliebte Lucy war für mündig erklärt worden. Aufregende Neuigkeiten für jeden treuen Fan, der nun darauf hoffen konnte, sich mit diesem vogelfreien Teenager anzufreunden.

Anfangs schien es Grace undenkbar, mit dem Menschen unter einem Dach zu leben, dessen Schweigen ihren Vater hinter Gitter gebracht hatte. Ihr wurde schmerzlich bewusst, dass die jahrelangen Diskussionen mit ihrem Vater ihr keinen Frieden gebracht hatten.

Ich glaube, jemand hat es gesehen.

Graces Vater konnte sich an nichts erinnern; er war viel zu betrunken gewesen. Mit seiner peinlichen, von Drogen und Alkohol benebelten Aussage hatte er sich praktisch selbst dem Tod durch die Spritze ausgeliefert. Vage Erinnerungsfetzen an ein Kind, das in der Nacht durchs Haus gelaufen war, konnten die Zweifel an seiner Aussage nicht beseitigen.

Irgendjemand hätte seine Aussage untermauern müssen. Aber es gab niemanden.

Lucasta Jordan-Long.

Marc Honeydew.

Alexis Silber-McCarthy.

Tyger Watanabe.

Diese vier Kinder hatten sich in der Nacht, in der Tyson Drew umgebracht wurde, im Haus aufgehalten. Grace kannte die Namen in- und auswendig. Sie behielt alle im Visier, verfolgte ihre Karrieren im Internet. Drei von ihnen erkrankten früh an Burnout. Tyger und Lucasta landeten in der Entzugsklinik. Marc ging ans College und schlug eine akademische Laufbahn ein. Nur Alexis war noch beim Fernsehen.

Grace hatte Alexis immer für die mögliche Zeugin gehalten. Sie war die Älteste und die Frühreifste. Es schien plausibel, dass ihr Management ihr von einer Zeugenaussage abgeraten hatte, um ihre Karriere nicht zu gefährden. Jahrelang malte Grace sich in den buntesten Farben aus, was sie mit Alexis Silber-McCarthy anstellen würde, sollte sie ihr je durch Zufall begegnen.

Bis sie ein Interview mit Lucy Long las.

Lucy hatte am meisten unter dem für Kinderstars typischen Trauma gelitten, als ihre Karriere und damit der Ruhm schlagartig zu Ende waren. Sie war zum Zeitpunkt des Mordes gerade einmal neun Jahre alt gewesen und hatte die Staffel nicht zu Ende drehen können. Fünf Jahre lang war sie von der Bildfläche verschwunden und erst mit vierzehn durch eine Skandalstory über einen ehemaligen Kinderstar auf Drogen wieder ins Licht der

Öffentlichkeit gerückt. Fünf Jahre schienen eine lange Zeit, um den Verlust der Berühmtheit und den anschließenden Erfolgsdruck, oder was auch immer der Auslöser für ihre Alkoholsucht gewesen war, zu verarbeiten. Aber anscheinend hatten sie bei ihr nicht gereicht.

Mit fünfzehn hatte Lucy ein Interview gegeben, in dem sie über ihre traumatischen Erfahrungen sprach. Als Grace es las, wusste sie sofort, dass Lucy den Mord beobachtet hatte.

Schauspielen heißt lügen. Du gibst vor, jemand zu sein, der du nicht bist. Ich wollte das nicht mehr. Es ist mir schlagartig klar geworden, von einem Tag auf den anderen. Ich wollte ich selbst sein! Deshalb habe ich zur Musik gewechselt.

Grace würde unter einem Dach mit Lucasta Jordan-Long wohnen.

Und so nahm ihr Plan Gestalt an.

Natürlich verwendete Lucy weder ihren richtigen Namen noch den Künstlernamen Jordan-Long. Sie war ja nicht blöd. Ihr Name war in Verbindung mit dem Tyson-Drew-Fall zu oft in diversen Zeitungsartikeln aufgetaucht.

Es gab offene Spekulationen darüber, ob eines der Kinder tatsächlich nachts durchs Haus gelaufen war. Graces Vater beharrte darauf, dass sie vielleicht etwas gesehen haben könnte. Doch die kleine Lucasta hatte es immer abgestritten. Bis ihre Eltern irgendwann jedem mit einer Klage drohten, der die Vorwürfe erneut anbrachte. Wenn sie etwas gesehen und die Polizei angelogen hatte, dann konnte nur Lucasta selbst es zugeben.

Und wenn Grace es nicht schaffte, Lucy alias Lucasta zu einer Aussage zu bewegen, würde ihr Dad sterben.

Bis jetzt lief es nicht gut für Grace. Irgendetwas oder irgendwer verhinderte immer wieder, dass sie etwas über Lucys Vergangenheit herausfand, das sie noch nicht wusste. Und sich Lucy anzunähern fiel ihr schwer. Auch wenn es keinen Streit zwischen ihnen gegeben hatte, verstand sie sich mit Lucy am wenigsten von allen.

Und jetzt zu allem Überfluss auch noch das Techtelmechtel mit Paolo. Grace verfluchte sich für ihre Eifersucht. Warum musste es gerade Paolo sein?

Die Menge applaudierte, als Lucy wieder zur Gitarre griff. Immer mehr Menschen versammelten sich im Innenhof. So, wie sie abgingen, waren es wohl Freunde oder Fans von Ruben. Inzwischen war es so voll, dass Lucy und Ruben gar nicht mehr zu sehen waren hinter den vielen Menschen. Grace hörte nur Lucys Stimme: „John-Michael, schwing deinen Arsch hier rüber."

Aus der Menge wurde Jubel laut, als John-Michael auf die Bühne trat. Er wirkte nervös. Die drei steckten kurz die Köpfe zusammen, dann schmetterten sie die ersten Akkorde eines neuen Songs. John-Michael trat ans Mikrofon und begann zu singen, anfangs sehr verhalten, fast unsicher, bis die anderen beim Refrain mit einstimmten. Grace erkannte das Lied nicht gleich, aber das Publikum ging voll ab und fing an, wie wild herumzuspringen.

I fought the law and the law won.

Das war zu viel. Grace lief blindlings los, bis sie am Essensstand mit Candace zusammenstieß. Deren Wodkafahne war kilometerweit zu riechen.

„Candace, du hast doch nicht etwa Schnaps auf das Benefiz geschmuggelt?"

„Hältst du mich für blöd? Wir haben uns zu Hause ein paar Cocktails gemixt, bevor wir los sind. Beschwer dich nicht – du bist schließlich abgehauen, als wir mitten am Arbeiten waren. Also mach mir keine Vorhaltungen, kleine Schwester."

„Bist du betrunken?"

„Jetzt hör auf. Das war nur ein kleiner Stimmungsaufheller."

„Du brauchst einen Stimmungsaufheller für eine Wohltätigkeitsveranstaltung?"

„Ich warne dich, wenn du weiter nervst, verrate ich dir meine geheimen Neuigkeiten nicht."

„Das tust du doch eh nicht."

„Mein Gott, wie ein Baby, dem man das Spielzeug weggenommen hat. Okay, ich erzähl's dir."

Grace wandte sich ab und blickte zurück zur Bühne. „Ja, genau, reden wir über dich. So wie immer."

„Jetzt hör mir mal zu. Meine Agentin hat angerufen. Der Typ aus *Deadbeat*, den alle so süß finden, hat eine Megarolle in einer anderen Fernsehserie bekommen. Irgend so ein Science-Fiction-Quatsch, aber groß aufgezogen, Riesenbudget. So eine Art Sci-Fi-Ableger von *Game Of Thrones*, hat meine Agentin gesagt."

„Und weiter?"

„Dieser Ricardo Adams von *Deadbeat* hat die Pilotfolge von *Downtowners* gesehen und dem Regisseur gesagt, ich wäre perfekt für eine Rolle in der neuen Show!"

„Du? Aber bist du nicht für die Rolle der Gina unter Vertrag?"

„Offenbar ist das verhandelbar. Meine Agentin fordert jetzt, dass sie meine Rolle deutlich erweitern oder den Vertrag aufheben."

„Dann wird Gina einfach gekillt?"

„Mal ehrlich, es ist eh ein Wunder, dass sie noch mitspielt. So bruchstückhaft, wie der Charakter angelegt ist … Wird Zeit, dass jemand sie umbringt!"

„So läuft das also, ja?", staunte Grace.

„Sieht so aus."

„Ich bin beeindruckt."

„Na endlich", grinste Candace.

„Wenn du die andere Rolle kriegst, musst du dann mehr arbeiten?"

„Vielleicht. Aber erzähl bitte niemandem was. Das ist noch nicht offiziell, hörst du? Ich muss erst vorsprechen und Probeaufnahmen mit Ricardo Adams machen. Da muss meine Agentin noch einige Pirouetten drehen."

„Krass, Candace, jetzt kommst du wirklich groß raus!"

Candace winkte ab. „Süße, das ist erst der Anfang!" Damit machte sie auf dem Absatz kehrt und lief grinsend davon.

Grace sah ihr nach und suchte dabei ganz automatisch nach Paolos Gesicht in der Menge. Wie erwartet stand er vor der Bühne und starrte Lucy an. Wahrscheinlich fragte er sich, ob sie nun miteinander gingen oder sie nur ein Name auf einer Liste blieb, die er irgendwann in anderer Runde zitieren würde.

Candace schätzte Paolo völlig falsch ein, da war sich Grace sicher. Paolo war tiefgründiger, als man vermutete, und er tat Grace sogar ein wenig leid. Sie seufzte frustriert. Es war schrecklich, in seiner Gegenwart so tun zu müssen, als bedeute er ihr nichts.

Paolo ahnte nicht, dass seine bloße Anwesenheit sie schon quälte. Vielleicht würde Lucy ihm diese Lektion beibringen.

JOHN-MICHAEL

Venice Beach – Sonntag, 24. Mai

„Hi, Grace, ich bin’s, John-Michael.“ Er musste es jemandem erzählen und hatte sich unbewusst für Grace entschieden. Beim Durchscrollen seiner Kontakte hatte er ihren Namen intuitiv angetippt. Erst viel später begriff er, warum.

Es war noch früh, kurz nach halb acht Uhr morgens. Ein Albtraum hatte ihn eine Stunde zuvor aus dem Schlaf gerissen. Seine anfängliche Erleichterung darüber, dass es Sonntag war und am nächsten Tag Memorial Day und somit schulfrei, wich bald einem Gefühl der Schwere, das er nur allzu gut kannte. Keine Schule hieß auch keine Ablenkung, und Ablenkung brauchte er im Moment dringend!

Als die ersten Sonnenstrahlen ins Zimmer fielen, hellte sich seine Laune schlagartig auf. Er sprang aus dem Bett, zog sich hastig an und lief hinaus auf die Strandpromenade. In einigem Abstand zum Weg schliefen noch vereinzelte Obdachlose in ihren Schlafsäcken auf den weichen Sanddünen. Vom Meer her wehte ein kühler, frischer Wind, und John-Michael sog die nach Salz duftende Luft tief in die Lungen. Er nahm all seinen Mut zusammen und wählte Graces Nummer.

„John-Michael?“ Grace klang ziemlich verschlafen. „Wo zum Teufel steckst du? Es ist verdammt früh.“

Er legte die Hand schützend um das Telefon und senkte die Stimme. „Ich bin draußen auf der Promenade. Ich konnte nicht mehr schlafen und wollte dich nicht wecken.“

Nach einem weiteren tiefen Atemzug rückte er mit der Sprache heraus. „Ich will noch mal mit dir nach San Quentin fahren.“

San Quentin. Allein bei der Vorstellung, diesen Ort noch einmal zu betreten, schnürte sich seine Kehle zu. Aber ihm blieb nichts anderes übrig. Es war der einzige Weg, die furchtbare Erinnerung an die lange Nacht in der Zelle zu überwinden.

„Du solltest deinen Brieffreund in der Todeszelle besuchen“, sagte John-Michael. „Ich habe viel über ihn nachgedacht.“

„Du hast über … Alan nachgedacht?“, flüsterte Grace ungläubig.

„So eine Nacht in der Zelle kann man nicht beschreiben, Gracie. Du hast gesagt, er ist unschuldig, und das glaube ich dir. Ich sehe das jetzt aus einem ganz anderen Blickwinkel, verstehst du? Ich ahne, was er durchmacht. Und … ich finde, du solltest ihn besuchen. Er hat doch sonst niemanden, oder? Wir fahren zusammen hoch, besuchen ihn und machen uns da oben einen schönen Tag. Ich bezahle das Motel-Zimmer. Morgen ist Feiertag, wir können uns also Zeit lassen.“

„Ich muss vorher anrufen und eine Besuchserlaubnis beantragen“, antwortete Grace. Sie klang müde. „In den Todestrakt kommt man nur mit Termin. Außerdem müsste ich meine Cousine Angela an Bord holen.“

Nach kurzem Hin und Her stimmte Grace schließlich zu, die notwendigen Anrufe zu tätigen und John-Michael unten am Auto zu treffen.

Als sie kam, zögerte sie erst, ihn zu umarmen. Doch John-Michael zog sie an sich und hielt sie schweigend fest.

„Bist du hungrig?“, brachte er schließlich heraus.

„Ich verhungere!“

„Dann lass uns erst frühstücken gehen, bevor wir losfahren.“

Sie nickte.

„Wir könnten die Interstate nehmen, wenn das für dich in Ordnung ist. Der Weg ist zwar nicht so schön wie auf dem Pacific Coast Highway, dafür aber schneller. Auf dem Rückweg können wir immer noch an der Küste entlangfahren.“

Grace war einverstanden. Sie war eh noch viel zu verschlafen, um sich darüber den Kopf zu zerbrechen.

In einem Café bestellten sie sich beide eine große Portion Pancakes. John-Michael räusperte sich. Nicht gerade der ideale Ort, um ihr sein Herz auszuschütten, aber er konnte keine Minute länger warten.

„Du glaubst, dass ich meinen Dad umgebracht habe, stimmt's?", sagte er ohne Umschweife.

Graces erschrockener Blick sagte alles.

„Ist schon okay, du musst nichts sagen. Ich habe es deiner Stimme sofort angehört, als ich aus Carlsbad zurückkam", erklärte er.

„Ich ... wie kommst du darauf, John-Michael?"

Ihre Schauspielkünste ließen zu wünschen übrig.

„Weil ich es genauso sehe."

Grace machte große Augen. „Du hast es wirklich getan?"

Er antwortete mit einer Gegenfrage. „Ich muss das wissen: Glauben die anderen, dass ich ihn umgebracht habe?"

„Ob sie ...? Nein!"

„Also nur du?" Er lächelte traurig. „Woher wusstest du es? Die Cops können mir nichts anhängen, aber sie ahnen es auch. Ich müsste es nur sagen. Irgendwas sagen! Ein einziges Wort könnte das ganze Konstrukt zum Einsturz bringen."

„Es gibt also keine Beweise?"

Er schüttelte den Kopf. „Sie haben Zweifel, aber keine stichhaltigen Beweise dafür, dass ich am ersten Dezember nicht in Los Angeles war. Keinen Grund, am Abschiedsbrief meines Vaters zu zweifeln. Kein Motiv. Der Testamentsentwurf, den seine Ex aus dem Hut gezaubert hat, taugt nicht viel. Er stammt aus der Zeit, als die beiden ein Paar waren. Sie hätte ihn also an seinem Computer selbst tippen können. So oder so ..."

Grace stocherte gedankenverloren in ihren Pancakes. „Es zählt also nur das unterschriebene Testament?"

„Nur das." Grace war der erste Mensch, dem John-Michael sich anvertraute; dass sie ihn nicht verurteilte, sondern mit ihm fühlte, erleichterte ihn ungemein. Dieses Gespräch hätte auch furchtbar ins Auge gehen können.

Ein paar Minuten lang schwiegen beide, bis John-Michael erneut das Wort ergriff. „Willst du wissen, wie ich es getan habe?"

Grace blickte ihn ernst, aber entschlossen an. „Hast du ihm das Heroin besorgt?"

„Er hat mich angerufen, als meine Schicht im Konferenzzentrum gerade zu Ende war. Ich war mit Felipe unten am Strand, wir waren so glücklich. Haben den Surfern zugeschaut, Bier getrunken. Kennst du das Gefühl, wenn sich durch einen Anruf von einer Minute zur anderen plötzlich alles verändert? Und zwar unumkehrbar? Du kommst an eine Wegkreuzung und musst dich entscheiden, ob du links oder rechts langgehst."

„Ich habe immer genau gewusst, wo ich hinwill", sagte Grace unbeirrbar. „Für mich gab es immer nur einen Weg."

„Dann kannst du dich glücklich schätzen", erwiderte er bedauernd. „Ich wollte den Weg, den ich eingeschlagen habe, nie gehen. Verstehst du? Ich wusste, dass es böse endet. Dass ich mit einer Seite von mir konfrontiert werde, an deren Existenz ich nicht glauben wollte."

Anstatt zu antworten, nahm Grace wortlos seine Hand.

Später, bei ihrer schmachvollen Rückkehr nach Venice, würde John-Michael an diesen Moment zurückdenken. Er würde sich an die Leere in seinem Inneren erinnern, als sie ihn trösten wollte. Als hätte sich ein Vorhang zwischen ihm und der Welt gesenkt, der die Vergangenheit von der Zukunft abschnitt. Genau dasselbe musste er nun tun.

Seinen nächsten Satz würde er nie vergessen: „Ich habe mich für den alten Weg entschieden, Grace. Einen alten, schlechten Weg, der immer auf mich gelauert hat. Ich hoffe für dich, dass du ihn nie betreten wirst."

Die ganze Heimfahrt lang spukten ihm diese Worte durch den Kopf, bis er fast wahnsinnig wurde.

GRACE

Highway 5 – Sonntag, 24. Mai

„Warum hast du nicht einfach Nein gesagt?"

John-Michael drehte das Radio leiser. Sie waren kurz vor San Francisco, und erst jetzt traute sich Grace, das Thema wieder anzuschneiden. Nervös wartete sie auf seine Antwort.

John-Michael wünschte sich nichts sehnlicher als ihr Mitgefühl, so wie die meisten Menschen, die ein Geständnis ablegen. Genauso wie sie fürchtete er sich davor zu hören, dass er sich schuldig gemacht und Strafe verdient hatte.

Grace würde ihm das nie ins Gesicht sagen.

„Mein Dad hat mich praktisch nie um etwas gebeten. Dazu war er zu stolz. Er musste immer den großen Macker spielen, den Versorger. Als meine Mom starb und er einen Monat lang völlig durchhing, war das schrecklich für ihn. Wenn ich seinen Vorstellungen entsprochen hätte, wäre vielleicht alles anders gekommen. Aber so wollte er meine Hilfe nicht annehmen. Deshalb hat er es mir erst gesagt, als die Entscheidung bereits gefallen war. Es war weniger eine Bitte als ein Befehl. Der genaue Wortlaut war: *Schwing deinen faulen Homo-Arsch hierher und bring genügend Heroin mit, um jemanden umzubringen.*"

John-Michael sagte das ganz ruhig, fast im Plauderton. Einzig die Hände, die sich um das Lenkrad krampften, verrieten seine Anspannung.

„Du willst wissen, warum ich nicht Nein gesagt habe?", fuhr er fort. „Das habe ich erst. Hab einfach aufgelegt. Zehn Minuten später rief er zurück und klang ganz anders. Er weinte. Mein Dad, Chuck Weller! Seit dem Tod meiner Mutter hatte ich ihn nicht mehr weinen sehen. *Bitte, John-Michael, du bist der Einzige, den ich fragen kann. Alleine schaffe ich das nicht. Was, wenn ich was falsch mache und in der Klapse lande? Ich brauche dich, John-Michael. Ich hab die Hoffnung nie aufgegeben, dass du wieder nach Hause kommst. Das ist eine Familienangelegenheit.*"

„Hat er gesagt, warum er es tun will?"

John-Michael nickte grimmig. „Oh ja. Er hat mich so gehasst, das hätte er sich nie entgehen lassen. *Es bringt mich um, Kleiner. Und nur, dass du es weißt: Du bist vielleicht als Nächstes dran.*"

„Hatte er eine Erbkrankheit?"

John-Michael wandte den Blick von der Straße und schaute Grace überrascht an. „Die Blutuntersuchung. Bist du deswegen auf den Gedanken gekommen, dass ich was mit seinem Tod zu tun haben könnte?"

„Lucy und Candace haben nach der Party darüber geredet. Candace hat mir erzählt, dass Lucy glaubt, du hast dich auf HIV testen lassen. Aber irgendwann ist uns klar geworden, dass du das nie explizit gesagt hast."

„Ich wusste nicht, was ich Lucy sagen sollte, als ich den Test gemacht habe. Ich hatte so eine Angst, das kannst du dir nicht vorstellen! Deshalb habe ich nicht widersprochen, als sie auf HIV getippt hat."

„Aber du hast kein HIV, zum Glück. Was für ein Test war es dann?"

„Hast du schon mal von der Huntington Krankheit gehört?"

„Nein."

„Mein Dad ahnte schon seit Längerem, dass irgendwas mit ihm nicht in Ordnung war. Er hatte kleine neurologische Störungen, Schwierigkeiten beim Schlucken und so was. Er hat es darauf geschoben, dass er übermüdet war. Aber dann kamen die Stimmungsschwankungen dazu. Er war schon immer bockig und aufbrausend, aber es wurde immer schlimmer. Er hatte regelrechte Wutanfälle, war wie rasend. So wie an dem Tag, als er mich rausgeworfen hat. Dann hat auch noch seine Freundin mit ihm Schluss gemacht – vielleicht wegen der Symptome dieser Krankheit. Irgendwann konnte er nicht länger die Augen davor verschließen, dass etwas faul war. Was nicht heißt, dass er mir etwas erzählt hätte, nein! Er behauptete immer, er sei wütend, weil sein Sohn ein Verlierer war, ein lausiger Homo und kein ‚richtiger Mann'!"

„Und du glaubst, das hängt alles mit der Krankheit zusammen?"

„Seine blindwütige Homophobie? Schön wär's. Dann könnte ich leichter damit umgehen. Aber Schwule hat er schon immer gehasst. Ich wusste schon mit acht oder neun, dass ich schwul bin, hab mich aber nicht getraut, es ihm zu sagen. Stattdessen habe ich mich so gut es ging verstellt. Die Indie-Masche hat mir geholfen, denn wenn du dich als Grufti komisch anziehst, fällt das nicht auf. Für ihn waren eh alle Gruftis und Emos schwul. Obwohl er wusste, dass es nicht stimmte."

„Ist diese Huntington-Krankheit denn tödlich?"

„Unheilbar, schwer behandelbar und tödlich. Das Risiko, dass die Kinder betroffen sind, liegt bei 50 Prozent. Es ist ein absoluter Albtraum: Die Patienten sind am Schluss völlig hilflos und schwer depressiv. Chuck Weller wollte um keinen Preis der Welt so enden – sich von mir füttern und den Hintern abwischen lassen? Vergiss es! Er hat seinen Tod von dem Moment an geplant, als er die Diagnose bekam."

„Bist du bei ihm geblieben, als er es getan hat?"

„Ob ich bei ihm geblieben bin …?" John-Michael blinzelte sie irritiert an. „Natürlich bin ich dageblieben. So wollte er es. Ich musste ihm versprechen, bis zum Ende dazubleiben. Ihm beizustehen."

Grace starrte durchs Seitenfenster hinaus in die karge Landschaft. Vereinzelte Kiefern auf den Hügelketten, verdorrte Grasbüschel, robuste Wüstensträucher. Ein graues Asphaltband, das sich unerbittlich durch Kalifornien fräste. Das Thema belastete Grace, doch sie zwang sich, weiter zuzuhören. Sie wollte das Ende dieser grauenvollen Geschichte erfahren.

„Wie war es, ganz am Ende?"

„Erst haben wir den Papierkram erledigt. Es gab ja dieses neue Testament – er wollte es eigentlich gleich vernichten, als Judy abgehauen ist. Wir haben es verbrannt und alle Dokumente auf dem Computer gelöscht. Die Arztbriefe hat er auch versteckt, weil er nicht wollte, dass jemand den wahren Grund erfährt. Auf dem Abschiedsbrief stand nur: *Ich habe die Schnauze voll. Das ist alles. Ich wünsche John-Michael viel Glück und hoffe, dass es das Schicksal mit ihm besser meint als mit mir.*

Ich habe das nicht verstanden“, sagte John-Michael. „Denn damit schob er doch alles auf die Depression, richtig? Und ganz sicher ist das doch genauso ‚schwach‘, wie sich umzubringen, weil man nicht an einer schrecklichen Krankheit krepieren will. Aber letztendlich hat es wohl damit zu tun, wie meine Mutter gestorben ist. Es war ein langsamer Tod, und sie hat sehr gelitten. Dad war immer für sie da, hat sie gepflegt. Er glaubte, wenn sie das ertragen hat, sollte er dazu auch in der Lage sein. Niemand sollte erfahren, dass er es doch nicht konnte.“

„Mein Gott, John-Michael, das ist wirklich schrecklich. Es tut mir so leid!“

Er schüttelte bloß den Kopf und blickte ruhig auf die Straße. „Wie auch immer, ich habe ihm gezeigt, wie man die Spritze setzt. Er hatte Angst, die Vene nicht zu treffen. Ich habe es selbst noch nie gemacht, aber oft genug zugesehen. Es war schrecklich, ihn betteln zu hören. So kannte ich ihn gar nicht. Ich glaube, am liebsten hätte er mich angeschrien, ihm zu helfen und es für ihn zu erledigen. Er hatte sich kaum unter Kontrolle. Wahrscheinlich wusste er, dass er bald zu nichts mehr fähig sein würde.“

Nach kurzem Schweigen sagte er: „Da wäre die passende Stelle zu sagen: ‚Du musstest es tun, er hat dich gezwungen.‘ So etwas in der Art.“

In ihren Augen standen Tränen.

„Aber das wirst du nicht, stimmt’s, Grace?“ Er wandte den Blick ab. „Weißt du, was ich dann getan habe?“

„Du hast gesagt, er ist erstickt.“

„Er hat wahrscheinlich getrunken. Also bevor ich kam. Vielleicht wollte er sich Mut antrinken oder den Schmerz betäuben. In seinem Heroinkoma hat er sich jedenfalls übergeben und dann angefangen zu würgen und nach Luft zu ringen. Ich hab ihn instinktiv auf die Seite gedreht und seinen Mund freigemacht, bis mir klar wurde, was ich da tue. Er ist wieder zu sich gekommen und hat die Augen geöffnet. Dann hat er einen schrecklichen Laut von sich gegeben, eine Art Gurgeln, fast schon unmenschlich. Töte mich, hieß das. Also hab ich ein Kissen genommen. Er hat es noch mitgekriegt und mir zugenickt. Dann hab ich es auf sein Gesicht gedrückt. Er war eh zu schwach, um sich zu wehren. Ein paar Minuten später war alles vorbei. Ich hab das Kissen neu bezogen, weil Erbrochenes drauf war, und meine Spuren penibel verwischt. Dann bin ich abgehauen. Den schmutzigen Kissenbezug hab ich in Los Angeles in eine Mülltonne geworfen."

Grace stieß hörbar die Luft aus. „Warum erzählst du mir das alles?"

Er lächelte traurig. „Den Teil der Geschichte haben sich die Bullen schon zusammengereimt. Selbst wenn du es ihnen erzählst, reicht es nicht für eine Verurteilung. Es gibt nicht genügend Beweise. Und natürlich würde ich vor Gericht alles abstreiten. Ich will nicht ins Gefängnis, Grace!"

„John-Michael, du hast meine Frage nicht beantwortet."

„Ich glaube, dass du am besten verstehst, warum ich nicht ins Gefängnis will."

„Weil ich einen Gefangenen in der Todeszelle besuche?"

„Er war mein Vater, Grace. Und er hat mich angefleht, ihm zu helfen. Ich konnte nicht Nein sagen, es ging einfach nicht! Er hatte mich noch nie um etwas gebeten, außer darum, nicht schwul zu sein. Diesen Wunsch konnte ich ihm nicht erfüllen, verstehst du? Ich konnte ihn nie glücklich machen. Aber diese eine Sache konnte ich für ihn tun."

„Na ja, ich würde für meinen Vater auch alles tun", gab Grace zu.

John-Michael nickte mitfühlend. „Wo ist dein Dad eigentlich? Du sprichst nie über ihn."

„Ich spreche dauernd über ihn", sagte sie vorsichtig. „Wir fahren gerade zu ihm."

John-Michael blickte stumm geradeaus. Grace musterte ihn von der Seite. Angst flackerte in seinen Augen auf, wilde, unberechenbare Angst; wie bei einem Tier, das in der Falle sitzt und einen Fluchtweg sucht.

Später fragte sich Grace, ob er in diesem Moment auf die Idee gekommen war.

JOHN-MICHAEL

Balkon – am Abend des Memorial Days

Es war schon spät am Abend des Memorial Days, als John-Michael und Grace endlich nach Hause kamen. Paolo hatte sie auf dem Pacific Coast Highway abgeholt, nachdem sie ihn angerufen hatten. Im Haus herrschte Entsetzen darüber, was John-Michael sich auf der Rückfahrt geleistet hatte.

Es war einfach unbegreiflich. Was für ein schrecklicher Verlust. Eine sinnlose Verschwendung.

Völlig hirnrissig.

„Du brauchst eine gute Ausrede", warnte Grace, als sie müde und erschöpft auf dem Balkon standen. „Behaupte doch einfach, dass du high warst oder so. Was auch immer du dir einfallen lässt, sag ihnen nichts von der Sache mit deinem Vater." Sie schwieg beklommen. „Vielleicht hättest du es nicht mal mir erzählen sollen."

John-Michael musste ihr recht geben. Er hatte sein Gewissen erleichtern wollen. Und ohne Beweise oder ein Geständnis reichte es nicht für eine Anklage. Trotzdem durfte die Information nicht nach außen dringen. Nicht abzusehen, wohin das führen könnte.

Er hatte sich Grace anvertraut und dadurch an sie gebunden. Er musste ihr vertrauen, sonst würde er durchdrehen. Es beruhigte ihn, dass sie selbst ein Geheimnis in sich trug. Vielleicht klammerte er sich aber nur an einen dünnen Strohhalm.

Wie sollten seine Mitbewohner begreifen, was er auf der Rückfahrt getan hatte, solange sie die wahre Geschichte über den Tod seines Vaters nicht kannten? Es war unmöglich.

Nur Grace verstand seine Beweggründe. Ihr Herz war weitaus düsterer, als die anderen vermuteten.

Das Gefängnis verdarb unwillkürlich jeden, der damit in Berührung kam. Jetzt galt es die Reaktionen, die er losgetreten hatte, zu zügeln.

„Ich möchte nie wieder darüber sprechen, was mit Dad passiert ist", antwortete John-Michael. „Nie mehr! Aber meinst du nicht, dass Lucy es schon längst ahnt?"

„Möglich. Aber was, wenn sie doch noch mit Paolo in die Kiste steigt? Das berühmte Bettgeflüster, da kommt alles ans Licht."

„Dann streite ich es einfach ab."

„Jetzt mal ernsthaft", wiederholte Grace. „Lass dich auf keinen Fall in ein Gespräch über deinen Vater verwickeln. Man weiß nie, wo das endet."

„Versteh schon. Du hast Angst, dass die Leute dann anfangen, nach deinem Vater zu fragen!"

Ein Anflug von Angst huschte über ihr Gesicht. „Hier geht es nicht um mich, John-Michael. Klar, mir ist es lieber, wenn mich keiner nach Dad fragt. Nicht einmal Candace weiß etwas davon – meine Mom wollte es so. Wenn sie herauskriegt, dass ich es die ganzen Jahre vor ihr verheimlicht habe, wird sie mir nie mehr vertrauen! Aber das mit dir ist wichtiger. Du hast ein ernstes Verbrechen begangen und musst dieses Wissen nun für den Rest deines Lebens mit dir herumtragen."

„Ich weiß, ich weiß. Du kannst mir vertrauen. Was unsere Väter angeht, schweige ich wie ein Grab." Er setzte eine todernste Miene auf, über die Grace unwillkürlich lächeln musste.

„Na gut", sagte sie. Dann: „Obwohl … ich weiß nicht! Vielleicht solltest du mit Lucy darüber sprechen. Warum wir nach San Quentin gefahren sind, meine ich."

„Ich soll Lucy von deinem Vater erzählen?"

Grace nickte. „Aber nur Lucy. Und nur das von meinem Dad, nicht das von deinem."

John-Michael begriff nicht, warum ihr Geheimnis bei Lucy sicher sein sollte und seines nicht, aber sie ließ sich nicht umstimmen.

„Lucy ist deine beste Freundin hier im Haus. Sie wird keine Ruhe geben, bis du ihr erklärst, warum du Hals über Kopf mit mir losgefahren bist, um deinen freien Tag ausgerechnet im Knast zu verbringen. Wenn du schweigst wie ein Grab, schöpft sie erst recht Verdacht. Erzähl ihr von meinem Vater und sonst nichts!"

Später am Abend ergab sich für John-Michael die Gelegenheit, mit Lucy zu sprechen.

„Lust, eine zu rauchen?", fragte er.

„Auf dem Balkon, bist du komplett übergeschnappt? Unsere sauberen Nachbarn werden uns verklagen, weil sie Krebs davon kriegen!"

John-Michael nickte mit dem Kopf in Richtung Hinterhof. „Dann hinter dem Haus?"

„Na gut." Sie folgte ihm nach draußen.

Kaum hatte er die Zigarette angezündet, als Lucy sie ihm schon aus den Fingern riss um zwei tiefe Züge zu nehmen. Dann hielt sie sie ihm wieder hin.

„Ich hör auf mit dem Rauchen", sagte sie leichthin. „Der erste Schritt ist, dass ich nur noch von anderen schnorre. Nächsten Monat geh ich dann auf Entzug!"

Sie ließ sich in einen der Stühle auf dem winzigen Stück Rasen plumpsen und verschränkte die Arme vor der Brust. Ihre Haut glänzte vor Schweiß, doch bei ihr sah es einfach nur sexy aus.

„Was ist los, JM? Was ist da heute wirklich passiert? Mann, Alter, warum hast du das gemacht? Jetzt rede schon mit mir!"

Ihre Fragen ignorierend, kam er gleich zum Punkt: „Grace wollte ihren Vater besuchen."

Lucy begriff nicht gleich, was das bedeutete. „Wie jetzt, ihr wart gar nicht in San Quentin?", fragte sie verblüfft.

„Doch, doch, genau da waren wir", entgegnete er bestimmt.

Grace hatte ihm eingeschärft, Lucy die Schlussfolgerung selber ziehen zu lassen, also schwieg er eisern, bis bei Lucy endlich der Groschen fiel.

„Graces *Vater* ist der Todeskandidat …?"

Er nickte bedächtig. „Grace und ihre Geschwister haben den Namen ihres Stiefvaters angenommen, als ihre Mutter noch mal geheiratet hat: Deering. Früher hieß sie aber Grace Vesper. Und ihr Vater ist Alex Vesper. Den Namen ‚Alan Vernon' hat sie sich ausgedacht. In Wahrheit schreibt sie sich mit Vesper."

Lucys Reaktion fiel verhalten aus. „Und was soll das jetzt heißen?"

„Es war mir auch nicht gleich klar. Aber schau mal ins Internet. Da findest du massenweise Artikel über ihn von vor acht Jahren." Er machte eine Pause, doch sie schwieg beharrlich. „Erinnerst du dich an den Mord in Hollywood, der mit dem Swimmingpool? Tyson Drew, der Filmstar?"

Lucy sperrte den Mund auf. „Graces Vater hat Tyson Drew ermordet?"

„Nein, das hat er eben nicht. Aber die Cops haben es ihm trotzdem angehängt. Ihre Mutter hat es geschafft, die Familie vor diesem Stigma zu schützen. Sie hatte sich zu dem Zeitpunkt schon von Vesper getrennt, es war also keine Liebe mehr im Spiel. Es gibt nicht viele Menschen, die dem Armen noch glauben."

„Aber Gracie schon."

„Ja." Er klopfte die Zigarettenasche ab.

„Verstehe", sagte Lucy mit ernster Miene. Ihr Schweigen verriet, dass es in ihrem Kopf ratterte.

„Überleg mal, wie schlimm das sein muss", fuhr John-Michael fort. „Ich hab nur eine Nacht in der Zelle verbracht, Lucy, und ich sage dir: Ich hatte eine Scheißangst! Wenn die Tür ins Schloss fällt und du nicht weißt, wie lange du da eingesperrt bist. Der Gestank nach Pisse, kaltem Rauch und Schweiß. Zum Glück bin ich noch nicht volljährig, deshalb konnten sie mich nicht zu den wirklich schlimmen Typen sperren. Aber ich hab sie gesehen, während ich gewartet habe: Besoffene, Junkies, Brutalos, die mich angeschaut haben wie ein Stück Fleisch, das sie gerne aufschlitzen würden. Und ich bin echt kein Schisser, ich hab schon unter Autobahnbrücken geschlafen. Im Vergleich zum Gefängnis war das ein Zuckerschlecken!"

Lucy blickte ihn nur schweigend an.

„Stell dir ein Gebäude vor, aus dem man alles Leben und alle Wärme heraussaugt und stattdessen Angst, Verzweiflung und Wut hineinbläst. Dann hast du San Quentin. Als ich neulich mit Paolo und Grace hingefahren bin, bin ich im Auto sitzen geblieben. Ich konnte nicht rein, das ging einfach nicht! Dieses Mal hat sie mich überredet. Sie wollte, dass ich ihren Vater kennenlerne, dass ich sie verstehe. Also bin ich mitgegangen. Ich dachte, die Nacht dort hätte mich abgehärtet, aber das war nicht der Fall. In dem Moment, in dem die Gittertür hinter uns ins Schloss fiel, hab ich Panik bekommen. Ich hab keine Luft gekriegt, mein Hals war wie zugeschnürt. Dauernd habe ich nur daran gedacht, dass mir gleich jemand auf die Schulter tippt und sagt ‚He, mein Freund, wir haben einen Fehler gemacht, du bist dran.'"

„Aber das ist nicht passiert", flüsterte Lucy tonlos.

„Keine Ahnung, wie ich es geschafft habe, nicht schreiend wieder rauszurennen. Wahrscheinlich weil ich Angst hatte, mich dann erst recht verdächtig zu machen. Jedenfalls hab ich mich mit Grace vor so eine Glasscheibe gesetzt. Auf der anderen Seite saß Alex Vesper. Man würde doch denken, dass acht Jahre in der Todeszelle einen Mann brechen würden. Ich hab den Typen ja vorher noch nie gesehen, vielleicht war er mal richtig dick, aber ich kann's mir eigentlich nicht vorstellen."

„Wie sah er aus?", fragte sie mit zitternder Stimme.

„Ein ziemlich harter Kerl. Kein Gramm Fett am Leib, das Gesicht fest wie Stein. Nur die Augen, die waren wie die von Grace. Gletscherblau. Als er sie angelächelt hat, ist die Kälte in seinen Augen sofort geschmolzen. Bei mir hat er sich bedankt, dass ich sie hingefahren habe. Zwei Besuche in einem Monat, mehr als im letzten halben Jahr. Grace hat ihm erzählt, was bei mir los ist. Weißt du, was er zu mir gesagt hat? ‚Verlass dich nicht darauf, dass dich die Wahrheit schützt. Das ist Schwachsinn.'"

Er machte eine Pause, falls Lucy etwas sagen wollte, doch sie zog nur an der Zigarette und schaute ihn durchdringend an.

Dann stand sie wortlos auf und ging zurück ins Haus. Ohne einen Blick zurück schloss sie die Tür hinter sich.

John-Michael stand da wie vom Donner gerührt. Er hatte ihr sein Herz ausgeschüttet, und sie zeigte keinerlei Reaktion! Lucy war genauso unergründlich wie unwiderstehlich.

Jeder Mann, der ihr nahekam, konnte einem leidtun.

GRACE

Pacific Coast Highway – Memorial Day, Nachmittag

Das Meer lag glänzend vor ihnen. Im Licht des Spätnachmittags schimmerte das Wasser so strahlend blau, dass es fast blendete.

Grace kam es so vor, als müsse sie nur die Hand ausstrecken, um den Finger ins Wasser zu tauchen. John-Michael fuhr mit offenem Fenster, den Ellbogen lässig auf dem Türrahmen, und steuerte den Mercedes mit der anderen Hand sicher um die Kurven.

Die Aerodynamik des Wagens war perfekt ausgeklügelt. Selbst bei heruntergelassenen Scheiben brachte der Fahrtwind Graces Haare kaum durcheinander. Aus den Lautsprechern dröhnte „New Slang“ von den Shins, einer von John-Michaels Lieblingstiteln. Nicht gerade die passende Musik für einen Roadtrip, wie Grace fand, und trotzdem löste dieser Song noch Jahre später eine gewisse Wehmut in ihr aus, verbunden mit der Erinnerung an die Rückfahrt von San Quentin.

Und an all das, was an diesem Tag begonnen und geendet hatte.

Je näher sie Los Angeles kamen, desto schweigsamer wurde John-Michael. Anfangs dachte Grace, ihm gefiel einfach die Musik, doch das war es nicht. Als sie ihn nach dem Titel eines Stücks fragte, reagierte er überhaupt nicht; offenbar war er mit den Gedanken ganz woanders.

Grace nahm ihn genauer in Augenschein. Ihr war noch nie aufgefallen, dass er einen durchaus männlichen Körperbau hatte. Seine Unterarme waren nicht so trainiert wie Paolos, aber von kräftigen, geschmeidigen Muskeln durchzogen. Auf den ersten Blick wirkte er hager, doch in der Jeans sahen seine Oberschenkel fest und muskulös aus. Um die Hüften war er eher schmal, aber mit ein bisschen Training würde er an Oberarmen und Schultern schnell Muskeln ausbilden, das sah man.

Unter dem Aspekt der Männlichkeit hatte Grace ihn noch nie betrachtet. Ohne den üblichen Eyeliner und mit einem Dreitagebart in seinem kantigen, blassen Gesicht sah John-Michael plötzlich viel härter aus als sonst. Nicht so sanft und ruhig.

Etwas bedrückte ihn und ließ ihn älter aussehen, erwachsener. Grace bekam eine Ahnung davon, wie er mit vierzig aussehen würde: irgendwie finster und misstrauisch, aber überraschend attraktiv.

Verstört wandte sie den Blick ab und versuchte, ihre Gefühle zu ordnen. Verliebte sie sich gerade in einen schwulen Freund? Sie konnte Candaces Kommentar jetzt schon hören:

Tu dir keinen Zwang an. Aber dagegen hättest du ja bei Paolo mehr Chancen!

Was war nur mit ihr los?

Ist doch kaum zu übersehen, Sis: Du brauchst mal wieder Sex!

Möglich. Vielleicht lag es aber auch daran, dass sie John-Michael jetzt mit anderen Augen sah. Sie kannte jetzt seine dunkle Seite, nicht nur die nette, liebenswerte. Warum fühlte sie sich immer zu Jungs mit dieser dunklen Seite hingezogen?

Aber es gab noch eine andere Erklärung, und diese Erkenntnis traf sie wie ein Blitz. Vielleicht sah sie ihn mit anderen Augen, weil sie ein Geheimnis mit ihm verband!

Bei dem Gedanken wurde ihr ganz schwindlig. Sein Geständnis war ein großer Vertrauensbeweis und verschaffte ihr eine gewisse Machtposition. Auf der anderen Seite weckte es in ihr den starken Wunsch, ihn zu beschützen.

Sie schob den Gedanken beiseite und blickte aus dem Fenster. Ein Stück weiter die Straße hinunter erspähte sie einen Verkaufsstand mit der Aufschrift: *Äpfel mit Schokoüberzug – ganz frisch.*

„Schokoäpfel!", rief Grace. „Halt an, ich möchte einen!"

John-Michael stutzte, fuhr aber, ohne zu murren, an der Haltebucht rechts ran. Neben ihnen fiel der Hang steil ab bis hinunter zum Meer. Tief unten schäumten die Wellen um die Felsen und umspülten einen kleinen Sandstrand.

Als John-Michael keine Anstalten machte auszusteigen, sondern sich eine Zigarette anzündete, sprang Grace aus dem Wagen und fragte über die Schulter: „Willst du auch einen?“

„Ja, bring mir bitte einen mit.“

„Ich ruf Maya an und frage, ob ich was mitbringen soll. Dauert ja nur noch zwei Stunden, bis wir zu Hause sind. Das halten die Dinger schon aus.“

Sie zog das Handy aus der Tasche und wählte Mayas Nummer, während sie zum Imbissstand hinüberlief. In einem Kombi, der neben dem Stand parkte, saß eine vierköpfige Familie und verspeiste genüsslich ihre Äpfel. Es duftete süß nach Zucker und Obst. Grace lief schneller. Der Verkäufer hinter der Theke grinste ihr entgegen.

„Einen Apfel, bitte“, sagte sie. In dem Moment hob Maya ab. „Hi, Maya“, sagte Grace in den Hörer. „Was hältst du von Äpfeln mit Schokoglasur?“ Sie klemmte das Handy zwischen Ohr und Schulter und nahm ihren Apfel entgegen.

„Ich sage her damit“, antwortete Maya fröhlich. „So mag ich Obst am liebsten.“

„Das dachte ich mir“, erwiderte Grace grinsend. Sie nickte dem Verkäufer zu. „Bitte noch fünf zum Mitnehmen.“ Der Mann packte die Äpfel ein und reichte ihr die Tüte über die Theke. Als sie gerade die Hand danach ausstreckte, riss der Mann erschrocken die Augen auf und starrte entsetzt über Graces Schulter. Sie wirbelte herum und musste mit ansehen, wie John-Michaels Mercedes über die Böschung rollte und den Abhang hinabstürzte.

„Ist das ihr …?“ Der Verkäufer rang nach Luft.

Ein splitterndes Krachen ertönte, als der Wagen unten auf den Felsen aufschlug, gefolgt von einer ohrenbetäubenden Explosion. Grace warf die Tüte mit den Äpfeln in weitem Bogen von sich und rannte los. Sie wollte schreien, doch es kam kein Laut über ihre Lippen. Ihre Kehle war wie zugeschnürt, und sie rang panisch nach Luft. John-Michael!

Dann sah sie ihn. Wie in Zeitlupe kletterte er den Rand der Böschung hinauf, umgeben vom blauen Leuchten des Meeres.

Sie rannte besorgt auf ihn zu, doch er lächelte erleichtert, fast wie befreit.

„Hallo, Grace“, sagte er und beugte sich vor, um sie auf die Wange zu küssen. „Danke, dass du da bist.“

Grace stand einfach nur wie angewurzelt da, so perplex war sie. Die Familie in dem Auto hinter ihnen startete den Motor und raste los. Der Apfelverkäufer hatte sich keinen Zentimeter bewegt und starrte immer noch völlig entgeistert zu ihnen herüber.

„Was … was hast du getan?“

John-Michael sah ihr fest in die Augen. „Das einzig Richtige.“

„Du … Wolltest du dich umbringen?“

„Ich bin rausgesprungen, Gracie. Ist schließlich ein Cabrio.“

„Aber warum?“

„Warum ich rausgesprungen bin?“ Er deutete vielsagend auf den rauchenden Blechhaufen unten am Strand. „Ist das nicht offensichtlich?“

„Warum hast du dein wunderbares Auto geschrottet, meine ich?“

Er schüttelte bedächtig den Kopf. „Es ist nicht mein Auto. Es ist Chucks Auto. In diesem Auto hat Chuck mit Judy gevögelt. Dieses Auto hat er mehr geliebt als mich! Ich hab gedacht, es gehört jetzt mir, aber wie soll das gehen? Überleg doch mal, was ich getan habe, damit dieses Auto jetzt mir gehört.“ Ihm versagte die Stimme, und er legte die Hand über die Augen. „Ich hätte das nie vergessen können.“

Grace legte die Arme um ihn und zog ihn an sich. Rauch wehte vom Strand herauf und trug den beißenden Geruch von Benzin und verbranntem Gummi mit sich.

John-Michael löste sich aus der Umarmung und rieb sich die Augen. Dann drehte er sich um und blickte hinab zum Strand.

„Mach’s gut, Dad“, flüsterte er.

Grace seufzte. „Überleg dir schon mal, wie du das den anderen erklären willst.“

„Mir fällt schon was ein.“

„Und wie kommen wir zuruck nach L. A.?“

Er zog das Handy aus der Tasche. „Ich rufe im Haus an und frage, ob uns jemand abholt.“

„Candace bestimmt nicht. Sie wird dich für verrückt erklären.“

„Dann Paolo, er ist ein guter Kerl.“

„Ja, Paolo. Der gute alte zuverlässige Paolo und sein Chevy Malibu.“

John-Michael legte ihr einen Arm um die Hüften und zog sie sanft an sich. Grace legte ihrerseits den Arm um ihn, und so liefen sie los. Der Wind trug eine dichte Rauchwolke über den Abhang auf sie zu, doch sie liefen einfach hindurch.

John-Michael schaute kein einziges Mal zurück.

MAYA

Balkon – Memorial Day, Nachmittag

„He, geht bitte mal jemand ans Telefon?“, rief Candace und blickte von ihren Hausaufgaben auf.

Es war Montagnachmittag nach dem Benefiz an der Hearst Academy, und sie waren alle zu Hause und relaxten. Alle bis auf John-Michael und Grace, die nach San Francisco gefahren waren.

Maya stand im Wohnzimmer und presste das Handy ans Ohr. Sie konnte nicht glauben, was sie da hörte!

Candace lag auf dem Sofa und blätterte in einer Zeitschrift. Sie machte keinerlei Anstalten, ans Telefon zu gehen, genauso wenig wie Paolo, der neben ihr döste und verschlafen zu Maya herüberblinzelte. Ehe er etwas sagen konnte, lief sie nach draußen und stieg die Außentreppe zum Balkon hoch. Dort hielt sie das Handy ans Ohr und lauschte gebannt.

Sie war immer noch mit Grace verbunden und hörte John-Michael mit Paolo telefonieren, der unten das Festnetztelefon abgehoben hatte. John-Michael erzählte lachend, dass er sein Auto gerade über eine Klippe im Meer versenkt hatte, was Paolo anscheinend gar nicht lustig fand. Null! Er schien sogar ziemlich entsetzt zu sein.

Maya hatte sich von ihrem Schock noch nicht erholt. Die endlosen Sekunden nach Graces Aufschrei, als sie John-Michaels Namen rief, gefolgt von keuchendem Atem und Schritten. Mayas Kehle war wie zugeschnürt vor Angst.

Geschlagene zwei Minuten hatte Maya geglaubt, John-Michael wäre tot!

Grace hatte anscheinend vergessen, dass die Verbindung noch stand und das Telefon in die Hosentasche gesteckt. Und jetzt lauschte Maya schweigend den Gesprächen am anderen Ende der Leitung.

„Kommt er uns abholen?“ Das war Grace.

Sie hörte John-Michael lachen. „Ja. Auch wenn er mich für verrückt erklärt hat."

„Hab ich dir doch gesagt."

„Er würde es verstehen und die anderen auch. Wenn sie das mit Dad wüssten."

Jetzt wurde es interessant. Hatte John-Michael den Mercedes etwa absichtlich geschrottet? Neugierig setzte sie sich in einen der Korbstühle und lauschte still.

Dieses Gespräch durfte sie sich auf keinen Fall entgehen lassen. Zum Glück musste sie es in ihrem Bericht an Dana Alexander nicht erwähnen – schließlich fand es nicht im Haus statt. Sie hielt ihre Berichte sowieso schon so kurz wie möglich. Solange sie die Frau ab und zu mit ein paar Brocken wahrheitsgemäßer Informationen fütterte, erfüllte sie ihren Teil der Abmachung. Oder etwa nicht?

Egal. Dana Alexander konnte ja nur das wissen, was Maya ihr erzählte. Wie sollte sie da Verdacht schöpfen? Es sei denn, es gab noch einen zweiten Spion im Haus …

Ein kalter Schauer überlief sie. Litt sie jetzt schon an Verfolgungswahn? So weit würde Alexander bestimmt nicht gehen. Was auch immer der Grund war, dass sie Lucy und Grace überwachte – es rechtfertigte mit Sicherheit keinen zweiten Informanten.

Maya verwarf den Gedanken und konzentrierte sich wieder auf das Gespräch zwischen John-Michael und Grace.

„Oh", sagte Grace. „Ich weiß jetzt übrigens, warum Lucy uns nichts von *Jelly and Pie* erzählt hat. Es lag nicht nur daran, dass die Show zum Kotzen war."

„Findest du?", fragte John-Michael. „Hm, mir hat sie irgendwie gefallen. Aber ich steh nun mal auf kitschige Serien. Die Tante fand ich echt cool. Und Lucy war so süß!"

„Hast du's dir echt angeschaut?"

„Ich war kein Fan oder so, aber doch, ich bin ab und an beim Zappen daran hängen geblieben. Als ich Lucy dann auf dem

Rockcamp getroffen und kapiert habe, dass sie Charlie gespielt hat, fand ich das ziemlich aufregend."

„Aha", erwiderte Grace einsilbig.

„Also, was war jetzt der Grund? Die Entziehungskur?"

„Der Grund wofür?"

„Dass Lucy uns nichts von der Serie erzählt hat. Weil sie danach auf Entzug war. Wusstest du das nicht?"

Maya horchte auf. Wie würde Grace reagieren? Doch sie umging die Antwort mit einer Gegenfrage. „Erinnerst du dich noch an den Mordfall Tyson Drew?"

John-Michael gab keine Antwort, also sprach Grace weiter. Sie erklärte ihm, was damals passiert war: Tyson Drew, eine Party in Hollywood, der Mord. Fernsehberichte über irgendwelche Kinderstars, die sich im Haus aufgehalten hatten, und die Frage, ob sie etwas gesehen hatten. Lucy – damals noch Lucasta – war einer dieser Kinderstars. Widersprüchliche Angaben über die Zeugenaussagen. Ein Mann wurde des Mordes schuldig gesprochen. Er hieß Alec Vespa oder so ähnlich … Alex Vesper, genau!

Mayas Herz setzte für einen Moment aus.

Vesper. Das konnte kein Zufall sein. So hatte Grace geheißen, bevor ihre Mutter Candaces Vater geheiratet hatte.

Alex Vesper.

Plötzlich ergab alles einen Sinn. Maya wurde schwarz vor Augen, und ihr Magen rebellierte; sie beugte sich vor und atmete tief ein und aus.

Alex Vesper war Graces Vater. Graces Vater saß in der Todeszelle!

„Deshalb wollte Lucy nicht über *Jelly and Pie* reden!", rief John-Michael. „Damit wir ihren richtigen Namen nicht rauskriegen und ihn im Internet googeln. Wie verrückt ist das denn? Ich wäre im Leben nicht draufgekommen, dass Lucy auf dieser Party war, bei der Drew ermordet wurde."

„Ich auch nicht", antwortete Grace. „Lucy scheint es gewöhnt zu sein, das zu verheimlichen. Unter Verdacht zu stehen. Ich frage mich, warum?"

Mayas Gedanken wirbelten wild durcheinander. Dann machte es Klick und eine Welle der Angst überrollte sie. Sie war betrogen worden!

Mit zitternden Fingern öffnete sie den Browser ihres Smartphones. Sie fürchtete sich vor dem Suchergebnis, aber ihr blieb keine andere Wahl.

„Dana Alexander“, tippte sie. Und: „Tyson Drew“.

Eine lähmende Kälte breitete sich in ihrem Körper aus, als die Suchresultate angezeigt wurden.

Es gab keine große Schlagzeile mit ihrem Namen. Nur eine Zeitung erwähnte ihn überhaupt. Man könnte es für einen Fehler halten, aber da stand er schwarz auf weiß auf einer Liste mit Namen der Menschen, die zu besagter Party eingeladen waren: Dana Alexander.

Keine der größeren Zeitungen hatte ihren Namen gedruckt. Sie war damals ein Megastar, jung, in den besten Jahren; das war zwei Jahre vor ihrem großen Auftritt als Lady Macbeth in dem berühmten Hollywood-Remake.

Hatte Dana Alexander die nötige Macht besessen, ihren Namen aus den Listen verschwinden zu lassen?

Mit Grausen dachte Maya an den letzten Report, den sie für diese Frau getippt hatte.

Warum überwachte sie Lucy und Grace nach so vielen Jahren immer noch? Die einzige Verbindung zwischen ihr und den Mädchen war der Mann in der Todeszelle.

Maya begann zu zittern.

Dana Alexander ließ das Haus beobachten, weil eines der beiden Mädchen etwas wissen musste: Lucy, weil sie auf der Party war, und Grace, weil sie Vespers Tochter war.

Saß Vesper womöglich unschuldig im Gefängnis?

Wie weit würde Dana Alexander gehen, wenn sich Lucy tatsächlich an etwas erinnerte, an irgendeine Kleinigkeit, die Vespers Unschuld bewies?

Was würde sie tun, wenn alle die Wahrheit sagten?

ARIANA ruft an der Westküste an

Memorial Day, abends

„Das habe ich mir irgendwie anders vorgestellt." Dana Alexanders Stimme klang sanft wie Seide und zugleich eiskalt.

Ariana schürzte die Lippen. Manchmal nervte es sie kolossal, sich mit dieser Britin und ihrem überkandidelten Akzent herumzuschlagen. Ariana war bestimmt nicht fremdenfeindlich, sollten die Leute ruhig kommen und sich in den USA den Traum von einem besseren Leben erfüllen. Aber manche Europäer waren einfach altklug ohne Ende!

„Mehr Druck kann ich auf das Mädchen echt nicht ausüben, das grenzt ja an Schikane."

„Zweifellos", lautete die trockene Antwort. „Deshalb habe ich vorgesorgt und eine zweite Quelle aufgetan, aber da herrscht im Moment auch Flaute."

„Bist du sicher? Vielleicht hat der Alltag die Kids einfach eingeholt."

„Das ist natürlich möglich", sagte Alexander. „Aber ich glaube es nicht. Jetzt wird es bei denen doch erst richtig spannend. Lucy ist vom Unterricht suspendiert worden, John-Michael wurde von der Polizei verhört, Paolo verheimlicht irgendwas – ich weiß immer noch nicht, was. Und jetzt? Höre ich ständig ‚die süße kleine Grace, die liebende Tochter', ein wahrer Engel, eine Heilige fast, schreibt hingebungsvolle Briefe an die einsamen Gefangenen."

„Maya hat keine Ahnung, dass der Typ im Todestrakt Graces Vater ist. Ist doch klar, dass sie Mitgefühl mit ihr hat."

„Natürlich weiß Maya das nicht!", giftete Alexander. „Wenn sie wüsste, dass Vesper Graces Vater ist, hätte sie noch mehr Mitgefühl. Deswegen darf sie dieses wertvolle Detail nie herausfinden, sonst höre ich keinen Ton mehr aus diesem Haus!"

„Maya scheint ihre Worte jetzt schon sehr sorgfältig zu wählen."

„Allerdings. Es ist vielleicht an der Zeit, zu Plan B überzugehen.“

„Es gibt einen Plan B?“

„Es gibt immer einen Plan B! Du packst deine Sachen und schaust ganz überraschend in Venice vorbei. Höchste Zeit für einen Rückfall. Egal was, Alkohol, Tabletten, such dir was aus! Und du Arme bist ganz allein und hast niemanden außer der lieben Lucasta aus der Entzugsklinik, an den du dich wenden kannst. Um mit Lady Macbeth zu sprechen:

Schraub deinen Mut nur bis zum höchsten Grad,
Und es misslingt uns nicht.“

Alexanders selbstgefälliges Grinsen war sogar durch die Leitung zu hören. Als sie weitersprach, gefror ihre Stimme allerdings zu Eis.

„Ich hasse nichts mehr als ein verwöhntes Kind, Ariana. Es ist an der Zeit, aktiv zu werden. Zeit, Venice Beach ein wenig aufzumischen!“

DANKSAGUNG

Es ist für jeden Autor schwierig, bekanntes Terrain zu verlassen und einen neuen Schreibstil zu entwickeln. Dank meiner brillanten und talentierten Freunde und Redakteure war es die reinste Freude, *Lügen unter Freunden* zu schreiben.

Danke an Michael Grant, auf dessen langjährige Erfahrung im Bereich der Kinder- und Jugendliteratur ich vielfach zurückgreifen durfte – sei es als Mentor und Kritiker, als Plotratgeber oder Fremdenführer in Venice Beach und Santa Monica. Dass in diesem Roman ein Mercedes vorkommt, ist auf eine fehlerhafte Mietwagenreservierung zurückzuführen, dank derer wir zu Michaels Entzücken den ganzen Tag in einem teuren Cabrio durch L. A. rollen durften.

Dank gilt auch Hoku Janbazian und meiner Tante Tere Reyes, die mich während meiner Rechercheereise beherbergt und mir die schönsten Ecken von Los Angeles gezeigt haben.

Das größte Glück für einen Autor ist ein fantastisches Redaktionsteam: Elizabeth Law war unermüdlich im Einsatz, aus dem Manuskript das Beste herauszuholen. Es gibt nicht viele Redakteurinnen, die die Entwicklung der Romanfiguren so nuanciert in Bezug zu denen aus *Mad Men* und *Breaking Bad* analysieren können. Und dann noch über Skype von Paris aus!

Bei HarperCollins gilt mein Dank Katherine Tegen, Katie Bignell, Bethany Reis, Veronica Ambrose und ganz besonders Maria Barbo für ihre achtsame und überlegte Erörterung des Manuskripts in den unterschiedlichsten Entwicklungsphasen und ihre klare und vertrauensvolle Anleitung.

Diesseits des Atlantiks danke ich meiner großartigen Freundin und Autorenkollegin Susie Day für das Gegenlesen eines frühen Entwurfs und dass sie mich überzeugt hat, einen besseren Schluss zu schreiben. Außerdem Robert Kirby von der Agentur United Agents, der mir immer mit Rat und Tat zur Seite stand.

Und ohne meine wunderbare Familie David, Josie und Lilia wäre das Ganze ein ziemlich bedeutungsloses Unterfangen!

6.1